Regine Freischlader

Kindheitsdämmerung

Bibliografische Information der Deutschen Nationalbibliothek: Die Deutsche Nationalbibliothek verzeichnet diese Publikation in der Deutschen Nationalbibliografie; detaillierte bibliografische Daten sind im Internet über http://dnb.dnb.de abrufbar.

Die automatisierte Analyse des Werkes, um daraus Informationen insbesondere über Muster, Trends und Korrelationen gemäß §44b UrhG („Text und Data Mining") zu gewinnen, ist untersagt.

© 2024 Regine Freischlader

Lektorat: David Engels, Rohlmann&Engels
Korrektorat: David Engels, Rohlmann&Engels

Verlag: BoD · Books on Demand GmbH, In de Tarpen 42, 22848 Norderstedt

Druck: Libri Plureos GmbH, Friedensallee 273, 22763 Hamburg

ISBN: 978-3-7693-1602-5

Regine Freischlader

Kindheitsdämmerung

Ein Kriminalroman

Für
H + C + H

Dies ist eine fiktive Geschichte.
Ähnlichkeiten mit real existierenden Personen
oder Namen sind rein zufällig und
nicht beabsichtigt.

Inhaltsverzeichnis

1	7
2	13
3	29
4	42
5	44
6	48
7	55
8	61
9	84
10	89
11	101
12	111
13	146
14	152
15	161
16	172
17	199
18	221
19	234
20	241
21	269
22	283
23	289
24	297
25	308
26	312

1

„Rosen! Was heißt hier Rosen?" sagte sie laut und erschrak. Sie hatte ihre Stimme erhoben. Das durfte sie nicht in seinem Haus, aber er war nicht da, um sie zu maßregeln.

Von ihrem Schlafzimmerfenster blickte sie in den Garten. Ein viereckiges Rosenbeet nahm langweilig dem viel schöneren Unkraut den Platz weg. Auch dieses Jahr hatte ihr Mann sie bereits aufwändig zurückgeschnitten, dabei gab es nicht viel zu schneiden. Sie wurden nie höher als 30 cm und die kleinen roten Knospen, die schöne Blüten versprachen, ließen die vier Blätter kurz nach dem Öffnen auch schon fallen. Sicherlich waren das die billigsten Rosen, die er finden konnte, als er das Beet damals anlegte. Dafür wurden sie jedes Jahr unter lautem Getöse mit Pferdemist und frischem Stroh bedeckt. Den Mist holte er mit der Schubkarre aus der Reitschule. Dafür musste er fast bis zur Isar runter und wieder hoch. Das Auto zu nehmen kam nicht in Frage. Ächzend und stöhnend auf sicherlich 2 Kilometern prustete er durchs Dorf, um dieses Doppelbett aus stachelig spitzen hässlichen Rosenstöcken vor dem bayrischen Winter auch ins nächste Jahr zu retten.

Sie hätte lieber Kornblumen, Mohn und Margeriten gehabt, und sie würde dieses nächste Jahr lieber nicht mehr erleben, aber wer fragte danach? Wen interessierten ihre Wünsche? Wie viele ruhige, friedliche Tage hatte sie in diesem Haus seit ihrer Hochzeit verlebt? Zwei, vielleicht drei in jedem Jahr? Nein, allenfalls im ersten Jahr. Danach ließen die Erfahrungen kein weiteres Glück zu. Erinnern konnte sie kaum etwas Konkretes. Versuchte sie es, deckte ein dunkler Schleier ihre Gedanken zu. Sie konnte die Worte, die sie denken wollte nicht mehr sehen. Und sie musste sie lesen, um sie denken zu können, aber die Dunkelheit war fast immer da. Sie ging zurück zum Bett, aus dem sie gerade erst aufgestanden war. Etwas hilflos stand sie dort zwischen Schrank und Bettkante, öffnete die Schranktür, verharrte einen Moment reglos, schloss sie wieder und sank müde hinab. Dort saß sie mit geschlossenen Augen. Lange. Bevor der Schlaf kam legte sie sich zur Seite zog die Decke über den Rücken und versank.

Im Haus war es still. Bis auf das Ticken der großen Standuhr unten im Salon hörte man kein Geräusch.

Es klingelte an der Haustür. Einmal, zweimal, dreimal. Schrill zerschnitt das Geräusch die Stille und das ruhige Ticken der Standuhr. Jetzt wurde es immer länger, jmd. musste den Finger auf dem Klingelknopf gedrückt halten, es folgte ein scharfes Klopfen, wie mit einem Schlüssel am gelben Glas der Haustür. Aber nichts regte sich im Haus. Hätte man drinnen im Flur gelauscht, man hätte draußen Stimmengewirr gehört. Mehrere Personen also. Niemand von ihnen hatte einen Schlüssel. Der Versuch auf diese Weise Einlass zu bekommen dauerte noch ein paar Minuten an, aber oben störte es niemanden. Das Bett war warm und der Schlaf der einzig sicherer Ort.
Es dauerte nicht lange und das Telefon begann zu klingeln. Wieder regte sich nichts im Haus. Erst spät am Nachmittag kam endlich jemand mit einem Schlüssel.

„Mutter?" Ein Blick in den großen Salon, ein Blick in die Küche, dann ging die junge Frau die Treppe hinauf, schaute in den kleinen Salon, ins Bad, in Minis Zimmer und schließlich ins Schlafzimmer. „Mutter?" Sie begann die Schlafende vorsichtig an der Schulter wachzurütteln. „Was ist denn hier los, wo sind die anderen alle? Und was ist mit dir, wie lange liegst du hier schon?" Sie nahm das kleine braune Glas in die Hand, das auf dem Nachtkästchen lag, öffnete den Deckel und schaute hinein. „Waren da letzte Woche nicht noch viel mehr drin? Was hast du denn gemacht? Vier Tage verschlafen? Warum denn um Gottes Willen? Es muss doch weiter gehen. Noch ist nichts klar. Wir wissen nicht, was passiert ist. Bitte Mutter, reiß dich zusammen, denk an Mini, du wirst gebraucht."

Ächzend setzte sich die Schlafende auf, vergrub Ihr Gesicht in den Händen und stöhnte „Kannst du mich nicht einfach schlafen lassen, ich bin so müde und kann nicht mehr denken." Die Tochter blickt sie besorgt an „Das ist auch kein Wunder mit diesen Tabletten hier. Wie viele hast du genommen, weißt du das überhaupt noch?" Jammernd wandt sich die Mutter aus dem Griff ihrer Tochter „Ach Clara lass mich doch!" Aber Clara fasste sie an den Schultern und rüttelte sie sachte „Nein Mutter, ich lasse dich nicht, ich nehme jetzt auch die Tabletten mit. Du sollst Dich nicht so hängen lassen, das ist kein gutes Vorbild für uns alle. Morgen ist Donnerstag, wer soll denn Mini am Freitag abholen? Kannst Du überhaupt Auto fahren in dem Zustand? Bitte zieh dich jetzt an und komm runter in die Küche. Ich mache etwas zu Essen für uns."

Energisch ging Clara nach unten. Sie schmierte zwei große Scheiben Pfister Brot mit Butter und Käse und brühte einen starken Kaffee dazu. Oben war kein Geräusch zu hören, keine Tür, kein Wasserrauschen. Zornig sprang sie die Treppe hoch, nahm zwei Stufen auf einmal und stürmte ins Schlafzimmer. Da lag die Mutter wieder hoch zugedeckt. Entweder schlief sie wirklich oder sie hoffte nur, sich mit der Decke ganz hoch über den Ohren vor der Wirklichkeit zu schützen. Clara war ärgerlich, zog mit einem Griff die Decke ganz weg, ging ins Bad, machte ein Handtuch nass und legte es der Schlafenden über den Oberkörper. Ein Wimmern war zu hören „Warum tust du das? Lass mich doch endlich in Ruhe."
„Ich lasse dich nicht in Ruhe. Entweder du stehst jetzt auf, wäschst dich, ziehst dich an, kommst runter in die Küche, oder ich rufe bei den Barmherzigen Brüdern an und lasse dich abholen."

Das wirkte. Ins Krankenhaus wollte die Mutter nicht. Schließlich war sie die Frau vom Chefarzt. Wenn sie sich dort einmal zeigte, dann nur, wenn es eine Einladung gab, wenn eine neue Station feierlich eröffnet, oder jemand in den Ruhestand verabschiedet wurde. Dann genoss sie es die gnädige Frau zu sein, der man die Hand küsste. Auf Smalltalk verstand sie sich bestens, Lachen konnte sie auf Befehl, und mit dem vornehmen Nippen an einem Glas Champagner konnte sie bestens verbergen, dass sie ganz gewöhnlichen Sekt gerne in rauen Mengen kippte, wenn man sie nur ließ.

Sie nahm die gleichen Kleidungsstücke, die seit ein paar Tagen nachlässig über dem Stuhl gelegen hatten. Wozu anstrengen? Sie war niemand mehr, sie brauchte sich nicht herauszuputzen. Der rechte Nylonstrumpf hatte ein Loch unter der Ferse, sie spürte es auf der kalten Marmortreppe. Egal. Jetzt freute sie sich sogar auf den Kaffee, und ein wenig Hunger hatte sie auch. Etwas wackelig setzte sie sich auf Ihren Platz am Tisch und schaute ängstlich auf den Stuhl, wo ihr Mann normalerweise thronte, und der jetzt leer war.

Niemand wusste, wo er war. Seit Samstag hatte niemand etwas von ihm gehört. Hatte er sie verlassen? War sie ihm nun doch so widerlich geworden? Gesagt hatte er es in den vergangenen zweieinhalb Jahren oft. Es bereitete ihm Vergnügen, sie zu erniedrigen, aber da er blieb, hatte sie nicht mehr daran geglaubt, dass er eines Tages wirklich gehen würde. Sie dachte, es sei nur eine von unzähligen Kränkungen und Beleidigungen, die ihren Alltag ausmachten, und denen niemals diese eine Tat des Verlassens folgte, so sehr sie es manchmal auch hoffte. Aber hoffte sie es wirklich?

Claras Blick sprach Bände „Mutter, hallo, träumst du schon wieder? Jetzt iss endlich etwas und trink deinen Kaffee. Wir müssen besprechen, wie es weiter geht. Hat sich die Polizei schon bei dir gemeldet?"

„Nein, es hat mal geklingelt, aber ich konnte nicht aufmachen. Vielleicht war das die Polizei. Ich will aber nicht allein sein, wenn die kommen. Bitte mach einen Termin, damit ihr alle dabei seid."

Stoisch biss sie dreimal hinter einander ins Brot, kaute mit übervollem Mund und bemerkte den sorgenvollen Blick ihrer Tochter nicht, der auf ihr ruhte.

„Tja, das ist für uns alle eine neue Situation. Kommen die beiden aus der Schweiz an diesem Wochenende, oder ist Mini alleine da?"

„Nein, Günter und Sabine kommen nicht her, sie werden von den Saarbrückern aus dem Internat abgeholt. Ihre Tante meint, es sei besser, wenn sie erst einmal nicht zu mir nach Hause kämen. ‚Erst einmal' hat sie gesagt, so lange, bis sich alles geklärt hat, und ihr Vater wieder da sei."

„Was ist mit Mini, könnte sie denn im Internat bleiben? Du scheinst mir im Augenblick keine gute Gesellschaft für sie zu sein. Wir drei Großen bleiben jetzt erst einmal ein paar Tage bei dir. Aber Bedingung wird sein: keine Tabletten! Nicht zur Beruhigung und nicht zum Schlafen. Du brauchst einen klaren Kopf. Unsere Aussagen werden für die Polizei wenig hilfreich sein, du bist diejenige, die wichtig ist."

„Mini kann nicht im Internat bleiben, es wird eine Woche geschlossen, weil die sanitären Anlagen erneuert werden müssen. Nach Allerheiligen gibt es noch einen Tag Herbstferien"

„Na gut, dann ist es umso dringender, dass wir drei großen ein paar Tage hier sind. Ich fahre heute Abend nach Hause, um ein paar Sachen zu packen und mit Clemens und Solveig alles zu regeln. Kann ich dich denn heute Abend allein lassen, Mama?"

„Wer ist denn Solveig?" fragte die Mutter mit vollem Mund „Unser Aupair-Mädchen, du kennst sie doch. Kann ich dich heute Abend allein lassen?" „Ja, natürlich, mir geht es schon besser. Du kannst getrost fahren."

Clara verabschiedete sich und ließ die Mutter mit einem unguten Gefühl allein. Draußen im Auto vergewisserte sie sich, dass die Tabletten in ihrer Jackentasche waren, dann startete sie den Wagen und fuhr nach Passau.

2

„Wir haben einen neuen Vermisstenfall. Dr. Bernhard Lechner, Chefarzt im Krankenhaus der Barmherzigen Brüder in Nymphenburg. Ist am Samstag, den 16.10.1982 nach dem Mittagessen zu Fuß zum Friedhof gegangen und nicht wieder zurückgekommen. Die Sache ist wohl etwas seltsam, man kennt ihn als sehr gewissenhaft, und es war für Montag eine wichtige OP angesetzt, die dann jemand anderes ausführen musste. Wer übernimmt das? Baum und Weidel?"

„Warum wir?" fragte Hauptkommissar Michael Baum von der Münchner Mordkommission? „Gibt es Vermutungen in die Richtung Fremdverschulden?"

„Alles noch ganz frisch, niemand weiß, was passiert ist. Da er Chefarzt eines Münchner Bundeswehrkrankenhauses ist, haben wir den Fall zugeteilt bekommen. Die anderen Abteilungen sind unterbesetzt und wir haben Kapazität." Kriminalrat Hauser lehnte sich in seinem Stuhl zurück und nahm einen tiefen Zug an seiner Zigarette, dabei blickte er seinen ersten Hauptkommissar aufmunternd an. „Im Moment haben wir lediglich die Biergartenschlägerei mit Todesfolge. Das ist wohl schnell geklärt. Die anderen machen erstmal da weiter, Baum nimmt Weidel mit und die beiden machen sich auf den Weg aufs Land."

Baum räkelte sich ebenfalls in seinem Stuhl „Gibt es etwas zu beachten?" fragte er müde. „Seid bitte behutsam, damit es keine Beschwerden gibt" antwortete sein Chef. Etwas grimmig setzte Baum nach „also das Übliche, der Oberstaatsanwalt ist schon involviert und wir haben es mit einem Freund von einem Freund von einem Freund zu tun?" Hauser wirkte ärgerlich „Der Oberstaatsanwalt hat uns den Fall lediglich zugeteilt, keine Ahnung ob er den Vermissten kennt, aber er scheint zumindest kein Niemand zu sein, also seid behutsam, nicht mehr und nicht weniger. Heute ist Mittwoch, wir treffen uns am Freitag um 10.00 Uhr wieder hier, ich habe es heute eilig, ihr wisst, dass ich meine Frau aus der Reha abholen muss."

Die Frau des Chefs war depressiv und hatte versucht sich das Leben zu nehmen. Alle bewunderten ihn für seine übermenschlichen Anstrengungen und seine klaglose Haltung.

Hauptkommissar Michael Baum und seine Assistentin Maria Weidel fuhren also aufs Land, aber auf dem Land hatten sie keinen Erfolg. Die Tür blieb verschlossen, am Telefon nahm niemand ab. Sie ärgerten sich, ohne Ergebnis nach München zurückfahren zu müssen.

„Was haben wir in den Unterlagen über diesen verschwundenen Arzt?", fragte Baum.

„Ehrlich gesagt so gut wie nichts, da werden wir wohl bei null anfangen müssen. Aber dir macht so etwas ja Spaß, stimmt's?"

Baum schmunzelte. „Ich mag einfach solche Fälle auf weißem Papier, Menschen, von denen man gar nichts weiß! Wenn er ohne Auto seit vier Tagen verschwunden ist, hat er sein Verschwinden entweder geplant, oder es ist ihm wirklich etwas zugestoßen.

Es wird spannend für uns. Wer hat ihn überhaupt als vermisst gemeldet?"

„Hier steht die Ehefrau. Sie war bei der Dorfpolizei, wirkte etwas neben der Spur. Vielleicht zu aufgeregt? Man hat ihr dort gesagt, sie müsse zwei Tage abwarten, und sich dann wieder melden. Das tat sie dann am Montag telefonisch und wirkte dabei sehr schläfrig oder betrunken."

„Schläfrig oder betrunken? Das ist aber eine ungewöhnliche Formulierung für einen Dorfpolizisten" wunderte sich Baum.

„So steht es hier. Ich finde auch, dass es irgendwie seltsam klingt."

„Hm, na, wir werden sehen, was uns dort erwartet. Wir probieren es direkt morgen Vormittag noch einmal bei den Lechners" beschloss Baum.

Gemächlich schob sich der Verkehr nach München hinein.

„Was würdest du davon halten, wenn wir wenigstens noch einen Abstecher zu den Barmherzigen Brüdern machen? Es ist jetzt halb sechs, vielleicht haben wir Glück und treffen noch auf einen Arzt oder eine Schwester, die uns etwas mehr über Dr. Lechner erzählen kann."

„Oh, da muss ich leider passen. Wir haben heute Abend eine Einladung und ich habe meinem Freund versprochen, einmal im Leben pünktlich zu sein. Wäre das okay für dich? Du kannst mich auch direkt hier rauslassen, dann nehme ich die Tram und du brauchst meinetwegen keinen Umweg zu fahren."

„Na klar" lachte Baum „dann raus mit dir und einen schönen Abend. Ich berichte dir morgen früh."

Im Krankenhaus empfing ihn der übliche Geruch, eine Mischung aus Desinfektionsmittel und Brühwürstchen. Baum mochte beides nicht. Der schwach erleuchtete Gang hatte zudem etwas Trostloses. Die großen schweren Türen zu den Zimmern waren mit Stoßkanten aus Aluminium versehen. Das Rein und Raus der Betten hatte schon Spuren hinterlassen, aber es war wenigstens noch ein solider, großer Altbau. Er hatte gelesen, dass der Orden noch weitere An- und Umbauten plante.

Seine Schritte setzte er leise, er mochte das Geräusch harter Absätze nicht – zu autoritär, wie er fand. Am Schwesternzimmer angelangt, klopfte er höflich an der offenen Tür. Ablehnend blickte man ihm entgegen.

„Guten Abend, mein Name ist Michael Baum, Hauptkommissar, ich komme im Fall Dr. Lechner. Unten am Empfang hat man mich zu Ihnen geschickt. Richtig?"

Die einzige Krankenschwester im Raum war noch jung und wirkte sofort ängstlich. „Ja, bitte nehmen Sie doch Platz, ich werde sehen, ob ich Dr. Heusner finde. Er ist Dr. Lechners Assistenzarzt und er hat heute Nachtdienst." Sie blickte auf ihre Armbanduhr „Halb sieben? Dann müsste er gerade gekommen sein."

„Dankeschön, das ist nett, aber bleiben Sie ruhig eben noch bei mir. Dr. Heusner kommt doch bestimmt von ganz allein ins Schwesternzimmer, oder? Ich möchte auch Ihnen gern ein paar Fragen stellen." Betreten kam die junge Schwester zurück und unterdrückte ihren Impuls nach Geschäftigkeit nur mühsam. Sie nahm sich ein paar Krankenakten und begann etwas fahrig sie auf dem halbhohen

Aktenschrank zu sortieren, bevor sie sie wieder ablegte und ihre Arme vor der Brust verschränkte bis ihre Hände zur Ruhe kamen. „Bitte setzen Sie sich einen Moment", sagte Baum und wies auf den Stuhl, auf dem sie gesessen hatte, als er herein gekommen war.

Die meisten Menschen reagierten so, wenn sie mit der Polizei zusammentrafen. Er wurde immer wieder Zeuge dieser inneren Suche nach Schuld, ob es vielleicht irgendetwas geben könnte …

„Haben Sie Dr. Lechner gut gekannt?" fragte er sie freundlich.

„Eigentlich gar nicht, ich bin ja noch nicht so lange hier. Ehrlich gesagt, es ist mein allererstes Jahr überhaupt als Schwester auf einer Station."

„Aber Sie kennen sich doch sicher schon etwas aus, kennen die Hierarchien und wissen, wer ihm von den Schwestern am nächsten gestanden hat, welcher Arzt sich mit ihm gut verstand und so weiter. Ich mache mir ein paar Notizen. Sie helfen uns mit allem, was Sie uns sagen können." Baum lehnte sich zurück und blickte in das schüchterne Gesicht.

„Dr. Lechner ist ein strenger Chef, also, ich empfinde ihn zumindest so. Mit den anderen macht er schon mal einen Scherz, aber ich bin ja neu und meistens im Hintergrund. Sein Spezialgebiet sind Sprunggelenke. Er ist berühmt. Es werden aus ganz Deutschland schwierige Operationen hierher verlegt. Viele Privatpatienten. Kürzlich auch jemand aus den USA, ein berühmter Sportler hat man mir erzählt, aber ich habe den Namen leider vergessen."

„Erzählen Sie mir etwas von Ihrem Eindruck. Halten Sie es für möglich, dass er, ohne sich abzumelden, also ohne einen wichtigen Grund, vom Dienst fernbleibt?"

Die junge Schwester wand sich. „Dann würde er ja genau das tun, was er bei uns mit einer sofortigen Kündigung bestrafen würde. Er hat immer gesagt, der Patient hat Vorrang vor allem."

„Da hat aber einer schon gut die Devise des Chefs verinnerlicht", tönte es von der Tür. „Darf ich mich vorstellen, mein Name ist Heusner, guten Abend. Man hat mir unten schon gesagt, dass sie im Haus sind. Kommissar Baum, wenn ich richtig informiert bin?"

Baum verzichtete auf die Korrektur ‚Hauptkommissar' und stand auf, um den Assistenzarzt zu begrüßen. Die Dynamik dieses Herrn war nicht sein Fall, aber er war auch noch ganz andere gewohnt. Ob ein schuldbewusster Unschuldiger oder jemand, der seine Souveränität in jeder Situation unter Beweis stellen musste, ihn konnte nichts aus der Ruhe bringen.

„Ach, begleiten Sie mich doch eben ins Labor", sagte der Wichtige. „Ich muss ein paar Ergebnisse einsehen, dabei können wir uns gerne unterhalten." Schon machte er Anstalten, zu gehen. Baum notierte in aller Ruhe den Namen und die Telefonnummer der jungen Schwester, verabschiedete sich von ihr und signalisierte erst dann dem jungen Arzt, dass er nun bereit sei, ihm zu folgen.

„Also, es ist vollkommen unmöglich, dass ein Dr. Lechner nicht zu einer OP erscheint. Es muss ihm etwas zugestoßen sein. Unmöglich ist das, unmöglich. Er würde niemals einfach nicht zum Dienst erscheinen. Unmöglich. Er ist normalerweise der Erste und der Letzte hier. Erwartet das von allen anderen auch. Unmöglich, dass er einfach weg bleibt, wirklich unmöglich ist das."

Baum amüsierte sich über die Häufung des Wortes und fragte dennoch ernst: „Führt das zu Konflikten?"

„Was meinen Sie damit, Konflikte? Wieso Konflikte?"

„Na, Sie sagten doch gerade, dass er auch von allen anderen erwartet, die Ersten und Letzten zu sein. Das muss doch unweigerlich zu Konflikten geführt haben. Junge Ärzte, wie Sie, die vielleicht Familie haben, Kinder?"

„Ich habe keine Familie. Darum halte ich schon vier Jahre durch", sagte er lachend und wirkte zum ersten Mal sympathisch. „Sie meinen seine strenge Führung? Ja nun, klar, manch ein Assistenzarzt hat sich lieber versetzen lassen oder hat sich selbst eine neue Stelle gesucht. Die Erwartungen waren schwer zu erfüllen. Aber wir sind schließlich ein Bundeswehrkrankenhaus und unter Soldaten gelten nun mal andere Regeln."

„Haben Sie die Namen der Ärzte, die sich versetzen ließen?"

„Da fragen sie am besten unseren Drachen, die Schwester Oberin, sie ist morgen früh ab sieben wieder da. Sie kann Ihnen so ziemlich jede Frage beantworten – als Dr. Lechners rechte Hand, sozusagen! Ich glaube, sie arbeitet schon ein Vierteljahrhundert mit ihn. Lässt nichts auf ihn kommen. Die jungen Schwestern fürchten sie."

„In Ordnung, dann will ich Sie nicht länger aufhalten. Sollte ich Sie noch einmal befragen müssen, melde ich mich. Auf Wiedersehen."

Sie gaben sich die Hand und Baum sah ihn schon verschwinden, bevor er sich selbst gemächlich umdrehte, um den Ausgang zu suchen. ‚Klack, klack', knallten die Absätze des Arztes auf den Flurboden.

Baum war plötzlich beunruhigt, selten täuschte ihn seine Ahnung, und jetzt war dieses Gefühl auf einmal da, dass hier etwas vor ihm lag, das ihn strapazieren würde. Eine Gänsehaut ließ ihn frösteln. Er schlug seinen Mantelkragen hoch, setzte den Hut auf und eilte zu seinem Wagen. Es war Zeit für eine Zigarre und ein langes Telefonat mit seiner Frau.

Am nächsten Morgen hatte er Kopfschmerzen, ließ es sich aber nicht anmerken. Weidel saß entspannt auf dem Beifahrersitz. Ihr Abend schien gut verlaufen zu sein.

„Na, wie war es gestern? Hast du viele Barmherzige getroffen?", fragte sie schmunzelnd.

„Keinen einzigen. Nur eine verschüchterte Krankenschwester und einen geschäftigen Assistenzarzt. Beide haben sie den Chef als resoluten, strengen Mann bezeichnet, den nur der Tod von der Ausübung seiner Pflichten hätte abhalten können. Also, das mit dem Tod ist meine Interpretation. Wenn dem so ist, haben wir es mit einem echten Fall zu tun."

„Müssen wir davon ausgehen, dass er tot ist, meinst du das?"

„Das kann ich nicht mit Bestimmtheit sagen, aber wir können annehmen, dass es wahrscheinlich nicht seine eigene Entscheidung war, zu verschwinden. Hat man auf dem Weg zum Friedhof und auch darauf genau gesucht? Er könnte einen Herzinfarkt bekommen haben oder der Schlag hat ihn getroffen. Wir müssen das zumindest ausschließen. Du kannst die beiden Dorfpolizisten befragen? Wir fahren da am besten gleich mal vorbei."

Die winzige Dienststelle lag an der Bundesstraße und wirkte verwaist. Es gab keine Klingel, sondern nur eine Tür, die offen stand. Im Dienstzimmer stapelten sich Kartons und ein junger Streifenpolizist war damit beschäftigt verschiedene Ordner zu verstauen.

Weidel stellte sich vor und man bot ihr einen Platz hinter einem Schreibtisch an. Der junge Beamte setzte sich ihr gegenüber und Baum blieb als stiller Beobachter an einer Art Schwarzem Brett stehen, in dem nur noch bunte Stecknadeln steckten. Er hielt viel von seiner Assistentin und wollte sie mehr in die Ermittlungsarbeit einbinden. Ihre freundliche kollegiale Art, in der sie den rangniederen Polizisten befragte, gefiel ihm sehr.

„Ja, das haben wir direkt am Mittwoch gemacht. Wir sind nur zu zweit, die kleine Station wird nächsten Monat dicht gemacht, wie Sie sehen. Mein Kollege ist erst dort gewesen, und ich dann ein weiteres Mal. Auf dem Weg zum Friedhof wäre aufgefallen, wenn jemand zusammengebrochen wäre, das ist ja der zentrale Weg durch den Ort. Rechts der Schulhof und links die evangelische Kirche. Die Anwohner der näheren Umgebung haben wir auch bereits befragt. Da er wohl beinahe täglich zum Friedhof geht, hat keiner besonders auf ihn geachtet. Der Friedhof selber ist dagegen uneinsehbar mit wenigen Gräbern und wenigen Besuchern.

Aber wir haben gründlich gesucht und nicht das Geringste gefunden, das auf ihn hindeuten könnte."

Weidel bedankte sich herzlich und wünschte ihm und seinem Kollegen einen guten Neustart in Wolfratshausen. Baum hielt ihr die Beifahrertür auf und stieg ebenfalls ein.

„Wir sollten uns trotzdem selbst ein Bild machen, und die Strecke einmal abgehen, was meinst du?", fragte Weidel sofort.

„Auf jeden Fall. Vielleicht sogar noch, bevor wir uns bei der Ehefrau melden. Es ist noch ziemlich früh, lassen wir ihr etwas Zeit."

Weidel lächelte. „Nett von dir, der Friedhof liegt nur ein paar hundert Meter Luftlinie vom Haus entfernt. Wir könnten dort parken, und danach zu Fuß zum Wohnhaus gehen."

Baum schien in Gedanken schon über den Friedhof zu spazieren, antwortete aber freundlich: „Eine gute Idee, so machen wir es!"

Den Rest der kurzen Fahrt zum Friedhof verbrachten sie schweigend.

Baum mochte seine Assistentin, sie war offen und ehrlich und ihr Ehrgeiz beschränkte sich darauf, die Arbeit die man ihr übertrug, präzise zu erledigen. Um der Arbeit willen, nicht um aufzufallen, gelobt oder befördert zu werden. Seit knapp sieben Jahren arbeiteten sie zusammen, und er hoffte, dass das bis zu seiner Pensionierung auch so bleiben würde.

Auf dem Friedhof gingen sie die verschiedenen Reihen ab. Einer im unteren und einer im oberen Bereich. Die Grabreihen waren überschaubar, oben grenzten sie an den Rand eines dichten Fichtenwaldes und im unteren Bereich an die schwere Mauer des Pfarrhofs der modernen evangelischen Kirche. Zur Straße hin befand sich eine offene kleine Halle, in der man die Särge vor der Beerdigung aufbahrte. Es war still, keine Besucher, nichts Besonderes, solche Friedhöfe gab es viele.

Baum sah, wie seine Assistentin vor einem Grab stehen blieb und ihm winkte. Von Weitem ließ sich bereits erkennen, dass es außergewöhnlich gut gepflegt war. Etwas zu akkurat und zu ordentlich für seinen Geschmack, aber er staunte nicht schlecht, als er den Namen auf dem Grabkreuz las: Gerda Lechner, gestorben mit 39 Jahren.

„Wer, meinst du, ist das? Eine Verwandte oder seine erste Frau?", fragte Weidel. „Auf jeden Fall interessant, wir werden es hoffentlich gleich erfahren."

Baum steckte sich vor dem Friedhof ein Zigarillo an und Weidel drehte sich flink eine Zigarette. Rauchend gingen sie die paar hundert Meter, vorbei an der Kirche, einer Schule, und einem Sportplatz.

„Wenn wir jetzt auch noch auf einen Lebensmittelladen stoßen, haben wir hier das perfekte 300-Seelen-Dorf, das alles hat. Sogar eine Sparkasse haben die hier", staunte Weidel.

„Den Lebensmittelmarkt haben sie auch, erwiderte Baum. „Ich habe gestern Abend im Verzeichnis der Gasthöfe geblättert. Da haben sie einen Edekamarkt für Langzeitgäste erwähnt, gleich gegenüber der katholischen Kirche, und eine S-Bahn Station, von der aus man in 40 Minuten am Hauptbahnhof ist."

„Dann kann man hier ja perfekt leben: verschlafen und gemütlich. Fragt sich nur, ob die soziale Kontrolle auszuhalten ist, wenn jeder über den anderen Bescheid weiß. Also, für mich wäre das nichts."

„Für mich auch nicht", sagte Baum. „Mir reicht schon unsere Nachbarin in München, die uns Kekse und Kuchen backt und ihre Neugierde kaum bezwingen kann. Seit Marta bei mir eingezogen ist, treibt sie es noch doller, letztens hatten wir eine Gulaschsuppe vor der Tür stehen. Ich hatte eigentlich gehofft, dass das aufhört, wenn es den Junggesellen nicht mehr gibt."

„Apropos Junggeselle, wie geht es Marta? Ist sie froh, ihre Eltern und Geschwister wiederzusehen?"

„Oh ja, sie genießt die große Familie und ‚tankt voll', wie sie selbst sagt. Noch sieben Wochen, dann hole ich sie ab. Du weißt ja, dass ich zu Weihnachten und Neujahr diesmal nicht im Dienst bin."

„Ich beneide dich, in Polen soll das Weihnachtsfest noch ein richtiges Weihnachtsfest sein, und die Lieder so herrlich festlich!"

Baum schmunzelte in sich hinein. „Ich sehe meine Schwiegereltern zum zweiten Mal und viele aus der Familie kenne ich noch gar nicht. Ich freue mich darauf, alle kennen zu lernen, obwohl ich so ein Eigenbrödler bin. Es ist schließlich die Familie meiner Frau."

Weidel drückte kurz seinen Arm, als Zeichen, dass sie sich für ihn freute.

Inzwischen hatten sie das Haus erreicht. Ein kleiner Kiesweg führte von der Straße zu drei Häusern, die Lechners in der Mitte und am Ende, so viel wussten sie bereits, residierte ein General im Ruhestand. Man war also in gewisser Weise unter sich. Ein Oberst und ein General Hecke an Hecke.

Sie klingelten und es wurde geöffnet. Vor ihnen stand eine junge Frau von vielleicht 30 Jahren, sie bat sie höflich herein und stellte sich als die älteste Tochter der Ehefrau vor.

Sie folgten ihr in ein großes Wohn- und Esszimmer mit einer durchgehenden Fensterfront zum Garten hin. Der Raum war überladen mit prunkvollen Gemälden, Brokat, Marmor, imposanten Barockmöbeln und Orientteppichen. Sie wurden zur Sitzecke geführt, wo bereits ein Sohn und eine weitere Tochter der Ehefrau warteten.

Man stellte sich vor, nahm Platz und verzichtete höflich auf den angebotenen Kaffee. Baum schaute sich dezent um, während Weidel die üblichen Fragen stellte. Irgendetwas störte ihn hier, irgendetwas passte nicht zusammen. Die Antiquitäten wirkten deplatziert. Das Haus aus den 50er-Jahren hatte trotz all dem Prunk der Einrichtung eine ärmliche Ausstrahlung, als hätte man bereits beim Bau an allen Ecken und Enden gespart und auch im Laufe der Jahrzehnte auf jeden professionellen Handwerker verzichtet. Wenn ein Schaden nicht mehr zu ignorieren war, hatte man den Profi durch stümperhafte Eigenleistung ersetzt.

Die große Marmorfensterbank stand voller Blattpflanzen und Kakteen. Das riesige Fenster war an vielen Stellen trüb geworden. Den sich hochrankenden Pflanzen fehlte die Üppigkeit, blattlose Stängel zeugten von nachlässiger Pflege, die Erde in den Pflanzgefäßen sah fast versteinert aus. Der Marmor, hell zerschossen vom Sonnenlicht zeigte hier und da einen roten Halbmond, wo ein Kübel verschoben worden war und bestätigte damit seine edle italienische Herkunft aus alten Tagen. Aber auch diese gute Wahl wurde durch Geiz seiner Wirkung beraubt: Die Platte war dünn und lag in einem dicken Bett aus Estrich, den sie nur wenige Zentimeter überragte. Er quoll in kleinen Perlen durch die Schraublöcher der langen Stahlträger. Darunter ein alter Heizkörper, schwer an- und auszumachen, da er so weit zurücklag.

Baum konnte seine Augen nicht abwenden von all den widersprüchlichen Details in diesem Raum. Was mochte so ein Oberstarzt bei der Bundeswehr verdienen? Er schätzte, mehrere Gehaltsstufen über seiner eigenen und sicher noch Sonderzulagen als Chefarzt. Dieser gute Verdienst spiegelte sich in dem Haus nicht wieder. Ererbte Antiquitäten platziert in einem armseligen Ambiente – es war kein Haus zum Wohlfühlen!

Sie erfuhren, dass die Dame des Hauses vier Kinder aus erster Ehe hatte und der Chefarzt zwei aus zweiter Ehe. Die Kinder des Arztes, 13 und neun waren in einem Internat in der Schweiz und würden am Wochenende von ihrer Tante in Saarbrücken abgeholt. Die jüngste Tochter der Ehefrau war zehn und lebte in einem Internat am Starnberger See, sie sei an den Wochenenden aber immer zu Hause. Ihre große Tochter würde die kleine Schwester morgen Mittag abholen.

Sie erfuhren weiter, dass der Arzt am Samstag nach dem Mittagessen zum Friedhof gegangen und nicht zurückgekehrt war. Heute war Donnerstag. Auf dem Friedhof lag seine zweite Frau, die vor drei Jahren gestorben war. Die Dame des Hauses war also seine dritte Ehefrau.

Auf die Frage, ob es irgendwelche Schwierigkeiten in ihrer Ehe gegeben habe, antwortete die Ehefrau gekünstelt und tupfte sich mit einem Spitzentaschentuch die Augen. „Herr Kommissar, wo denken Sie hin, es war alles in bester Ordnung bei uns."

Baum ließ sich seine Verwunderung nicht anmerken „Wenn ein Mensch spurlos verschwindet, dann ist leider nichts mehr in Ordnung" gab er zu bedenken, darum dürfe man bei der Wahl der Fragen keine Rücksicht nehmen.

Nein, nein, sie habe niemals den Eindruck gehabt, dass er ein Verhältnis mit einer anderen Frau hätte haben können. Es habe nur Dienst und Pflicht für ihn gegeben. Viel zu wenig Vergnügen! Er habe immer gearbeitet, wenn nicht im Krankenhaus, dann in seinem Arbeitszimmer unten im Keller. „Als Hobby hatte er das Fotografieren und das Archivieren der Dias. Und klassische Musik liebte er. Wir hatten ein Abo und wenn sein Dienstplan es zuließ, gingen wir regelmäßig in den Herkules-Saal" bemühte sich die Ehefrau zu harmonisieren.

Ja, es käme auch vor, dass er im Krankenhaus übernachtete, aber selten. Wenn er eine schwierige OP am Abend hatte und wenn es schneite und er am Morgen früh wieder antreten musste, dann ja. Aber nie, ohne sie anzurufen oder anrufen zu lassen, er sei noch niemals einfach so weg geblieben, niemals.

Baum sah die Ehefrau ruhig und freundlich an, er wollte ihr keine Angst machen, weder Angst vor den Konsequenzen des Verschwindens Ihres Mannes, noch wollte er sie mit seinen Fragen in Verlegenheit bringen. Aber er hatte nicht den Eindruck, dass hier überhaupt irgendetwas in Ordnung war. Weder in dieser Ehe noch im Alltag dieses leblosen Hauses. Es würde noch Möglichkeiten geben, seinen Eindruck zu vertiefen, für heute wollte er es damit bewenden lassen.

„Was hältst du von dieser Familie?", fragte Weidel, kaum dass sich die Haustür hinter ihnen geschlossen hatte.

Baum ging ein paar Schritte, bevor er antwortete. „Tja, die Ehefrau kommt mir irgendwie ungesund vor. Die war sehr unsicher, und es war eine Unsicherheit, die weit über die Sorge um den Verbleib ihres Mannes hinausging. So habe ich es auf jeden Fall empfunden. Ihre Kinder waren bemüht um die Mutter, als machten sie sich Sorgen, dass sie etwas Falsches sagen könnte." „Oder sich irgendwie blamieren könnte" dachte Weidel laut. „Ja, so wirkte es in der Tat" sagte Baum. „Als ob sie auch befürchteten, sich um die Mutter kümmern zu müssen."

„Falls der Lechner nicht morgen wieder auftaucht", antwortete Weidel.

„Hältst du das für möglich?", fragte Baum erstaunt.

„Nein, nein, du brauchst gar nicht so skeptisch zu gucken, ich glaube genau wie du, dass wir hier einen echten Fall aufklären müssen."

„Dann sind wir uns ja einig. Ich würde vorschlagen, dass wir als Nächstes die Oberschwester befragen und dann die Ärzte, die sich versetzen ließen, einverstanden?"

„Fahren wir auf dem Rückweg noch im Krankenhaus vorbei? Es ist noch früh, und die Oberschwester muss uns die Kontaktdaten der Ärzte geben, die sich versetzen ließen."

Baum gähnte. Etwas müde schloss er Weidels Beifahrerseite auf und wartete, bis sie sich hineingesetzt hatte. Sein alter Mercedes war sein ganzer Stolz und er genoss es jedes Mal, den Kavalier zu geben, wenn er seine Kollegin in seinem Auto chauffierte.

Die Fahrt verbrachten sie schweigend. Weidel blätterte in ihren Unterlagen, es war das Übliche: Niemand hatte eine Vorstrafe und auch sonst gab es nichts Auffälliges. Es war alles in Ordnung. Außer ein paar Punkten wegen zu schnellem Fahren beim Sohn, gab es gar nichts zu beanstanden.

3

Die Befragung der Oberschwester verlief wie eine Musterung: Baum war tauglich, für jeden Krieg der Welt, auch mit dem Kopf unterm Arm. Dr. Lechner sei der beste Arzt und Mensch gewesen, den es nur geben kann, er hatte sein Land im Krieg verteidigt, sieben Jahre Gefangenschaft überlebt und überall viel Gutes getan. Sein Verschwinden sei eine Katastrophe, für das Krankenhaus an erster Stelle. Er sei ein phantastischer Chirurg gewesen, immer besonnen, aber jederzeit handlungsbereit. Immer habe er in schwierigen Situationen die richtige Entscheidung getroffen. Wenn seinen Assistenzärzten schon die Schweißperlen auf der Stirn standen, blieb er die Ruhe selbst. Natürlich gab es Kollegen, die nicht mit ihm zurechtkamen. „Es sind eben nicht alle aus diesem edlen Holz geschnitzt", fauchte sie voller Verachtung.

So ging es weiter in der Litanei des Lobes. Die kleine kräftige Frau mit einem grauen Dutt, den stechenden Augen und schuppig roten, rauen Händen war in ihrer resoluten Art keineswegs angenehm. Baum taten die Schwestern leid, die von ihr gemaßregelt wurden. Man konnte sich vorstellen, dass es auf dieser Station nichts zu lachen gab.

„Warum wollten denn die beiden Assistenzärzte nicht hier bleiben? Gab es irgendwelche speziellen Vorfälle?" fragte Baum gerade heraus.

„Vorfälle? Ja, natürlich gab es die, sie kamen zu spät und gingen zu früh! Das reichte schon für Herrn Dr. Lechner – und auch für mich. So etwas darf hier nicht einreißen", ereiferte sich die Oberin.

„Könnte es denn irgendwelche Patienten oder Angehörige geben, die einen Grund hatten, Herrn Dr. Lechner zu misstrauen oder ihn gar zu hassen?" fragte Baum weiter.

Darauf antwortete die Oberschwester voller Wut: „Wie können Sie so eine Frage überhaupt stellen?! Dr. Lechner wurde mit Dankbarkeit und Geschenken förmlich überschüttet. Aber er hat nie etwas davon behalten, immer hat er alles auf den Stationen verteilt. Er ist ja so ein großzügiger Mensch. Nur bei der Pflicht kennt er kein Pardon."

Sie bekamen Name und Adresse der beiden Ärzte und verlangten, Dr. Lechners Arbeits- oder Amtszimmer zu sehen.

„Das kann ich nicht erlauben" entgegnete die Oberin streng. Baum straffte sich deutlich, überragte sie um einen halben Meter „liebe Schwester Oberin, auf Ihre Erlaubnis kommt es nicht an. Wir haben einen Fall zu lösen, für den wir alle erdenklichen Hinweise benötigen, und wir gehen davon aus, dass Ihnen doch auch daran gelegen ist, das Verschwinden ihres Vorgesetzten aufzuklären."

Wie es denn mit einem Durchsuchungsbefehl aussehe, begehrte sie noch einmal auf, und Baum antwortete geduldig, dass es noch gar nicht um eine Durchsuchung ginge, sondern lediglich darum, einen Blick hineinzuwerfen.

Sie gab den Widerstand auf und verließ mit einem militärischen „Folgen Sie mir" den Raum im Stechschritt. So wollten die beiden Inspektoren ihr das Kommando nicht durchgehen lassen, Baum und Weidel ließen sich Zeit, ihr zu folgen.

„Lass einen Beamten herkommen, der den Raum versiegelt und leite den Durchsuchungsbeschluss in die Wege", wies er Weidel an, und sie verschwand sofort im nahegelegenen Dienstzimmer der Station, um zu telefonieren. Baum hatte währenddessen den Feldwebel mit grauem Dutt in Schwesterntracht verloren und ging gemächlich zum Ende des Ganges, wandte sich nach rechts und sah sie ungeduldig vor einer Tür zweimal hektisch auf ihre Armbanduhr schauen.

„Ich habe nicht den ganzen Tag Zeit!", platzte es aus ihr heraus, als Baum sie erreichte.

„Das kann ich mir vorstellen, darum dürfen Sie jetzt auch gerne gehen, nachdem Sie mir den Schlüssel ausgehändigt haben."

Mit seinen 50 Jahren war Baum ein paar Jahrzehnte lang von niemandem mehr gefragt worden, ob er noch bei Trost sei. Er musste darüber schmunzeln.

Geduldig wie immer versicherte er ihr, tatsächlich noch bei Trost zu sein, und beschrieb das nun kommende Prozedere: dass ein Beamter in ein paar Minuten eintreffen werde, der den Raum versiegeln würde, und der Oberstaatsanwalt einen Durchsuchungsbefehl ausstellt, der dann bei der Generalität vorgelegt werden würde. Sie müssten sich nur einen ersten oberflächlichen Eindruck verschaffen, ob es einen zweiten Zugang zu dem Raum gäbe und so weiter. Sie könne jetzt wirklich gehen, und sich wichtigeren Dingen zuzuwenden.

„Wichtigere Dinge als das Verschwinden von Dr. Lechner kann es nicht geben", begehrte sie noch einmal auf, jedoch erkannte sie wohl, dass man den Bogen bei diesem Hauptkommissar nicht überspannen durfte. Sie gab ihm den Schlüssel und verschwand mit knallenden Absätzen.

Baum öffnete die Tür und blieb auf der Schwelle stehen. Der erste Eindruck war immer wichtig für ihn. Er sah einen großen schweren Schreibtisch mitten im Raum, eine Garderobe, zwei Büroschränke und eine Liege mit Wolldecke und Kissen. Alles war peinlich ordentlich, aber in keiner Weise schön. Ein weiterer lebloser Raum. Dieser Dr. Lechner legte anscheinend überhaupt keinen Wert auf die Umgebung, in der er sich aufhielt.

Einzig an der dem Schreibtisch gegenüberliegenden Wand hing ein riesiges altes Ölgemälde, das Porträt eines Mannes im Frack mit Monokel. Seine Augen blickten streng, dennoch waren sie das einzig Lebendige in diesem Raum.

Weidel kam und äußerte ihren ersten Eindruck in einem langgezogenem ‚Pfffffff'. „Meine Güte, hier geht es also um Leben und Tod?"

„Wieso glaubst du das?", fragte Baum verwundert.

„Na, weil doch hier die Operationen besprochen werden, und da kann doch auch mal eine riskante dabei sein."

„Ach so, na ja, in erster Linie war er doch Spezialist für Sprunggelenke. Ich glaube nicht, dass es da viele lebensgefährliche OPs gegeben hat. Aber gut, dass du es erwähnst: Wir müssen uns noch erkundigen, ob es vorkam, dass er auch Patienten von anderen Stationen operiert hat. Warum, wie oft, und so weiter", sagte Baum sachlich.

Inzwischen war der Beamte eingetroffen, der den Raum versiegeln sollte. Man kannte sich und grüßte sich.

„Gut, dass du so schnell kommen konntest, Schorsch, dann brauchen wir nicht so lange zu warten." „Ich war gerade in der Nähe als ich den Polizeifunk hörte" gab der Kollege an. „Siegel habe ich immer dabei. Geht es um diesen Raum hier?" Baum bestätigte „Ich würde zwar liebend gern mit der Durchsuchung des Schreibtischs beginnen, aber warten wir besser den Beschluss ab, schließlich sind wir hier beim Militär."

„Ganz recht", tönte es von der Tür. „Bertold mein Name, ich bin der Vorgesetzte von Herrn Oberstarzt Dr. Lechner. Es ist leider nicht möglich, dass Sie eine Durchsuchung durchführen. Dr. Lechner war Oberst und ein sogenannter Geheimnisträger. Wenn eine Durchsuchung stattfindet, dann nur eine interne durch uns. Ich habe bereits mit Ihrem Oberstaatsanwalt telefoniert. Wir verpflichten uns, Ihnen alles auszuhändigen oder mitzuteilen, was in irgendeiner Weise zu Ihren Ermittlungen beitragen kann. Aber es wird keine Durchsuchung durch Ihr Kommissariat stattfinden."

Baum ließ sich seine Sprachlosigkeit nicht anmerken und studierte die Person des Generals. Vor ihm stand ein hoch dekorierter Mann in Uniform, der es gewohnt war Befehle zu erteilen. Nicht sehr groß, nicht sehr schlank, aber alles in allem stimmig und in seiner natürlichen Autorität nicht unsympathisch, das musste er zugeben „Wie wollen Sie denn entscheiden, was für die Ermittlung wichtig sein könnte und was nicht?" fragte er ruhig.

„Ich bitte Sie", antwortete Bertold scharf „Wir sind das Militär, wir beschützen dieses Land. Wenn jemand das weiß, dann ja wohl wir. Uns obliegt die Deutungshoheit." Mit diesen Worten komplementierte er die drei Polizisten auf den Flur, forderte den Schlüssel zurück und ließ die Tür von zwei wartenden Soldaten versiegeln. „Sie können sich gerne bei

Ihrem Oberstaatsanwalt rückversichern. Auf Wiedersehen." Die beiden Soldaten schlugen die Hacken zusammen und salutierten zackig.

„Punkt", sagte Weidel laut als der General um die Ecke gebogen war. Baum grinste. „Da stehen wir wie drei kleine Kadetten. Ich fürchte nur, hier ist es für uns zu spät Karriere zu machen. Lassen wir es fürs Erste dabei bewenden."

„Sollten wir uns jetzt nicht so schnell wie möglich einen Durchsuchungsbeschluss für das private Arbeitszimmer besorgen, bevor dieser General auch das Privathaus unter militärische Obhut stellt?", fragte Weidel.

„Ich glaube, die Gefahr besteht nicht. Seine Zuständigkeit endet hier, und dass sein Geheimnisträger gegen eine Vorschrift verstoßen haben könnte, hält er für ausgeschlossen. Außerdem machen die Ehefrau und ihre Kinder bestimmt keine Probleme. Sie schienen ja sehr betroffen und auch an Aufklärung interessiert zu sein."

So verließen sie das Krankenhaus zu dritt. Erleichtert, wieder in Freiheit zu sein – wie Baum es nannte –, blieben sie noch einen Moment in der Herbstsonne stehen, rauchten und betrachteten das Eingangsportal des Krankenhauses. Es war ein Kommen und Gehen, wie man es überall kannte. Nur der Stacheldraht auf der Mauer, vor der sie standen, erlaubte Rückschlüsse darauf, dass es sich hier um ein besonders gesichertes Gebiet handelte.

Der junge Beamte verabschiedete sich und die beiden Kommissare einigten sich darauf, auf dem Weg zurück ins Kommissariat erst einmal irgendwo etwas zu essen. „Worauf hast du Appetit?" fragte Weidel.

„Ehrlich gesagt auf nichts, ein Bier und eine Brezel würden mir reichen" gab Baum an. „Ok, dann brauchen wir nicht weit zu fahren, der Biergarten hier um die Ecke ist recht gemütlich, und natürlich gibt es auch deine geliebten Kastanien wenn du noch draußen sitzen möchtest." Baum schmunzelte, das hatte seine Kollegin also schon richtig gedeutet. Ein blauer Herbsthimmel mit Kastanien, war für ihn fast eine Art zweites Zuhause.

Ein paar Gäste saßen tatsächlich noch draußen. Weidel holte Kissen und Decken, während Baum sich bereits ein Zigarillo ansteckte. Die Bedienung brachte ihnen die Karte und ein blauweißes Wachstuch für den Tisch. Es wurde gemütlich.

Tiefblauer Herbsthimmel, die Kastanienblätter segelten sachte herab, und die Spatzen hatten sich schon in einiger Entfernung versammelt, um auf Krümel zu warten.

Baum mochte keine Klischees, aber diese Postkartenstimmung liebte er. Der Qualm des Zigarillos duftete und die Stimmung zwischen ihnen beiden war ein entspanntes Einvernehmen.

Weidel drehte sich eine Zigarette, nahm einen ersten tiefen Zug. „Was gibt es für Möglichkeiten? Er könnte seinen Abgang mit Hilfe einer Geliebten arrangiert haben, aber das passt nicht zu seinem militärischen Drill und Pflichtbewusstsein. Dennoch wäre es möglich. Er könnte entführt worden sein, aber es liegt keine Forderung vor. Er könnte entführt worden sein als eine Art Racheakt. Man will ihm eine Zeit lang irgendwo Angst einjagen, ihn leiden lassen, aus welchem Grund auch immer."

Baum antwortete nicht sofort. Er lehnte sich zurück und schaute in die Krone der Kastanie. „Wenn ich ehrlich bin, habe ich das Gefühl, da steckt etwas Unschönes dahinter. Wir müssen möglichst schnell mit den beiden Assistenzärzten sprechen. Hast du schon rausbekommen, wo die jetzt beschäftigt sind?"

„Der Orthopäde ist in München geblieben, hat ins Rechts der Isar gewechselt. Der andere ist Gynäkologe und ging nach Passau. Beide sind ungefähr mein Jahrgang, haben Familie und Kinder. Was meinst du, sollen wir uns anmelden oder einfach mal in den Krankenhäusern auftauchen?"

„Im Rechts der Isar schneien wir noch vorbei, hast du noch Zeit?"

„Ja, leider, mein Freund hat heute eine Feier mit den Kollegen – und auch den Kolleginnen."

„Nanu? Das hört sich ja nach so etwas wie Eifersucht an?" spöttelte Baum. „Ach ja, ein bisschen. Seine Klamotten riechen oft nach Frauenparfüm."

„Das muss doch nichts bedeuten, die Jacken können auch übereinander auf einem Stuhl gelegen oder nebeneinander an der Garderobe gehangen haben. Frauenparfüm ist manchmal sehr durchdringend und gibt den Geruch schnell weiter. Bilde dir nicht zu viel ein, denk dran, dass durch Eifersucht das Böse erst in die Welt kam."

„Wie meinst du das denn?" fragte Weidel erstaunt.

„Na ja, Luzifer war ein strahlend schöner Cherubim und die Engel liebten ihn. Die Eifersucht auf Jesus Christus hat sein Herz vergiftet und er wurde böse, hat im Himmel seine Intrigen gesponnen, eine Menge seiner Engel aufgestachelt, mit ihm zu kommen, als er den Himmel verlassen musste. Darum haben wir hier auf der Erde den ganzen Schlamassel.

Die sind eifrig am Werk, und Eifersucht ist der Urgrund des Bösen. Schnell kommt die Gier dazu, und wenn ein menschliches Herz damit verdunkel wird, ist das Unheil nicht mehr weit."

„Bist du denn nie eifersüchtig?", fragte Weidel beeindruckt von dieser kleinen Vorlesung.

„Grundsätzlich nicht! Erstens gönne ich meiner Frau alles, was sie glücklich macht, und zweitens will ich mit diesem Gefühl, das die ganze Welt in die Hände von Satan befördert hat, nichts zu tun haben."

Schweigend tranken sie ihr Bier und aßen Brezeln. Weidel war berührt von den Aussagen ihres Kollegen. Sie hatte es schon so oft erlebt, dass er eine ganz andere Sichtweise auf die Dinge hatte, als die Kollegen oder die Menschen aus ihrem eigenen Bekanntenkreis. Wenn sie sich je mit ihren Problemen jemandem anvertrauen müsste, dann nur ihm. Seine Frau war bereits wochenlang in ihrer polnischen Heimat, und er war so ausgeglichen wie eh und je. Und das, obwohl – und das wusste er – seine Marta eine Gastprofessur an der Uni in Breslau hatte und dort zusammen mit ihrem ehemaligen Partner lehrte.

„Das heißt, es kann passieren, was will, du würdest niemals eifersüchtig sein?"

„Genau so ist es. Das ist eine so unwürdige Empfindung, das möchte ich nicht fühlen. Das würde ja heißen, ich gönne meiner Frau nicht die interessante Zusammenarbeit mit ihrem ehemaligen Partner und auch nicht die Freude in ihrer Muttersprache unterrichten zu können. So ein Gefühl würde mich beschmutzen."

„Und wenn etwas liefe zwischen den beiden? Gemütliche Kneipenabende und dann irgendwann mal mehr?"

„Dann würde ich mir wünschen, dass sie das für sich behält und mir nie erzählt."

„Also würde dieses Wissen doch etwas in dir auslösen?"

„Nein, ich möchte es mir nur nicht vorstellen müssen, weil ich kein Voyeur im Intimleben meiner Frau sein will."

Weidel blickte ihn fasziniert an. „Du bist ein außergewöhnlicher Mann, Baum. Ich bin froh und stolz, deine Assistentin zu sein!"

Baum schmunzelte. „Na, häng mich nicht so hoch, ich habe dir nur einige Jahre Lebenserfahrung voraus und hatte ein sehr angenehmes Elternhaus. Mein Vater hat immer gesagt, wenn man glaubt und Christus liebt, kann das Böse gar nicht bis ins Herz kommen. Die Konsequenz dieser Liebe bestimmt unser Verhalten. Wir kommen ohne Gesetzbuch aus."

„Das heißt, was immer mit diesem Lechner passiert ist, Gott war nicht im Spiel?" fragte Weidel.

Baum zog an seinem Zigarillo und guckte versonnen in den tiefblauen Herbsthimmel. „Das wissen wir nicht, aber wir werden es herausfinden, hoffe ich. Lass uns fahren und erst einmal den Orthopäden befragen. Es ist ja nicht mehr weit.

An der Pforte fragten Sie nach Dr. Poll und wurden freundlich in die zweite Etage geleitet. Dort sollten sie im Schwesternzimmer noch einmal nachfragen, man würde sie dort telefonisch ankündigen.

„Ich bin gespannt, auf wen wir diesmal treffen. Ob das auch wieder so ein wichtiger Niemand ist?", flüsterte Weidel, als sie kurz vor dem Schwesternzimmer waren. Baum klopfte an die geöffnete Tür, zeigte seinen Ausweis und stellte sich und Weidel vor.

Die Schwester wirkte sehr routiniert. „Wir haben schon nach Dr. Poll schicken lassen. Wenn Sie bitte hier Platz nehmen würden – es kann sich nur um ein paar Minuten handeln. Bitte entschuldigen Sie mich." Eilig nach ein paar Patientenakten greifend, verließ sie das Zimmer. Baum und Weidel fühlten sich beide in dieser Umgebung nicht wohl. Aber sie warteten geduldig und schwiegen.

Nach ungefähr zehn Minuten polterte ein etwa 40-jähriger Mann ins Zimmer. Er trug einen Vollbart, hatte eine Menge Lachfalten und stellte sich mit sonorer Stimme als Dr. Poll vor. „Wie kann ich der Polizei behilflich sein?", fragte er freundlich.

Baum hatte sich erhoben und berichtete kurz und knapp, worum es Ihnen ging.

„Dass Dr. Lechner verschwunden ist, habe ich gestern schon erfahren. Mein ehemaliger Kollege aus Nymphenburg hat mich angerufen und mich vorgewarnt, dass Sie vielleicht hier auftauchen werden. Was kann ich denn beisteuern?", fragte er sachlich und ohne irgendwelche Misstöne.

„Wir sind im Moment dabei, uns ein Bild von Dr. Lechner zu machen. Bisher haben alle Befragten ihn als pflichtbewussten und freundlichen Arzt beschrieben. Besonders die Oberschwester ließ nichts auf ihn kommen."

„Das kann ich mir vorstellen", antwortete Dr. Poll. „Die beiden waren aus dem gleichen Holz, versteckten ihre Herrschsucht gerne hinter Pflichtbewusstsein. Ich konnte sie nicht ausstehen und bin heilfroh, dort weg zu sein."

„Gab es irgendeinen speziellen Vorfall, warum Sie sich entschieden haben, das Krankenhaus zu wechseln?", wollte Baum wissen.

„Es war mir zuwider, immer mit diesen beiden aneinanderzugeraten, wenn ich mal zu spät zum Dienst kam. Meine Frau hatte sich damals bei einem Sturz die Kniescheibe gebrochen und konnte ein paar Wochen unseren Haushalt nicht alleine stemmen. Wir haben vier Kinder und da gab es immer mal eine Situation, wo ich einspringen musste, was nicht immer mit meinen Dienstzeiten vereinbar war."

„Gab es daraufhin Auseinandersetzungen?" fragte Baum.

„Letztendlich ausschlaggebend war die Tatsache, dass ich mir mal spontan einen Tag Urlaub nehmen musste, als bei uns zu Hause landunter war. Da wurde ich von Dr. Lechner dermaßen abgekanzelt, dass ich mich entschied, da nicht weiter den Kadetten zu geben, sondern mich in einem staatlichen Krankenhaus zu bewerben, wo man Menschen als Vorgesetzte hat und die Hierarchien weniger militärischen Drill besaßen. Glücklicherweise hat das relativ schnell geklappt. Hier bin ich sehr gerne."

Baum hatte sich inzwischen wieder gesetzt und bat auch Dr. Poll, Platz zu nehmen. „Was wir gerne von Ihnen wissen möchten, ist, ob Sie sich vorstellen können, dass Dr. Lechner ohne einen triftigen Grund vom Dienst fernbleiben würde?"

„Das kann ich mir nicht vorstellen. Er war ein Fanatiker in puncto Pflichtbewusstsein. Wir haben immer gesagt, wenn er mal nicht zum Dienst erscheint, muss er tot sein."

„Haben Sie bei irgendeiner Gelegenheit mal eine private Seite von ihm kennengelernt?", fragte Weidel vorsichtig.

„Wirklich privat nicht, aber es gab mal eine Feier anlässlich der Einweihung der neuen gynäkologischen Abteilung, da haben wir seine Frau und seine beiden Kinder kennengelernt. Seine Frau sah sehr gut aus, aber schien sehr frustriert, der Sohn war bereits ein kleiner Soldat und die Tochter wirkte wie das verwöhnte Nesthäkchen. Das ist jetzt nur mein damaliger Eindruck aus der Beobachtung, ich habe mit niemandem gesprochen."

„Gab es jemanden aus dem Kreis der damaligen Kollegen, der einen besonderen Grund gehabt hätte, Dr. Lechner zu hassen?", fragte Baum geradeheraus.

„Das würde ich so nicht sagen. Wir haben halt manchmal ein bisschen gelästert und uns auch mit Ärzten anderer Fachgebiete ausgetauscht. Ich hatte immer das Gefühl, dass die familienfreundlichen Ärzte schlechter mit ihm ausgekommen sind. Es gab damals auf der Gynäkologie einen jungen Assistenzarzt, Dr. Oberrieser, der ihn auffallend ablehnte."

„Was waren eigentlich genau Ihre Aufgaben als Assistenzärzte?" wollte Weidel wissen.

„Wir assistierten ihm bei den Operationen und dackelten im Übrigen bei den Visiten hinter ihm her. In Konferenzen hatten wir ihm beizupflichten. Keine eigene Sichtweise, Meinung oder gar eigene Bindung mit einem Patienten war erlaubt. Wir mussten immer auf den Chef verweisen. Er war das Orakel des Krankenhauses."

Baum streckte unter dem kleinen Tisch die langen Beine aus und wollte dann wissen: „Gab es jemals eine eklatante Fehleinschätzung oder einen OP-Fehler bei Dr. Lechner?"

Dr. Poll räusperte sich „leider nicht muss ich da sagen, auch wenn das etwas seltsam klingt. Im Gegenteil, sogar wenn seine Entscheidung Kritiker fand und es hätte schiefgehen können, ging es doch immer gut und erwies sich hinterher sogar als genial. Das war das Problem, das brachte ihm diese erhabene Stellung der Unfehlbarkeit!"

Baum blätterte in seinem Notizbuch und stellte nun seine abschließende Frage: „Könnten Sie sich einen Grund vorstellen, warum jemand Dr. Lechner hätte schaden wollen? Einen Grund, warum ihn jemand hassen würde?"

Dr. Poll antwortete nicht sofort. „Das ist eine schwierige Frage. Ich könnte mir das allein aufgrund seines Wesens sehr wohl vorstellen, aber ich habe keinen Grund, aus eigener Anschauung so etwas zu behaupten. Zumindest kenne ich niemanden, der sich abfällig genug über ihn geäußert hätte, um diese Vermutung zu stützen. Aber Sie sollten auf jeden Fall mit Dr. Oberrieser sprechen. Wenn ich bei jemandem das Gefühl hatte, dass seine Abneigung tief saß, dann bei ihm. Tun Sie mir nur bitte den Gefallen und erwähnen Sie meine Vermutung ihm gegenüber nicht, er ist ein sehr anständiger Kerl und wird Ihnen von ganz allein Alles erzählen, was wichtig sein könnte. Ich möchte ihm da keinesfalls vorgreifen."

„Vielen Dank für Ihre Ausführungen", sagte Baum. Die beiden Kommissare erhoben sich und verabschiedeten sich höflich von dem Arzt.

„Sollten wir Sie noch einmal brauchen, dürfen wir uns noch mal an Sie wenden?", fragte Weidel

„Selbstverständlich", antwortete er freundlich. „Sie wissen ja, wo Sie mich finden!"

4

Dr. Poll vergewisserte sich, allein im Schwesternzimmer zu sein, ging zum Telefon und wählte.

„Oberrieser", meldete sich der ehemalige Kollege am anderen Ende.

„Sepp, gut dass Du zuhause bist, hör zu, die Polizei war gerade bei mir im Krankenhaus. Der Lechner ist verschwunden und sie ermitteln. Sie werden bald auch bei dir auftauchen. Du solltest ihnen sagen, was du mir damals anvertraut hast."

„Das kommt ganz darauf an, wer mich befragt", antwortete Dr. Oberrieser. „Ich muss schließlich wissen, ob es überhaupt die Chance auf echtes Verstehen gibt. Die Sache ist heikel und kann auch falsch eingeschätzt oder gar nicht erst ernst genommen werden"

Dr. Poll antwortete sofort: „Da kannst du beruhigt sein, der Kommissar schien mir sehr verständig zu sein.

Schon älter und lebenserfahren, nicht so ein Heiopei, der grade aus irgendeiner Verbildungsanstalt kommt."

In der Leitung war es einen Moment still, dann stöhnte Oberrieser laut. „Wer hätte das gedacht, dass wir uns noch einmal mit diesen Erinnerungen befassen müssen? Aber wenn ich ehrlich bin, ich habe schon irgendwie darauf vertraut, dass da mal eine regelnde Hand eingreift."

„Meinst du denn, sein Verschwinden hat etwas damit zu tun?", fragte sein Kollege entsetzt.

„Na, was denn sonst? Glaubst du, der verschwindet, um sich irgendwo ein schönes Leben zu machen?"

„Wohl eher nicht", stöhnte Dr. Poll. „Sepp, ich wünsch dir was. Würde dich gern mal wieder auf ein Bier treffen, meinst du, wir bekommen das hin?"

„Da müsstest du schon nach Passau kommen."

„Vielleicht gelingt es mal, ich will meine bessere Hälfte fragen und melde mich dann wieder bei dir. Servus."

5

„Der gefiel mir ganz gut", sagte Weidel auf dem Weg zum Auto. „Zumindest würde ich als Patient zu ihm Vertrauen fassen können", ergänzte sie.

Baum nickte zustimmend „Ich bin jetzt sehr gespannt auf den Gynäkologen aus Passau. Wann hast du uns da angemeldet? Morgen müssen wir zur Besprechung ins Kommissariat und übermorgen ist Samstag."

„Wir dürfen es doch bestimmt etwas dringlicher machen, oder?"

„Ich denke schon", antwortete Baum. „Wir brauchen endlich einen Ansatz. Es ist alles zu glatt und einheitlich, jeder sagt das gleiche, aber irgendetwas muss es schließlich geben, sonst wäre er nicht verschwunden. Könntest du den Termin mit Dr. Oberrieser nicht direkt heute Abend machen?"

Weidel schaute auf die Uhr. „Es ist schon halb vier. Lass uns einen Abstecher ins Büro machen, dann kündige ich uns für acht Uhr an. Meinst du, das schaffen wir?"

„Sollte es keinen Stillstand auf der Autobahn geben, dann bestimmt. Lieber hätte ich ihn erst in seinem beruflichen Umfeld kennengelernt, aber so kehren wir es um, machen den zweiten Schritt vor dem ersten. Wer weiß, vielleicht nutzt es sogar."

Während Weidel telefonierte, brachte Baum den Chef auf den aktuellen Stand und bekam noch einmal die eindringliche Bitte um Diskretion und Fingerspitzengefühl mit auf den Weg. Baum vermutete, dass General Bertold einen guten Draht zum Oberstaatsanwalt besaß und schon eine entsprechende Weisung bei ihrem Chef angekommen war. Er sicherte ihm alles wie gewünscht zu und holte Weidel nebenan ab.

„Ich habe mein Anliegen erst der Zentrale, dann der Station mitgeteilt. Er hat wohl gerade einzelne Krankenbesuche auf seiner Station gemacht und man versprach eine Rückmeldung, die auch prompt erfolgte. Ich habe es dringend gemacht und er war einverstanden. Wir sollen um acht Uhr bei seiner privaten Adresse sein, dann sei er auch wieder zu Hause."

„Wenn wir jetzt starten, können wir es vielleicht sogar mit Pause schaffen. Dann können wir ja irgendwo einen Kaffee trinken und etwas essen."

„In Ordnung", meinte Baum „ starten wir."

Baum hoffte auf ein informatives Gespräch mit Dr. Oberrieser – irgendetwas, das sie weiter bringen konnte, bisher fehlte ihnen noch ein Zugang zum Kern des Falles, wie er es immer auszudrücken pflegte. Erst wenn man diesen Spalt gefunden hatte, konnte man tiefer einsteigen.

„Hattest du den Eindruck, dass es ihm irgendwie unangenehm ist, befragt zu werden?"

Weidel schwieg einen Moment. „Eigentlich nicht ... obwohl, ein gewisser Widerwille war zu spüren. Es ist nur die Frage, wem dieser Widerwille galt: uns oder dem Lechner?"

„In knapp drei Stunden finden wir es heraus!"

Als es nur noch 70 km bis Passau waren bat Weidel um eine Pause. „Was meinst du, sollen wir mal von der Autobahn runterfahren und uns ein Gasthaus suchen? Ein Kaffee und eine Zigarette wären mir sehr recht, auch gegen eine kleine Stärkung hätte ich nichts einzuwenden."

Baum gab dem Lenkrad einen Klaps und hielt das für eine ausgezeichnete Idee. „Wer weiß, wann wir heute zu Hause sind. Ich hätte auch nichts dagegen, dem Appetit zuvorzukommen."

Sie hatten Glück, fanden tatsächlich auf dem Stück Bundesstraße von Ausfahrt zur nächsten Auffahrt ein Hinweisschild auf einen ‚Gasthof zur Schlucht' und nahmen den Abzweig. Dort angekommen bot sich ihnen kein berauschender Blick auf eine Schlucht, sondern lediglich der Blick auf eine durch zahlreiche Hackerbräu Laternen beleuchtete weite Ebene, die wohl niemals eine Schlucht gewesen war, aber das störte niemanden. Eher der Verlust von Baums geliebten Kastanien fiel auf, ließ ihn aber nicht zögern, trotzdem draußen Platz zu nehmen. Baum besuchte Gasträume frühesten ab 5 Grad unter Null.

Die Bedienung teilte ihnen mit, dass es für ein warmes Essen noch etwas zu früh war, aber dem Wunsch nach einer zünftigen Brotzeit wurde entsprochen – sogar mit frischen Brezeln, wie Baum noch schnell hinterherschickte.

Und wieder wurde es gemütlich, Weidel drehte sich ihre Zigarette und Baum kramte seine Zigarillos aus der Tasche.

„Lass uns noch mal einen Blick von oben auf die ganze Geschichte werfen, begann Baum: „Ein – wie wir erfahren haben – pflichtbewusster Arzt und Familienvater verschwindet an einem Samstagnachmittag spurlos und, wie es aussieht auch grundlos. Es gibt keine Forderung, keine Geliebte, seine Papiere sind zu Hause, es sind keine größeren Summen vom

Konto abgehoben worden. Was kann das anderes sein als ein Verbrechen?"

„Ob es wirklich keine Geliebte gibt, wissen wir nicht. Es könnte eine steinreiche Witwe sein, sodass er kein eigenes Geld mitzunehmen brauchte. Vielleicht sitzt er längst irgendwo in Nizza auf einer Terrasse unter Palmen und schaut aufs Meer?" Versonnen blickte Weidel in die Weite, als suche sie Meer und Palmen hier in Niederbayern. „Er sieht ja nicht schlecht aus, vielleicht ist da jemand schwach geworden?"

Baum reckte die Arme nach oben und streckte gleichzeitig seine langen Beine aus. „Du hast recht, wir wissen es nicht mit Bestimmtheit, aber glauben wir es, nach dem, was wir von allen Beteiligten über ihn gehört haben? Ja, es kommt vor, dass Menschen plötzlich und unvermittelt aus ihrem Leben ausbrechen, aber nicht dieser Mensch. Das kann ich mir nicht vorstellen, im Gegenteil, das Bild, das sich von ihm abzeichnet, ist eher das eines unspontanen Menschen, der sich an einer sklavischen Planung durchs Leben hangelt."

„Sein Abgang kann doch geplant gewesen sein" konterte Weidel „außerdem kann er sozusagen an einen weiblichen General geraten sein, der es ihm leicht macht, sein neues Leben im Befehlsmodus weiterzuleben? Es soll solche Frauen geben, erst recht, wenn sie Geld haben."

„Du vergisst, dass er das Kommando hatte. Denk an die eingeschüchterte Ehefrau und überhaupt."

„Auch da wäre eine Umkehr denkbar. Vom Befehlshaber zum Befehlsempfänger. Es gibt doch da ganz massive psychische Defekte. Einige alte Fellini- oder Pasolini-Filme behandeln das Thema, wie Männer zu sexuell unterwürfigen Hündchen werden, die danach jammern gezüchtigt zu werden."

Baum ächzte laut „Daran möchte ich gar nicht denken. Glücklicherweise kenne ich diese Filme nicht. Du weißt ja, dass ich mich in puncto Sexualität lieber an die klassischen von Gott gewollten Regeln halte."

„Na, ganz so ja dann offenbar auch nicht, denn laut dieser Regeln ist Sexualität mit dem Zweck des Kinderkriegens verknüpft, oder?"

Baum schmunzelte „vor allem ist sie mit gegenseitiger Achtung und Liebe verknüpft! Und ja, es gibt auch die Form der sogenannten Josephs-Ehe, wenn Paare zu alt sind, um noch Kinder zu bekommen, und das zum Zeitpunkt der Eheschließung bereits feststeht. Marta und ich fallen darunter. Aber das ist ja jetzt nicht unser Thema. Lass uns beim Lechner bleiben."

Die Bedienung balancierte die großen Teller und ein Körbchen mit knusprigen Brezeln herbei und sie begannen mit Appetit zu speisen. Baum genoss die Stille. Schließlich schaute Weidel auf die Uhr. „Sollen wir weiterfahren? Vielleicht eröffnet uns das Gespräch mit Dr. Oberrieser ja endlich einen Ermittlungsansatz? Ich bin mit dem Bezahlen dran und gehe noch schnell pieseln. Treffen wir uns am Auto?"

Baum nickte dankbar, zählte seine Zigarillos in der Schachtel und packte sie vorsichtig in seine Manteltasche.

6

„Lass uns ein Spiel machen", schlug Baum vor, als sie wieder auf der Autobahn waren. „Jeder schildert das Haus und die Lebensumstände vom Oberrieser, die er sich vorstellt, und wer näher dran ist, hat gewonnen."

Weidel sprang sofort drauf an: „Ich sage Reihenhaus der gehobenen Klasse, alles vom Feinsten, Gartenpflege an Gärtner vergeben, innen alles schiefergrau und teuer. Frei schwingende Treppen ohne Geländer aus sündhaft teurer Eiche. Ich habe mal gesehen, wie eine solche Treppe gebaut wurde. Der Wahnsinn – auch der Preis!"

„Der Mann hat vier Kinder", entgegnete Baum empört. „In einen solchen Haushalt gehört nur ein Kind, entweder eine kratzbürstige Tochter oder ein Streber-Sohn, der in Vatis Fußstapfen treten will."

„Hoppla, höre ich da vielleicht ein Klischee aus dem Tatort raus?", kicherte Weidel. „Ich wusste gar nicht, dass du bei deinem Beruf solche Sendungen guckst."

Baum lachte ebenfalls. „Gucke ich auch nicht, aber dass es ein Klischee ist, da gebe ich dir recht."

Weidel schmunzelte in sich hinein. „Jetzt bist du dran, dein Bild fehlt noch."

„Also, ich denke an ein altes Bauernhaus mit viel Renovierungsstau und Unordnung. Einer Scheune als Werkstatt, jede Menge Fahrräder und Dreiräder unter einer alten Kastanie."

„Sagenhaft", lachte Weidel „wenn wir da tatsächlich ankommen, müssen wir ja aufpassen, dass wir unparteiisch bleiben und keinen Sympathiebonus vergeben!"

„Wie weit ist es noch?", fragte Baum belustigt.

„Übernächste Ausfahrt müssen wir raus und dann noch circa 15 km über Land. Also auf jeden Fall schon mal Stadtrand. Der Herr Dr. hat einen etwas weiteren Weg in die Klinik."

Eine halbe Stunde später parkten sie vor einem alten Bauernhaus, über dessen Tür der heilige Florian prangte. Baum zwinkerte seiner Kollegin amüsiert zu. Es öffnete ihnen ein gut aussehender Mann mittleren Alters, leicht ergraute Schläfen und mit vielen Lachfalten, der beiden Ermittlern sofort sympathisch war.

Baum sprach ihn auf den heiligen Florian an. „‚Verschon mich, zünd' andere Häuser an', so heißt es doch beim heiligen Florian", neckte er den Besitzer.

„Ich hätte lieber den heiligen Thaddäus gehabt, den Heiligen für die hoffnungslosen Fälle", konterte der Hausbesitzer freundlich, „denn dieses Haus erweist sich mehr und mehr als hoffnungsloser Fall, was die Renovierungen betrifft. Wir werden nie fertig, obwohl meine Frau Architektin ist."

Mit dieser Antwort hatte er gepunktet. Baum lachte herzhaft und stellte sich und seine Assistentin vor.

Das Innere des Hauses erwies sich als karg, aber gemütlich. Die Fahr- und Dreiräder, die Baum in seiner Vorstellung unter eine Kastanie im Hof verortet hatte, zwängten sich alle in eine geräumige Diele. Zusammen mit Körben voller Holz und einer Spaltaxt wirkte es hier im Vergleich zum Wohnraum vollgestopft.

Dort gab es in der Mitte einen großen schweren Holztisch mit Kerben und Klecksen, zwei Hochstühle für Kinder und einen riesigen Herbstblumenstrauß in der Mitte.

Sie wurden gebeten, Platz zu nehmen, und bekamen das Angebot auf Kaffee, Tee, Wasser oder Bier. Nachdem sich die beiden Kommissare verständigt hatten, wer zurückfahren muss, entschied Baum sich für ein halbes Helles und Weidel für einen Kaffee.

„Sie wissen, warum wir von München zu Ihnen gefahren sind?", eröffnete Baum das Gespräch.

„Ja, mein Kollege hat mich angerufen und Sie angekündigt", erwiderte Dr. Oberrieser freundlich. „Ich weiß allerdings nicht, wie ich Ihnen in dieser Angelegenheit helfen kann. Ich habe schon einige Jahre keinen Kontakt mehr zu meinem damaligen Vorgesetzten."

„Wir sind auf jede Hilfe angewiesen, um uns ein konkretes Bild von Dr. Lechner zu machen. Bisher haben wir von allen Befragten quasi das gleiche über ihn erfahren. Das bringt uns nicht weiter. Wir brauchen mehr. Leider stehen wir noch vollkommen am Anfang und wissen überhaupt nicht, wo wir ansetzen sollten. Warum haben Sie Ihre Stelle bei ihm aufgegeben? Gab es dafür einen besonderen Grund?"

Der Arzt überlegte einen Moment. „Ich könnte Sie jetzt mit unserem Traumhaus hier abspeisen und meine Frau vorschieben, die unbedingt nach Passau zurückwollte – sie ist hier geboren und konnte mit München nie wirklich warmwerden. Das stimmt auch alles, aber der ausschlaggebende Grund war ein ganz anderer. Ich ekelte mich vor Dr. Lechner."

Baum fühlte eine Spannung in sich aufsteigen, er ließ den Satz einige Sekunden in der Luft hängen, beugte sich dann vor und fragte eindringlich: „Wie habe ich mir das vorzustellen?"

Dr. Oberrieser zögerte eine Weile. „Es war die Art, wie er operierte. Sie müssen wissen, dass wir Chirurgen den Augenblick des Verletzens als besonders unangenehm empfinden. Niemand macht gerne den ersten Schnitt. Medizinisch helfen wir dem Patienten, aber zuerst müssen wir ihn verletzen. Daher kostet es immer etwas Überwindung, diesen ersten Schnitt zu tun. Ich zum Beispiel gehe vor jeder Operation in die Krankenhauskapelle und bitte Gott um die rechte Führung. Dr. Lechner hat das nie getan. Ich habe als sein Stationsarzt gespürt, dass er es vielmehr nicht abwarten konnte, diesen ersten Schnitt zu tun. Er hat es genossen."

Baum und Weidel waren sprachlos, ließen ihr Getränk unberührt und starrten Dr. Oberrieser an. „Was wollen Sie damit sagen? Dass er Freude am Verletzen hatte?"

„Ich weiß, dass das ganz ungeheuerlich für Sie klingen muss, aber ich will Ihnen die Wahrheit nicht verschweigen. Ich konnte nicht mehr ertragen, bei einer OP neben ihm zu stehen. Und schlimmer noch, er hat gemerkt, dass ich diese Regung bei ihm gespürt habe. Das führte zu einem stillen Krieg am Tisch, sozusagen."

„Wieso mussten Sie ihm eigentlich bei einer OP assistieren? Sie als Gynäkologe und er als Spezialist für Sprunggelenke?"

„Es kam vor, dass er als Chefarzt von den Patienten gewünscht wurde, insbesondere wenn es sich um Bekannte oder Angehörige von Bekannten gehandelt hat." „Gibt es eine spezielle Operation oder einen speziellen Fall, an den sie sich besonders erinnern?", fragte Baum interessiert.

„Oh ja, leider, das war der Fall eines Mädchens von etwa 12 Jahren. Sie war die Tochter eines seiner Freunde und der Blinddarm musste entfernt werden. Ich möchte beschwören, dass es ihn in höchstem Maße erregte, in diese junge Haut an dieser Stelle einen Schnitt zu setzen."

Nach einem kurzen Schweigen stöhnte er. „Jetzt ist es raus, machen Sie damit, was Sie wollen." Dr. Oberrieser fuhr sich mit beiden Händen durch sein Gesicht, als wolle er die Erinnerung wegwischen.

Ein paar Minuten war es still am Tisch. Baum und Weidel wussten beide, dass sich hier ein Abgrund vor ihnen auftat, in den sie lieber nicht blicken wollten. „Haben die anderen Assistenzärzte und die OP-Schwestern das ebenfalls bemerkt?"

„Ich glaube nicht. Dr. Lechner pflegte immer, russische Lieder zu singen, wenn er operierte. Das tat er auch damals. Nur ich habe seine Erregung bemerkt. Ich stand direkt neben ihm. Nach der OP, beim Umkleiden und Händewaschen habe ich ihn bewusst in gebückter Haltung mit dem Ellbogen angerempelt und konnte sein erigiertes Glied spüren. In seinen Augen glühte es förmlich und ich konnte einfach nicht anders, als ihn zu betiteln, wie er es verdient hatte: ‚Teufel!'

Danach war eine Zusammenarbeit zwischen uns nicht mehr möglich. Weder habe ich mich zu seinen OPs eingefunden noch verlangte er Rechenschaft über mein Fortbleiben. Die Kollegen wunderten sich über die plötzliche Milde mir gegenüber.

Als ich meinen Posten aufgeben konnte, war es eine Erlösung. In den drei Wochen, in denen ich noch in seinem Krankenhaus gearbeitet habe, sind wir uns weder begegnet noch haben wir uns verabschiedet. Ich habe lange gebraucht, bis ich dieses sehr unangenehme Geschehnis vergessen konnte und habe mich damit beruhigt, dass jeder Mensch ein Recht auf eine gewisse Abartigkeit hat, solange nichts daraus entsteht, was einem anderen schadet. Sind Sie der Meinung, ich hätte damals zur Polizei gehen sollen? Darüber mache ich mir oft Gedanken."

Baum beugte sich etwas vor als hätte er Magenschmerzen, antwortete aber sehr gefasst „seien Sie beruhigt, das hätte keine Untersuchung in Gang gesetzt, es wäre nur peinlich für Sie geworden. Weder General Bertold noch die Polizei hätten aufgrund Ihres persönlichen Eindrucks irgendetwas unternommen."

„Da bin ich beruhigt", sagte Dr. Oberrieser und atmete hörbar aus. „Allerdings denke ich schon seit gestern darüber nach, ob es diesbezüglich eine Verbindung zu seinem Verschwinden geben könnte."

„Auch das dürfen Sie getrost vernachlässigen", erwiderte Baum freundlich, „denn dafür sind wir ja jetzt da. Belasten Sie sich bitte nicht damit." Baum hatte die Situation im Griff „Es ist schwer genug, über solche Beobachtungen zu sprechen. Wir bedanken uns sehr, dass Sie es dennoch getan haben. Eine Frage habe ich noch. Könnte es sein, dass es an der Person des Mädchens lag? Wissen Sie, ob es eine enge freundschaftliche Verbindung zur Familie des Mädchens gegeben haben könnte?"

„Oh, ich fürchte, da kann ich Ihnen nicht weiterhelfen, an den Namen erinnere ich mich nicht."

„Und wie ging es weiter? Betreute er die Patientin auch mit der Nachsorge?", fragte Weidel.

„Auch das weiß ich leider nicht, denn ab dem Tag der OP war ich bei keiner einzigen Visite mehr dabei."

Baum trank sein Bier in einem Zug aus und stützte seine Ellbogen auf den Tisch. „Herr Dr. Oberrieser, haben Sie herzlichen Dank für Ihre Offenheit. Das Thema ist sehr delikat und wahrscheinlich von höchster Wichtigkeit für unsere weiteren Ermittlungen. Wenn es nötig ist, würden wir uns gerne noch einmal bei Ihnen melden." Baum erhob sich schwer und die unsichtbare Last dieses neuen Wissens ließ ihn innerlich aufstöhnen. „Die besten Empfehlungen an Ihre Familie und viel Erfolg weiterhin mit Ihrem hoffnungslosen Fall", sagte er etwas bemüht fröhlich.

Dr. Oberrieser lächelte. „Vielen Dank, als Nächstes sind die Balken im Dachstuhl dran, einige müssen erneuert werden" antwortete er.

Auch Weidel erhob sich und folgte ihrem Kollegen nach draußen. Dr. Oberrieser blieb in der offenen Tür stehen, bis sie ihr Auto gewendet hatten. Ein letzter Gruß und sie fuhren schweigend davon.

7

Baum spürte, dass Weidel nur ihm zuliebe schwieg, weil sie wusste, dass er gerne seine Gedanken ordnete, darum machte er den Anfang: „Wir haben einen Fall und wir haben einen Abgrund. Entweder er ist tot oder er muss sich versteckt halten, weil er von jemandem bedroht wird, was meinst du?"

„Würde er bedroht, hätte er doch sicher die Hilfe der Polizei in Anspruch genommen. Nach außen hin verstand er es doch bestens, den Saubermann zu geben", nahm Weidel den Vermissten ins Visier.

„Wir müssen herausfinden, wer das Mädchen war und in welchem Verhältnis er zu ihm und dessen Eltern stand. Das heißt, wir müssen uns an seine Klinik wenden, und ich werde unseren Chef verständigen, welche Wendung die Ermittlungen jetzt nehmen werden. Samthandschuhe und kein Aufsehen zu erregen, wird jetzt nicht mehr so einfach sein."

Weidel sah ihren Kollegen besorgt an. „Wir haben doch morgen früh sowieso wieder eine Teamsitzung, oder willst du es ihm unter vier Augen mitteilen, damit die anderen nichts darüber erfahren?"

„Das soll er dann selbst entscheiden. Je mehr Menschen von diesen delikaten Ergebnissen erfahren, umso größer ist das Risiko, dass etwas an die Presse durchsickert. Stell dir die Schlagzeile vor! Nicht auszudenken, was das für einen Staub aufwirbeln würde. Der liebe Herr Bertold würde unseren Oberstaatsanwalt wahrscheinlich dermaßen unter Druck setzen, dass wir unsere Ermittlungen vergessen können. Nein, das erzähle ich ihm erst mal am Telefon, und dann können wir gespannt sein, wie viel davon er morgen in der Besprechung auf den Tisch legt."

Weidel trommelte mit ihren Fingern auf dem Lenkrad herum. „Da hast du recht, jetzt wird es heikel und wir müssen uns bedeckt halten, um nicht am Ende selbst die Bauernopfer zu werden."

Weidel parkte den Wagen in München Nymphenburg, von wo aus sie nur noch ein kurzes Stück zu gehen hatte.

„Hast du dein Bier ausgeschwitzt oder willst du lieber ein Taxi nehmen?", fragte sie fürsorglich.

„Ach nein, das geht spielend, es war ja nur ein Bier, da bin ich doch mehr gewöhnt."

Es war spät, fast Mitternacht, und obwohl er wusste, dass sein Chef seine Frau betreute, rief er ihn sofort an, als er selbst zu Hause war. Hausers Stimme klang verschlafen, aber nicht ungehalten. Baum entschuldigte sich für den späten Anruf und erzählte in präzisen Worten, was sie heute erfahren hatten.

Sein Chef quittierte es mit einem langen Schweigen. „Ihr bleibt morgen der Sitzung fern und ermittelt erst einmal weiter."

Baum fühlte sich bestätigt und atmete innerlich auf. Sein Chef hatte die Situation sofort erfasst und war wie er selbst der Meinung, dass diese Angelegenheit nur im engsten Kreis Mitwisser haben durfte.

„Was für eine Wendung! Ich habe sowieso diesen General im Nacken, der den Oberstaatsanwalt gut kennt. Gut, dass wir bisher nur einen Vermisstenfall haben und keinen Mord. Wohin führt uns das Ganze, was meinst du?"

„Ich glaube nicht, dass Dr. Lechner einfach wieder auftaucht, wenn ich ganz ehrlich bin. Ich glaube, er ist tot."

„Das müssen wir wohl befürchten", stöhnte sein Chef. „Wie willst du weiter vorgehen?"

„Ich denke, wir sollten morgen wieder zur Familie fahren, uns dort gründlich umsehen und präzisere Fragen stellen."

„Gut, mach das so, und ruf mich abends wieder an."

„Wird gemacht", sagte Baum und beendete das Gespräch.

Er setzte sich in seinen bequemen Sessel und machte kein Licht an. Von draußen leuchtete die Straßenlaterne sparsam herein, mehr konnte er heute nicht ertragen. Er holte sich eine seiner Lieblingszigarren, eine Balmoral Corona, legte Miles Davis auf und schenkte sich ein Glas Rotwein ein. Eigentlich hatte er seine Frau anrufen wollen, aber es war schon zu spät. Sie wusste, dass er lange arbeitete, wenn er sie nicht anrief, darum wollte er sie lieber schlafen lassen.

Was sollte er ihr auch erzählen? Über die aktuellen Ereignisse durfte er zwar nicht mit ihr sprechen, aber da sie sowieso in seinen Gedanken lesen konnte, wäre das kein Hindernis gewesen. Wo waren sie da hineingeraten? War das wieder so ein Fall, den er lieber nicht bearbeitet hätte? Er war gerade Fünfzig und sein ganzes Berufsleben hatte er im Dienst der Kriminalpolizei gestanden. Insgesamt hatte es in dieser langen Zeit nur sieben abgründige Fälle gegeben, an die er nicht gerne zurückdachte.

Die Trennung von seiner damaligen Lebensgefährtin war der Tatsache geschuldet gewesen, dass er erkannt hatte, bei ihr keinen Trost mehr finden zu können. Sein eigenes privates Leben hatte auf der Kippe gestanden, an Wert zu verlieren. Er schaffte es damals nicht, sich von den Erinnerungen seiner Ermittlungsarbeit zu lösen und diese beiden Welten so weit voneinander zu trennen, dass es möglich war, nicht nur ein Privatleben zu haben, sondern darin auch glücklich zu sein.

Nach zehn langen einsamen Jahren war Marta gekommen. Er begegnete ihr auf der Schellingstraße in München. Es regnete stark und sie hatte keinen

Schirm dabei gehabt, sondern nur die große Kapuze ihres Dufflecoats auf dem Kopf. Ein paar kupferne Haarsträhnen klebten nass an ihrer Stirn und ihre Augen trafen ihn mit einem fröhlichen Blick. Sie blinzelte sich einen Regentropfen von den ungeschminkten Wimpern und die Liebe traf ihn wie ein Blitz. Er bot ihr den Platz unter seinem Schirm und begleitete sie bis zur U-Bahn, wartete mit ihr am Bahnsteig, als seien sie alte Freunde, und winkte zum Abschied.

Sie hatten über alles Mögliche gesprochen und gescherzt, aber er hatte versäumt, sie um ihre Telefonnummer zu bitten. Zu Hause angekommen, war er verzweifelt. Wie konnte er sie wieder sehen? Er beschloss, jeden Tag um die gleiche Zeit auf der Schellingstraße zu sein und nach ihr Ausschau zu halten.

Sechs Tage hatte er kein Glück, aber am siebten sah er sie wieder. Diesmal leuchteten ihre kupferroten Haare in der Nachmittagssonne und als sie ihn erkannte, lachte sie offen und froh, hakte sich bei ihm unter und fragte ihn gespielt vorwurfsvoll, wo er denn so lange geblieben war. Er lachte nicht weniger froh und antwortete mit dem gleichen gespielten Vorwurf in der Stimme „ich warte hier schon 30 Jahre auf dich!"

Es war klar, dass sie nicht den Weg zur U-Bahn nahmen, sondern in der Kneipe an der Ecke einkehrten. Sie tranken, aßen und spielten am Flipperautomaten. Sie fühlten sich beide herrlich unbeschwert und es war keine Frage, keine Vorsicht nötig. Er nahm sie mit in seine Wohnung und sie verbrachten die Nacht angezogen auf seinem schmalen Bett, lagen sich in den Armen und erzählten sich ihr ganzes Leben. Drei Wochen später zog sie bei ihm ein und zwei Monate später heirateten sie.

Baum wagte nicht, sich vorzustellen, wie sein Leben weiter verlaufen wäre, hätte er dieses Himmelsgeschenk nicht bekommen. Vier Jahre waren sie nun verheiratet und er genoss jede Sekunde ihrer Anwesenheit. Seine Wohnung hatte sich in eine Oase verwandelt. Mit wenigen Änderungen in der Einrichtung erreichte sie ein Optimum. Ihre alten Regale, vollgestopft mit ihren Büchern, krönten den Wohnraum, sie hatten den gleichen Musikgeschmack, zwei gemütliche Sessel und er konnte wunderbar nachdenken, während er sie beim Lesen beobachtete. Manchmal umhüllte ihn das Glück so wohlig und warm, dass er einschlief und mit einem zarten Kuss auf die Stirn von ihr geweckt wurde. Er wusste nicht, womit er es verdient hatte, diese Frau zu bekommen – und worüber er immer wieder von Neuem staunte, war, dass es ihr genauso erging.

Wohlig rauchte er seine Zigarre zu Ende und streckte seine Beine aus. Er musste diese Erinnerungen immer wieder wachhalten. Und gerade jetzt, wo er diesen Fall zu bearbeiten hatte, waren sie eine enorme Stütze für ihn. So schlimm es auch kommen mochte, er hatte ein glückliches Privatleben.

Was immer er ermitteln würde, sein eigenes Glück war nicht in Gefahr. Noch gut sechs Wochen, dann feierten sie mit Martas ganzer Familie in Breslau Weihnachten und am 10. Januar würden sie zusammen nach München zurückfahren. Was für eine Freude!

Müde ging er ins Bad und wenig später schlief er wie ein Stein.

8

Noch auf der Bettkante rief er Weidel an und erzählte ihr von seinem gestrigen Telefonat mit dem Chef. Sie verabredeten sich erst um 10.00 Uhr an der Trambahnhaltestelle, weil sie dem Kommissariat fernbleiben durften und nur der Besuch bei den Lechners anstand.

„Das hatten wir ja sowieso mit Frau Lechner vereinbart. Vielleicht rufst du eben dort an und kündigst uns an. Ich schätze, gegen 11.00 Uhr werden wir da sein."

Eine viertel Stunde vor 11.00 klingelten sie an der Tür. Die Tochter öffnete schnell und begrüßte sie höflich. Diesmal lehnten sie eine Tasse Kaffee nicht ab und betraten den Salon, wo die anderen beiden Kinder und die Hausherrin bereits warteten. Sie nahmen die Plätze, die Ihnen angeboten wurden, und Baum bat um Verständnis, dass sie schon wieder hier waren und wahrscheinlich in naher Zukunft auch noch öfter würden kommen müssen. Auf die Frage, ob es bereits neue Erkenntnisse gab, antwortete er kopfschüttelnd mit der Bitte seinerseits weitere Fragen stellen zu dürfen: Ob ihr Mann ihr oft von dem Krankenhausalltag berichtete? Welche Operationen er zum Beispiel ausgeführt hatte, ob es schwierige gab oder gar lebensgefährliche?

Die Hausherrin, die ihm heute ruhiger und klarer vorkam als beim ersten Besuch, antwortet nicht sofort. Ja, manchmal habe er etwas erzählt, aber wenn er besonders angespannt und erschöpft nach Hause kam, hat sie in absichtlich nicht gefragt. Sie wollte nicht, dass er sich aufregte.

Baum fragte sich innerlich, was es für ihn Schöneres geben konnte, als mit Marta am Abend die Probleme des Alltags zu besprechen, und weil er sich so sehr über diese Antwort wunderte, hakte er noch einmal nach, warum sich Dr. Lechner bei einer Frage seiner Frau denn aufregen würde.

Er könne sehr aufbrausend sein, sagte sie schuldbewusst und knetete ihr Taschentuch. Manchmal wisse sie einfach nicht, wie sie es ihm rechtmachen könne.

Baum bemerkte deutlich zwei Dinge: Sie sprach in der Gegenwart über ihn und sie schämte sich grundsätzlich, etwas zu sagen, das ihn nicht in einem eindeutig guten Licht dastehen ließ. Vielleicht gaben ihr die großen Kinder den Mut und die Sicherheit, die ihr gestern noch gefehlt hatte. Darum wurde er etwas offensiver. „Hat Ihr Mann öfter Anrufe von Freunden bekommen?"

„Sehr selten hat mal ein Offizier oder Vorgesetzter angerufen, wenn es um eine Einladung ging, aber das Meiste regelte er nicht von zu Hause. Wenn ich zufällig in der Küche war, konnte ich an seiner Stimme meistens hören, ob es ein Offizier oder sogar General Bertold war. Wenn ein Vorgesetzter anrief, salutierte er am Telefon und ich hörte das Zusammenschlagen seiner Absätze. Ich habe einmal darüber gelacht, weil ihn ja niemand sehen konnte, aber darüber war er sehr erbost. Er meinte schroff, ein Soldat sei ein Soldat, egal, wo er sich aufhielte und wer ihn sähe."

Baum musste etwas schmunzeln. Er fand es mutig, dass die Hausherrin so offen ihre Wahrnehmung schilderte. „Ist es denn mal vorgekommen, dass ihn ein Freund gebeten hat, eine Operation bei einem Familienmitglied persönlich durchzuführen?"

Die Ehefrau nickte sofort. „Kürzlich erst rief einer seinen beiden Kriegskameraden an. Seine jüngste Tochter hatte fürchterliche Bauchschmerzen und er wollte sie in ein Krankenhaus bringen. Dann regelte mein Mann das schnell, wies ihn an, sein Krankenhaus zu nehmen, und kündigte dort bereits die Patientin an. Es war natürlich selbstverständlich, dass er sie selbst behandeln würde. Ich glaube, er fuhr sogar spät abends noch ins Krankenhaus, um zu schauen, ob die OP bis zum nächsten Morgen Zeit hatte oder ob sofort operiert werden musste."

„Können Sie sich noch erinnern, wann das war?", fragte Baum erwartungsvoll.

„Erst vor zwei Wochen, es war ein Freitag und er blieb über Nacht weg."

Baum horchte auf. Dies konnte nicht die OP gewesen sein, von der ihnen Dr. Oberrieser erzählt hatte, denn er war schon viel länger in Passau. Also gab es einen ganz ähnlichen Fall viel jüngeren Datums. Sie mussten klären, wer ihm assistiert hatte.

„Haben Sie den Freund Ihres Mannes schon über das Verschwinden Ihres Gatten informiert?", fragte Baum vorsichtig.

„Ich habe sofort bei ihm angerufen, um zu fragen, ob er vielleicht nach Dachau gefahren ist. Der Johannes Moosgruber hatte seine Frau vor zwei Jahren bei einem Autounfall verloren und litt immer noch unter extremen psychischen Problemen. Es kam manchmal vor, dass mein Mann zu ihm gefahren ist, besonders an einem Sonntag. Sie waren zusammen in russischer Kriegsgefangenschaft und mein Mann hat ihm dort das Leben gerettet, deswegen hing er sehr an ihm. Mein Mann hatte einen beruhigenden Einfluss auf ihn. Im Laufe des Samstags hatte ich noch das Gefühl, dass er sicher beim Johannes ist, aber als ich dann am Abend erfuhr, dass sie sich schon ein paar Tage nicht mehr gesprochen hatten, beschloss ich, bei der Dorfpolizei um Hilfe zu bitten."

Baum bat sie, alle Daten zu diesem Freund später seiner Assistentin mitzuteilen. Er war angenehm überrascht, wie präzise Frau Lechner heute antworten konnte, die Anwesenheit ihrer großen Kinder schien ihr wirklich Sicherheit zu geben.

„Dürfen wir uns jetzt in Ihrem Haus umsehen?", fragte Baum. „Es ist keine Durchsuchung, das wird nicht nötig sein, wir möchten uns nur einen ersten Eindruck verschaffen, der unserer Intuition nutzen kann, und beim Fall eines Vermissten kann Intuition sehr hilfreich sein."

Die Ehefrau willigte zögerlich ein, und Baum konnte nicht entscheiden, ob ihr Zögern von tieferer Bedeutung war oder lediglich mit nicht aufgeräumten Zimmern zu tun hatte. Er würde es bald wissen.

Er entschied, im Keller zu beginnen. Auf ihre Frage, ob er sie dabei brauche, verneinte er freundlich.

„Dann kümmere ich mich um eine Brotzeit, wenn es recht ist. Meine Tochter holt gleich ihre kleine Schwester aus dem Internat und dann können wir gemeinsam etwas essen und trinken, Sie und Ihre Kollegin sind natürlich eingeladen."

Baum bedankte sich für die freundliche Fürsorge und versicherte ihr, dass sie diese Einladung gerne annehmen würden. Dann stieg er mit Weidel die offene Kellertreppe hinab. Es war die gleiche Treppe, die auch nach oben führte: gelbliche Marmorstufen, ein weißes offenes Geländer aus Metall und der Handlauf mit einem Überzug aus weichem Kunststoff. Billig, dachte er. Unten war die Deckenhöhe niedriger als oben, aber von einem Keller konnte man eigentlich nicht sprechen. Alles war wohnlich. Ein alter Bauernschrank stand in einer Art Diele direkt gegenüber der Treppe, daneben gab es eine schwere feuerfeste Tür zum Heizungskeller, sie hörten gedämpft die Betriebsgeräusche.

Links ging es in ein großes Zimmer, das wie das Arbeitszimmer des Verschwundenen anmutete. Als Fenster gab es lediglich einen vergitterten Lichtschacht. Möbliert war das Zimmer mit einem dunklen Eichenschreibtisch, einem passenden Schrank mit verglasten Türen und einer schmalen Liege, die ausgepolstert und mit Brokat bezogen war. Die Polsternägel waren hier und da nicht in harmonischer Symmetrie angeordnet, darum vermutete Baum auch hier sparsames Handanlegen in Eigenbau. Für ein Kissen hatte der Stoffrest noch gereicht. Am Fußende lag eine gefaltete Wolldecke.

Dr. Lechner musste offenbar immer beschäftigt sein, wenn er nicht im OP war, dann handwerkte er zuhause. Das Sparen professioneller Arbeitsleistung war in diesem Haus allgegenwärtig. Obwohl sein Verdienst dies bestimmt nicht erfordert hatte, konnte es dafür natürlich zahlreiche Gründe geben. Er nahm sich vor, Weidel nochmal auf die Überprüfung seiner Finanzen anzusetzen, möglich, dass es regelmäßige Ausgaben gab, die auf ein Verhältnis, vielleicht sogar auf ein uneheliches Kind hinwiesen.

Die Deckenbeleuchtung bestand aus einer Neonröhre, die ein kaum hörbares Summen erzeugte und beim Anmachen ein paar Sekunden klirrend flackerte. Dieses Flackern löste in Baum ein sehr unangenehmes Gefühl aus, aber er konnte sich nicht erklären, woher genau es kam.

Sein Blick fiel als Erstes auf die verglasten Schranktüren, sie waren verschlossen und er nahm eine Taschenlampe zu Hilfe, um den Inhalt besser sehen zu können. Es befanden sich große Dia-Kästen übereinander gestapelt in allen Regalen, daneben vor allem ältere Bücher, und neben den Klassikern, den gesammelten Werken von Goethe und Lessing – Schiller war nicht dabei! –, auch ein altes zerschlissenes Buch über die Wehrmacht. Dann in kleinen Pappkartons Verbandsmaterial und Medikamente in rauen Mengen.

Worüber Baum sich am meisten wunderte, war ein kleiner Kasten, in dem er eine alte Wehrmachtspistole vermutete. Es war nicht unüblich, dass Kriegsheimkehrer es irgendwie geschafft hatten, ihre Waffe zu behalten, aber es erschien ihm hier in einer Art Vitrine nicht der richtige Aufbewahrungsort dafür zu sein, auch wenn die Türen verschlossen waren. Aber womöglich war der Kasten auch leer. Er nahm sich vor, die Ehefrau danach zu fragen.

Neben diesem düsteren Arbeitszimmer gab es ein Badezimmer mit rosa Wandfliesen, WC, Waschbecken, Badewanne und einer Waschmaschine. Anscheinend war das Bad noch in Benutzung oder die Seifenbläschen im Abfluss kamen aus dem Schlauch der Waschmaschine, der in der Wanne lag.

Sie wandten sich geradeaus und öffneten eine Tür zu einem großen helleren Zimmer mit Doppelbett und sehr großem Kleiderschrank sowie einem Frisiertisch in einer Ecke. Die der Tür gegenüberliegende Seite bestand aus einem großen Fenster mit einer ähnlichen Fensterbank wie im Salon. Etwas schmaler, aber mit den gleichen leblosen Pflanzen hinter einer durchsichtigen Gardine, die auch vor der Verandatür bodentief hing, davor ein Schacht, etwa 1,50 Meter breit bis zu einer Betonwand, alles sehr hoch und in etwa 4,00 Metern Höhe mit welligem Plexiglas überdacht. Einen Abfluss im Betonboden für Regenwasser gab es auch, rechts eine Treppe hoch in den Garten, wo sie ein Gerüst mit Wäscheleinen sahen, und die dichte Hecke zum Nachbarn war kaum zwei Meter entfernt.

Ein Nachkriegshaus eben, er hatte schon viele dieser Häuser inspiziert. Neu für ihn war nur, dass sich hier eine Familie mit diesem Standard auch fast 40 Jahre später noch begnügte und keinerlei Umgestaltung oder Verschönerungen vorgenommen hatte.

„Lass uns wieder hoch gehen", schlug Weidel vor. „Es scheint Bewegung zu geben, ich habe die Haustür gehört und eine Kinderstimme." So beendeten sie die Besichtigung des Kellers, Baum stieß sich den Kopf an der Decke, als er auf die erste Treppenstufe trat, er war so in Gedanken, dass er vergaß, wie er sich beim Herunterkommen bei den letzten beiden Stufen hatte bücken müssen.

Oben auf dem Couchtisch war einiges an Speisen und Getränken angerichtet und sie wurden freundlich gebeten, zuzugreifen. Das Weißbier lehnten sie höflich ab, doch gegen eine frische Brezel mit Butter war nichts einzuwenden.

Freundlich guckte er zur kleinen Tochter, die bei ihrer großen Schwester auf der Sessellehne saß und an einer Brezel knabberte. „Du bist also die, die man hier Mini nennt?", fragte er.

„Ich werde überall Mini genannt, auch in der Schule", antwortete sie. „Mein Bruder hat mir diesen Namen gegeben, als er selbst noch klein war."

„Stimmt nicht", kam es erstmalig vom Sohn, „ich habe dich Mimi genannt."

„Ja, aber daraus wurde dann später einfach Mini, weil ich ja auch die Kleinste bin und er meinen richtigen Namen ‚Veronika' nicht aussprechen konnte."

Baum lächelte vor sich hin. Das Mädchen gefiel ihm. Darum sagte er freundlich: „Und ich heiße Michael Baum und werde überall einfach nur Baum genannt. Aber hör mal, Veronika ist ein sehr schöner Name, die Heldin in einem Lieblingsbuch von mir heißt auch so."

Mini sah ihn strahlend an, etwas an seiner Antwort musste ihr sehr gefallen haben.

Die Kleine wurde aufgefordert, sich auf das Sofa neben die andere Schwester zu setzen. Brav ging sie zum Ende der Couch, setzte sich zwischen die Schwester und die Fensterbank und begann, mit den Fersen gegen die Couch zu klopfen während sie ihre Brezel kaute. Die blonde Schwester boxte ihr mit dem Ellbogen in die Seite, damit sie damit aufhörte, aber das tat sie nicht. Also legte die Schwester eine Hand auf ihr rechtes Knie, um die Bewegung zu unterbinden, umso heftiger klopfte sie nun mit der linken Ferse.

„Mini, du nervst", kam es von rechts. „Du nervst mehr", kam es von Mini zurück. „Schluss jetzt, sitz still, wir haben wichtige Dinge zu besprechen, diese Herrschaften sind von der Polizei, weil Onkel Bernhard verschwunden ist."

Mini schaute Baum neugierig an und saß still. Baum erkannte ihren Bewegungsdrang und schmunzelte in sich hinein. Es dauerte auch nicht lange, da wurde es ihr offenbar zu eng in dieser Ecke zwischen den Stacheln der Schwester und den Stacheln der Kakteen. Sie stand ruckartig auf, griff in den Brezelkorb und sagte nur: „Ich gehe raus."

„Ja, geh nur", antwortete die Mutter resigniert, „da bist du ja sowieso am liebsten."

Baum hatte großes Verständnis dafür. Sie waren jetzt drei Stunden hier und er hatte das gleiche Bedürfnis wie Mini, einfach nur an der frischen Luft zu sein.

Lange hielt er es nicht mehr aus und bat, ebenfalls in den Garten gehen zu dürfen, um ein Cigarillo zu rauchen. Weidel bat er Name und Adressen aller nahestehenden Personen, ob Familie oder Freunde, zu notieren.

Aber er könne doch selbstverständlich hier drinnen rauchen, wurde ihm versichert, die Hausherrin holte sofort einen Aschenbecher, aber er entschuldigte sich damit, dass er es gewohnt war, draußen zu rauchen, und dies auch gerne tat.

Er betrat die Terrasse und wandte sich nach links, in die Richtung, in der er Mini durch das große blinde Fenster verschwinden sah. Über ein paar kippelige Trittplatten gelangte er linker Hand in eine gemauerte überdachte Terrasse, auf der eine große Eckbank und ein Bauerntisch mit blauweißem Wachstuch standen. Einen kleinen Teich überdachte eine Trauerweide, die ihr Laub schon abgeworfen hatte. Auf dem Teich saß ein verwitterter Frosch, der aus seinem Maul Wasser speien konnte.

Hier gefiel es ihm besser als drinnen, zumindest konnte er sich an lauen Sommerabenden eine gemütliche Mahlzeit im Kreise der Familie vorstellen.

An der hinteren Wand bemerkte er eine angelehnte Tür und drückte sie vorsichtig auf. Er betrat eine Art Werkstatt mit einer großen Werkbank rechts, geradeaus eine weitere Tür in die Garage und links davor eine große Kühl-Gefrierkombination, auf der Mini saß und ihre Brezel aß.

„Darf ich dich hier mal besuchen?", fragte er freundlich. „Du weißt ja, ich heiße Michael, aber du kannst ruhig Michi zu mir sagen."

„Das mache ich lieber nicht", sagte Mini, „aber du kannst reinkommen – Sie können reinkommen", verbesserte sie schnell.

„Das ist ein gemütlicher Platz, den du da oben hast", sagte Baum und zog sich einen alten Hocker heran. „Ich werde hier oft eingeschlossen und sitze dann extra auf dem Kühlschrank, weil das im Winter warm ist." Baum stutzte fragte aber nicht sofort nach.

„Du meinst, wegen der warmen Luft, die hinter dem Kühlschrank hochsteigt?" „Genau, und das finde ich komisch, weil ein Kühlschrank doch kalt macht." „Richtig", sagte Baum, „und um den Inhalt zu kühlen, muss er arbeiten und das erzeugt die Wärme nach außen." „Ach so", antwortete Mini.

„Warum wirst du denn hier eingeschlossen?", traute Baum sich schließlich zu fragen.

„Wenn ich ungezogen war und den Arzt geärgert habe", scheute sie sich nicht zu antworten. Baum wunderte sich, dass sie die Bezeichnung ‚Arzt' benutzte und ihn nicht einfach Onkel Bernhard nannte wie ihre Geschwister, aber er kommentierte es nicht und fragte Mini auch nicht nach dem Grund.

Er wollte ihr Vertrauen gewinnen und erzählte ihr darum schnell eine erfundene Geschichte von dem

Kartoffelkeller, in dem er seine Streiche als Kind hatte abbüßen müssen. Dort hatte er immer große Angst vor einem bösen Geist gehabt, der in einem schwarzen Umhang und mit weißem Gesicht auf der großen Kartoffelkiste saß und ihn unentwegt anblickte.

Mini lachte. „Dann wusstest du damals noch nicht, dass es gar keine bösen Geister gibt?", fragte sie ihn interessiert.

„Ehrlich gesagt, ich weiß heute immer noch nicht mit Sicherheit, dass es keine bösen Geister gibt, obwohl ich schon 50 Jahre alt bin", antwortete Baum fröhlich. „Wieso glaubst du denn, dass es keine bösen Geister gibt?"

„Weil die bösen Geister in Wirklichkeit Menschen sind", antwortete das Kind überzeugt, und Baum bekam eine Gänsehaut.

Mini brach ein Stück ihrer Brezel ab und reichte sie Baum. „Kannst du ruhig nehmen, ich habe noch eine." Dabei griff sie in ihren ausgeleierten Ärmel und zog triumphierend die nächste Brezel hervor.

„Oh, danke, ich esse für mein Leben gern unsere bayrischen Brezeln. Wenn sie frisch und knusprig sind, am liebsten, aber auch alt und hart schmecken sie mir noch immer gut", bedankte sich Baum bei ihr.

„Das geht mir genauso", antwortete Mini. „Ich darf nur meistens keine zweite nehmen, aber heute habe ich drei genommen, weil der Arzt nicht da ist."

„Was passiert denn, wenn du eine zweite nimmst und er das bemerkt?", fragte Baum und gab seiner Stimme einen lustigen Tonfall.

Mini musste lachen. „Das ist immer lustig. Wenn wir im Sommer abends hier draußen am Tisch sitzen und es Weißwürste gibt – die finde ich eklig – und ich nehme mir aus dem Brotkorb eine zweite Brezel, ohne zu fragen, dann wird der Arzt wütend und wirft den ganzen Brotkorb weit in den Garten auf den Rasen. Danach knallt er seine Faust auf den Tisch und schimpft mich aus. Einmal hat er daneben geknallt und kam auf seinen Tellerrand, der hat sich dann umgedreht und der ganze süße Senf landete auf der Tischdecke. Da hat er so geschrien und alle anderen Sachen noch hinterhergeworfen. Seine Serviette hat er auch noch in den Senf geschmissen und dann ist er ins Haus gegangen. Ich war schon unter dem Tisch und hatte mir gemerkt, wo die Brezeln lagen. Habe sie mir geholt und bin hierher auf den Kühlschrank geklettert. Später kam meine Mutter zum Abschließen, aber ich hatte vier Brezeln!"

Baum war fassungslos. „Hat er das auch gemacht, wenn seine Kinder eine zweite Brezel genommen haben?"

„Sabine hat er nie geschimpft, aber den Sohn schimpft er wegen einer Fünf in der Schule, weil so kein Arzt aus ihm werden kann. Essen durften die beiden, so viel sie wollten, nur bei mir schrie er immer, ich fresse seine Haare vom Kopf. Als ob ich Haare essen würde und dann auch noch von ihm die."

Baum lachte schallend und dieses Lachen kam von Herzen, ohne jede Taktik und ohne Hintergedanken. Er fragte das Kind, ob er sich ein Cigarillo genehmigen dürfe, und sie ermunterte ihn mit Freude.

„Mein Papa hat auch immer geraucht, aber Zigaretten, die sind schlimmer wg. dem Papier drumrum. Manchmal lag eine Zigarette im Aschenbecher, eine auf der Tischkante und er hatte auch noch eine im Mund. Alle drei waren angezündet. Gestorben ist er, weil er keine Luft mehr bekommen konnte."

Baum erschrak. „Oje, das tut mir aber leid, bist du sehr traurig deswegen?" Das Kind dachte einen Moment nach und sagte dann sehr zu Baums Erstaunen: „Nein, denn er hat mir immer sehr schöne Geschichten vom Land hinter der Welt erzählt, wohin wir alle reisen werden, wenn wir sterben und uns dann da wiedersehen. Aber ich bin traurig, weil meine Mutter sofort einen neuen Mann geheiratet hat. Sie wollte nicht mit mir alleine bleiben und hat mir versprochen, dass er ein ganz lieber Papa für mich wird. Inzwischen ist sie auch traurig, weil sie gelogen hat."

Baum genoss es, so frei und unkompliziert mit diesem Kind zu reden, er hätte stundenlang hier in diesem Raum hinter der Garage bleiben können. Sie hatte einen denkbar schlechten Stand in der Familie, aber anstatt ängstlich und weinerlich zu sein, konnte er einen gesunden Zorn bei ihr spüren. Sie machte das Beste aus dieser kränkenden Situation, sammelte die auf den Rasen geschmissenen Brezeln flink auf und flüchtete sich für den Verzehr dorthin, wo sie ohnehin rechnete, gleich eingeschlossen zu werden. Er war sichtlich berührt, befürchtete allerdings, dass es ihr nicht immer gelungen war, so glimpflich davonzukommen.

„Hör mal, ich finde es so schön, mit dir zu plaudern, meinst du wir können das nachher fortsetzen? Kannst du mir vielleicht dein Zimmer zeigen, wenn ich gleich in den ersten Stock gehen muss, um mir da alles anzugucken?"

„Na klar", antwortete Mini erfreut. „Ich finde dich nett und ich mag auch deinen Namen gern. Bäume sind meine besten Freunde." Baum war tief berührt. Sie teilten sich noch die dritte Brezel, schmausten schweigend und gingen dann zusammen zurück ins Haus.

Bei der Terrassentür wollte er ihr den Vortritt lassen, aber sie flüsterte, sie dürfe nicht als Erste gehen, also trat er als Erster ein.

„Ach, Sie haben die Kleine gefunden", begrüßte ihn die Hausfrau. „Wo hat sie sich denn wieder herumgetrieben?", setzte sie als Floskel noch hinterher, ohne sich wirklich dafür zu interessieren.

Baum antwortete nicht darauf, sondern forderte Weidel auf, nun auch noch die obere Etage zu besichtigen. „Hast du alles notiert, was wichtig für uns ist?"

„Ja, klar", antwortete sie und erhob sich sofort, um ihrem Chef zu folgen. „Bleiben Sie ruhig alle hier, wir schaffen das allein."

„Aber ich gehe schon mal in mein Zimmer", ließ Mini verlauten und Baum bildete sich ein, eine verschwörerische Freude herauszuhören.

„Nein, du bleibst hier bei uns", erwiderte die Mutter. „Du störst die Kommissare nur."

Baum versicherte ihr, dass Mini keinesfalls stören würde, und öffnete die Tür zur Diele, durch die Mini diesmal selbstbewusst als Erste verschwand.

„Mini, habe ich dir nicht gesagt, dass du nicht als Erste durch die Tür gehen darfst?", rief die Mutter hinterher. „Ja, hast du, Mama, aber du weißt doch, wie vergesslich ich bin", plapperte sie auf einmal mutig grinsend. Baum musste wieder lachen. Ironie bei einem 10-jährigen Kind?

Die Kleine rannte die Treppe hoch und wartete oben auf dem Podest. „Guck mal, hier geradeaus ist mein Zimmer, damit du das weißt!"

„Prima, dann komme ich gleich, wenn wir alles gesehen haben, bis gleich!"

Mini schloss die verglaste Tür zu ihrem Zimmer und Baum und Weidel wandten sich auf dem Treppenpodest nach rechts und öffneten eine Tür zu einem weiteren Badezimmer. Gelbe Wandfliesen, kein WC, zwei Waschbecken nebeneinander und eine große Badewanne. Kaum anders im Stil als das Kellerbad nur heller, weil durch die Milchverglasung rechts mehr Tageslicht fiel. Hier fanden sie es nicht weiter interessant und wandten sich links von der Treppe an den nächsten Raum.

Sie waren jetzt über dem Teil des Salons mit der großen blinden Fensterscheibe und hatten den gleichen Blick in den Garten, nur von oben. Es sah ein bisschen unordentlich aus, eine halbvolle Sektflasche stand neben einem Sessel und auf dem Tisch über einer leeren Pralinenschachtel und auch auf dem Fußboden lagen diverse Wollknäuel und ein in Arbeit befindliches Strickteil, aus dem nicht ersichtlich war, was es einmal werden sollte. Die lange Wand des Raumes war durch eine weiße Schrankwand zugestellt, wie sie in den 60er-Jahren modern gewesen war. Zahlreiche Regale mit Büchern – überwiegend Belletristik –, eine Klappe für den Fernseher und eine Klappe vermutlich für eine Art Sekretär oder Bar für Getränke. Baum vermutete, dass dies das Zimmer der Hausfrau war. Es passte so gar nicht zum Einrichtungsstil des Salons, aber das war unwichtig. Selbstverständlich fassten sie nichts an, sondern ließen nur ihre Blicke schweifen. Es gab noch einen weiteren Schreibtisch, eine kleine Tür zu einem winzigen Balkon mit schmiedeeisernem Geländer, und vorne neben dem großen Fenster rechts eine Tür zu einem großen Balkon mit Holzgeländer und Blumenkästen voller Geranien, die längst zum Überwintern in den Keller gehört hätten. Zwei andere Zimmer verfügten ebenfalls über einen Zugang zum Balkon.

Also nahmen sie sich das folgende Zimmer vor, das eindeutig ein Jungenzimmer war: an den Wänden ein paar Plakate, eine Stereoanlage, verschiedene Schallplatten, ein Schreibtisch vor dem Fenster, ein Waschbecken und ein eingebauter Kleiderschrank. Nichts von Interesse.

Das nächste Zimmer gehörte sicherlich der Tochter aus erster Ehe. Es war das geräumigste Zimmer mit allen Utensilien, die ein junges Mädchen so brauchte. Jede Menge Stofftiere, ein kleiner Schreibtisch, ein Bücherregal, ein hübscher bunter Teppich und eine Schlafcouch. Auch hier blickten sie nur hinein.

Gegenüber fand sich eine kleine Tür zu einem WC, das Fenster mit einer Blumengardine im Stil der 60er-Jahre verhängt. Ein hohes Regal über der Tür für Toilettenpapier und ein paar Putzutensilien. Sie schlossen die Tür.

Baum bat Weidel, wieder nach unten zu gehen und noch ein bisschen Smalltalk mit der Familie zu führen, vielleicht noch ein paar interessante Details zu erfahren. Er wollte Mini den versprochenen Besuch abstatten.

Weidel ging und Baum klopfte ans Glas der Tür, hinter der ein Vorhang spannte.

„Komm ruhig rein", tönte es von innen. Baum öffnete die Tür und erstarrte. Der Raum war voll, als er darin stand. Dieses Zimmer umfasste höchstens drei Quadratmeter – und hier lebte ein Kind?

„Setz dich ruhig auf meinen Schreibtisch", tönte es von unten. Mini saß auf einer Pritsche, die kaum 80 cm breit war, und als er ihrem Wunsch nachkam, stieß er sich beim Umdrehen den Oberschenkel an der Kante des Waschbeckens. Der sogenannte Schreibtisch war ein Küchentisch ohne Schublade und musste zu einem Drittel unter eine breit ausladende Fensterbank geschoben werden, um hier überhaupt Platz zu finden. Es stand nur eine einzige Pflanze auf der überdimensional vorspringenden Fensterbank, auch die war unglücklich, man konnte ihr ansehen, dass sie nur dem Kind zuliebe überhaupt noch lebte. Über dem schmalen Bett hing ein Eckregal aus Drahtgestell und Einlegeböden. Es war praktisch leer, kein Buch, nur ein paar Hefte.

„Hast du gar keine Bücher?", fragte Baum erschrocken.

„Ich brauche keine Bücher. Meine Mutter sagt, ich könne sowieso nicht gut genug lesen, weil ich ‚zurück' bin. Das sagt sie immer, wenn ihre Freundinnen zu Besuch kommen, und sie denkt, dass ich es nicht höre, aber ich belausche sie oft. Was bedeutet es denn, ‚zurück' zu sein?", wollte das Kind wissen.

Baum wusste nicht, was er antworten sollte, entschied sich dann aber für die Wahrheit. „Das bedeutet, dass ein Kind in seiner eigenen Entwicklung langsamer vorwärtskommt als andere Kinder. Aber ich habe überhaupt nicht das Gefühl, dass das bei dir der Fall ist. Keine Ahnung, wie deine Mutter darauf kommt."

„Sie fragt mich ja nie irgendwas und redet auch über nichts mit mir, darum weiß sie selber nicht, ob ich etwas weiß oder Gedanken habe", überlegte das Kind.

Baum bekam einen Stich ins Herz. Dieses ärmliche Zimmer mit einer Pritsche, einem Küchentisch, einem windschiefen leeren Regal, dessen schwere Bretter dem Kind bei heftigen Traumbewegungen auf den Kopf fallen könnten, und diesem Waschbecken brachte ihn innerlich in Wut. Er wusste nicht, was er sagen sollte.

„Gefällt dir mein Zimmer nicht?", fragte die Kleine und Baum schüttelte ehrlich den Kopf.

„Nein, ich finde, du hast ein schöneres Zimmer verdient. Wo sind deine Spielsachen, hast du kein Kuscheltier?"

„Mir gefällt die Fensterbank", antwortete Mini. „Wenn die Heizung an ist, wird der Stein ganz warm. Dann ist es gemütlich, darauf zu sitzen und von oben rüber zum General zu gucken. Der ist nämlich witzig, manchmal läuft er wie ein Clown im Schlafanzug draußen herum, und eine Frau versucht ihn zu fangen, aber er schubst sie weg, weil er nicht wieder rein will. Dann lache ich mich total kaputt, klopfe an die Scheibe und winke ihm! Er freut sich und winkt zurück. Ob er auch manchmal eingeschlossen wird wie ich, was meinst du?"

Baum bemühte sich zu lächeln. „Vielleicht ist er nicht mehr ganz gesund und vergisst manchmal, wo er ist und was er da machen soll. Dafür ist es doch gut, dass er eine Haushälterin hat, die sich um ihn sorgt und auf ihn aufpasst."

„Stimmt", antworte Mini. „Kommst du noch mal wieder zu uns?", fragte sie schüchtern.

„Ganz bestimmt", antwortete Baum, „und nächstes Mal, wenn ich komme, bringe ich dir ein Buch mit, das du lesen kannst. Das wird dir gefallen und du wirst, ehe du dich versiehst, flüssig und gut lesen lernen."

„Au ja!", rief Mini. „Bitte komm ganz schnell wieder."

„Versprochen", sagte Baum und zwinkerte ihr zum Abschied mit dem rechten Auge zu. Mini tat es ihm gleich und kletterte fröhlich auf die Fensterbank. Endlich hatte sie mal einen netten Erwachsenen kennengelernt. Einer, der sie nicht maßregelte, ihr das Essen verbot oder sie an die Wand schubste. An die anderen Sachen wollte sie jetzt nicht denken, das war ja vorbei. Der Arzt war verschwunden, der liebe Gott hatte ihr geholfen, und da er gütig war, würde er mit Sicherheit nicht erlauben, dass der Arzt wiederkam. Sie war glücklich. Jetzt fehlte nur noch der General im Schlafanzug und sie hätte Tränen gelacht!

Baum antwortete sehr einsilbig auf die Frage der Mutter, was er denn so lange bei ihrer Tochter gemacht habe. Sie sei doch keine Gesprächspartnerin für ihn und ihr Zimmer sei klein und hässlich. Kein Aufenthaltsort für einen Mann wie ihn.

Es lag ihm auf der Zunge zu sagen, dass ein Mann wie er dafür gesorgt hätte, diesem Kind ein gemütliches, buntes Zimmer einzurichten und ihm Bücher und Kuscheltiere kaufen würde, aber er durfte nicht auf Konfrontationskurs gehen, sonst würde er nicht mehr viel erfahren und bekäme womöglich das Haus verboten und den Fall entzogen.

Nein, er musste dem Kind zuliebe die Mutter höflich behandeln, darum nahm er ihre Hand, deutete einen Handkuss an und sagte: „Gnädige Frau, wir bedanken uns herzlich für Ihre Gastfreundschaft. Am Montag würden wir Sie dann gerne wieder aufsuchen, um weitere Fragen zu stellen oder Ihnen wichtige Dinge mitzuteilen." Die übertriebenen Schmeicheleien verfehlten ihre Wirkung nicht, die Dame des Hauses errötete leicht und gab an, sich bereits auf seinen nächsten Besuch zu freuen, und wünschte bei den Nachforschungen nicht zuletzt natürlich in ihrem eigenen Interesse viel Erfolg.

Als die beiden Kommissare wieder Richtung München fuhren, herrschte eine bedrückende Stille im Auto. Baum wusste, dass Weidel darauf wartete, dass er anfing zu sprechen, aber er hatte einen Kloß im Hals und es wollte ihm noch nicht gelingen. Wie sollte er seiner Kollegin erklären, was für Gefühle dieses Kind in ihm ausgelöst hatte? Selbst hatte er es immer begrüßt, keine Kinder zu haben. Sein Beruf hatte ihm zu viele Abgründe gezeigt. Er hätte es niemals gewagt, ein Kind in diese Welt zu setzen, aber jetzt fühlte er, dass das vielleicht ein Fehler gewesen war.

Er musste etwas sagen. ‚Weidel wird es verstehen', dachte er und begann: „Diese Mini hat mich beeindruckt. Ich glaube die Mutter, weiß gar nicht, was für ein Juwel sie da hat. Ein selbstständig denkender, zorniger kleiner Mensch. Sie ist gezwungen, ein elendes Leben in diesem Haus zu führen. Benachteiligt, verachtet und bestraft für alles und jedes. Sie hat mir erzählt, dass der Lechner den Brezelkorb in den Garten wirft, wenn sie es wagt nach einer zweiten Brezel zu greifen. Hallo? Sag mir bitte, dass das nicht wahr sein kann. Aber es ist wahr. Und was macht dieses Kind? Es kauert unter dem Tisch, merkt sich, wo die Brezeln hinfallen, sammelt sie alle auf, wenn die Luft rein ist, und lässt sich anschließend in einem kleinen Werkraum einschließen, wo sie auf dem Kühlschrank sitzt und die Brezeln genüsslich verspeist."

Weidel sah ihn fassungslos an. „Das ist allerdings eine sehr gelassene Art, mit Ungerechtigkeit umzugehen. Großartig, dass sie das kann!"

Baum schmunzelte. „Das finde ich auch. Sie berührt etwas in mir ... Könnte es vielleicht doch nicht die richtige Entscheidung gewesen sein, selbst keine Kinder zu haben? Aber das ist ja nun vorbei, darüber brauche ich nicht mehr nachzudenken. Außerdem habe ich Marta erst viel zu spät kennengelernt und ich kann mir keine andere Frau vorstellen, mit der ich mich auf dieses Abenteuer eingelassen hätte. Du hingegen hast noch die Möglichkeit" forderte Baum sie heraus. „Oh, da geht es mir ähnlich wie dir. Habe ich den richtigen Partner? Ich sehe uns irgendwie nicht als Eltern. Er ist so stark auf sich selbst bezogen, sowohl materiell als auch emotional und auf etwas verzichten will er einfach nicht. Lässt sich das mit einer eigenen Familie vereinbaren?" Baum hatte ihr aufmerksam zugehört. „Seit wann seid ihr eigentlich zusammen? Entschuldige, ich weiß, dass ich es wissen müsste, aber ich habe es ehrlich gesagt vergessen."

„Nicht schlimm, seit drei Jahren und meine Eltern warten ständig darauf, dass er um meine Hand anhält. Was unsere Beziehung nicht harmonischer macht, denn diese Erwartung spürt er natürlich. Manchmal denke ich, dass wir uns bald trennen werden und manchmal denke ich, wir haben eine Zukunft." Baum zögerte „das klingt irgendwie pragmatisch, als wärest du gar nicht traurig, wenn es zu einer Trennung kommen würde, dabei hattest du vorgestern noch Angst, er könne dich betrügen." Weidel musste lachen „da gebe ich dir recht, das klingt in dieser Reihenfolge etwas seltsam. Nein, grundsätzlich käme ich mit einer Trennung zurecht, ich möchte nur nicht belogen werden."

Baum dachte an seine eigene Ehe und freute sich, dass er auf solche Gedanken keine Zeit verschwenden musste. Weidel brachte ihn schnell auf andere Gedanken „Es ist jetzt 15.00 Uhr, die Sitzung ist lange vorbei und wir könnten unser Büro benutzen, um ein paar Dinge zu recherchieren und um zu entscheiden, wen wir aufsuchen, wen wir anrufen etc.? Es gibt zwei Kriegskameraden, eine alte Freundin, eine erste Ehefrau und eine Schwester, die heute in Polen lebt und nur selten zu Besuch kommt. Sie soll Deutschland nach dem Krieg aus Protest verlassen haben. Sie war mit einem Juden verheiratet, der leider nicht überlebt hat. Sie selbst war überzeugte Kommunistin und hatte sich aufgrund ihres familiären Hintergrunds zugetraut, Ihren Mann beschützen zu können. Dass ihr das nicht gelungen ist, hat sie ihrer ganzen Familie zum Vorwurf gemacht. Ihre Eltern waren überzeugte Nazis und der Bruder folglich auch. Durch ihre Überzeugungen hätten sie, laut ihr, den eigenen Schwiegersohn und Schwager ermordet, anstatt mutig gegen all das aufzustehen. Heute weiß sie, dass dieses mutige Aufstehen auch einen berühmten Geheimrat und Arzt wie ihren Vater das Leben gekostet hätte. Darum ist sie etwas milder geworden und kommt gelegentlich zurück nach Deutschland, um ihren Bruder zu besuchen. Ich habe nämlich schon mit ihr telefoniert und sie würde uns jederzeit empfangen, wenn wir eine Reise nach Breslau machen würden. Übrigens darf man in Polen nicht Breslau sagen, die Stadt heißt heute Wroclaw."

Baum schaute versonnen auf die Straße. „Das weiß ich von Marta. Also ehrlich, ich würde das sehr gerne machen, um tiefer in diese Familie einzusteigen, aber ich glaube, das bekommen wir bei unserem Chef nicht durch, nicht als Dienstreise. Trotzdem, ich werde ihn gleich fragen. Wo sind all die anderen zu erreichen?"

„Die erste Frau in Berlin, die gute Freundin im Rheinland und die beiden Kriegskameraden hier in der Gegend. Einer in Dachau und der anderer in Regensburg."

„Dann lass uns gleich im Büro eine Liste machen, wen wir aufsuchen müssen und bei wem wir glauben, dass ein Telefonat genügt."

„In Ordnung", kam es von Weidel, sie kramte in ihren Zetteln herum und machte sich Notizen. Die restliche Fahrt verbrachten sie schweigend. Baum konnte zu seinen sehr intensiven Erinnerungen zurückkehren, und eine tiefe Traurigkeit senkte sich auf sein Gemüt.

Was war das mit ihm? Er fühlte wieder diese böse Ahnung, dass er über das, was sie ermitteln würden, nicht glücklich sein würde. Trotzdem schämte er sich nicht bei dem Gedanken, dass er diesen Lechner lieber tot sehen würde, als sich darüber zu freuen, dass er zu seiner Familie zurückkehren würde. Gut, er musste natürlich nicht zwingend tot sein. Gerne auch mit einer reichen Witwe ab durch die Mitte. Neuseeland käme ihm weit genug vor. Aber letzten Endes dürfte er auch in Wien glücklich werden, Hauptsache, seine Mini blieb von dieser Anwesenheit verschont.

‚Himmiherrgottsakramentzefix, Michi, was ist mit dir los?!', schimpfte da seine innere Stimme. ‚Was heißt hier ‚deine Mini', spinnst jetzat total?'

Es folgte ein lakonisches ‚Ja' von ihm. „Was meinst du mit Ja?", fragte Weidel. „Ach, nichts, ich habe nur laut gedacht", entschuldigte er sich bei ihr.

9

Am Nachmittag studierten sie gemeinsam die Namen auf Weidels Liste und überlegten, wen der Beteiligten sie als Nächstes aufsuchen würden, wen sie ins Kommissariat bestellen könnten und für wen ein Telefonanruf ausreichen musste.

„Wir können ja erst mal versuchen, eine Dienstreise nach Breslau genehmigt zu bekommen und hören uns an, was die Schwester zu sagen hat", meinte Weidel.

„Du hast recht, ich bin sehr neugierig auf diese Frau. Das, was du mir bisher von ihr erzählt hast, finde ich sehr spannend. Ich würde mir gerne persönlich anhören, was sie zu sagen hat. Ich gehe mal eben zum Chef und frage ihn, ob er eine Dienstreise bewilligt. Du kannst uns ja vielleicht noch für heute Abend in Dachau bei dem Freund vom Lechner anmelden?"

„Einverstanden und ich bin sehr gespannt, ob du einen Trip nach Polen beim Chef durchbekommst."

Baum klopfte am Büro von Kriminalrat Hubert Hauser.

„Herein", tönte es müde von drinnen. Baum öffnete die Tür und konnte seinen Chef nur in Umrissen hinter seinem Schreibtisch erkennen. Hauser rauchte fast nonstop und sein Aschenbecher war riesig. „Michi, sei gegrüßt, wie kommt ihr voran? Erweist sich der Fall als so heikel, wie du befürchtet hast?", hörte er die Stimme seines Chefs, den der undurchdringliche Qualm in keiner Weise zu stören schien.

„Hast du etwas dagegen, wenn ich deinen Reval-Gestank mal kurz aus dem Fenster jage? Sonst schmeckt mir mein Zigarillo nicht." Baum öffnete das Fenster und hoffte insgeheim, dass niemand auf der Straße aufgrund des austretenden Qualms die Feuerwehr rief. Dann nahm er den angebotenen Platz im Sessel, streckte seine langen Beine aus und steckte sein Zigarillo an. „Ich fürchte ja, der Fall erweist sich als heikel, die Ehefrau gibt an, dass er sehr aufbrausend sein kann, sie ihn deshalb nie nach seinem Arbeitstag gefragt hat, wenn er abends nach Hause kam. Ihre jüngste Tochter scheint er regelrecht gehasst zu haben, was die Mutter gerade mal in der Form zur Kenntnis nimmt, dass das Kind eben immer so ungezogen sei und die Bestrafung verdient.

Er rastete völlig aus, wenn sich die Kleine eine zweite Brezel nehmen wollte, schmiss den Brotkorb in den Garten und diverse andere Dinge noch hinterher. Auch wenn das vollkommen lächerlich klingt, aber ich habe ein sehr unangenehmes Gefühl bei diesem Dr. Lechner. Mit Sicherheit werden wir da noch weitere, wahrscheinlich schlimmere Einzelheiten zu Tage fördern."

„Na ja", erwiderte Hauser zögerlich, „ein strenger Stiefvater ist ja noch lange kein Grund, um irgendetwas Unschönes dahinter zu vermuten. Vielleicht hat er in der Tat sehr anstrengende Arbeitstage und muss irgendwie Luft ablassen, wenn er dann zu Hause ist."

„Ich bitte dich, Hubert, kommst du abends nach Hause und wandelst den Stress des Tages in Aggression gegen Deine Frau um? Also wirklich, der Mann hat ein dickes Problem und ich möchte herausfinden, welches. Das ist sozusagen die Bedingung, um diesen Fall aufzuklären, wir brauchen eine Richtung."

„Na gut, Michi, was schlägst du vor?", fragte der Kriminalrat müde und Baum antwortete schnell: „Ich bitte dich um die Genehmigung für eine Dienstreise nach Breslau. Es wird nicht lange dauern, wir fliegen morgens hin und können abends wieder in München sein. Ich möchte gerne die Schwester vom Lechner befragen, die dort lebt. Von diesem Gespräch verspreche ich mir viel. Sie kennt ihn schließlich am längsten und wahrscheinlich auch am besten und scheint eine intelligente Frau zu sein."

Hauser sah ihn fassungslos an. „Du bist nicht gescheit! Wie soll ich das denn rechtfertigen? Wir haben lediglich einen Vermisstenfall! Auch wenn wir die Mordkommission sind, helfen wir lediglich intern aus, es bedeutet nicht, dass wir in einem Tötungsdelikt ermitteln. Eine solche Reise lässt sich beim derzeitigen Stand der Ermittlungen nicht genehmigen, das musst du einsehen."

Baum reckte nun auch den Oberkörper weit im Sessel zurück und streckte seine Arme nach oben. „Na gut, dann gib uns nur den Tag und die Kosten inklusive Spesen übernehme ich selbst."

„Du scheinst persönlich involviert zu sein, woran liegt das, Michi?"

„Die Atmosphäre dort: dieses hässliche Haus, vollgestopft mit teuren Antiquitäten, Geiz an allen Ecken und Enden, obwohl der Mann saftig verdient, das kleine Kind, das gehasst und gemobbt wird, wo es nur geht, sogar von der eigenen Mutter. Da ist etwas gewaltig am Qualmen, Hubert, ich will diese Glut löschen, bevor das Feuer alles verschlingt. Ich will wissen, wo dieser Mann ist, und wenn wir feststellen, dass sein Verschwinden mit irgendwelchen Verfehlungen zu tun hat, möchte ich ihn vor Gericht stellen."

Hauser hob beschwichtigend seine Arme. „Immer mit der Ruhe, Michi, was sollen wir ihm denn vorwerfen? Dass er seiner Stieftochter keine zweite Brezel erlaubt? Vorsicht Michi! Wir müssen ihn nur finden, weiter nichts. Lass das nicht zu nah an dich ran, es gibt hunderte, wenn nicht tausende Familien, in denen es qualmt. Wir sind keine Weltverbesserer, sondern Polizisten. Unsere Aufgaben sind klar umrissen. Wir können uns nur dann etwas weiter vorwagen, wenn wir ein Tötungsdelikt befürchten – tust du das?"

Baum atmete tief ein und aus. „Wenn ich dir das jetzt bestätige, dann denkst du, ich will nur das tiefere Einsteigen in den Fall rechtfertigen. Ich möchte mich da noch nicht festlegen. Aber dass wir da auf eine Menge Dreck stoßen werden, sagt uns ja wohl diese Geschichte mit der Blinddarmoperation.

Findest Du das nicht besorgniserregend? Außerdem gab es einen weiteren Fall einer Blinddarm-OP. Die jüngste Tochter seines ehemaligen Kriegskameraden vor etwa zwei Wochen. Er lebt in Dachau, Weidel probiert gerade, einen Termin für heute Abend zu bekommen."

„Aber was soll der euch denn erzählen können? Der war doch bei der OP sicher nicht dabei, so wie der Gynäkologe aus Passau damals. Aber gut, fahrt hin, redet mit ihm, vielleicht bekommst du ja dann auch ein besseres Bild von dem Lechner und kannst deine bereits vorhandenen Vorurteile revidieren."

Baums Bewegungen im Sessel wurden unruhig. „Mensch Hubert, bisher hast du dich immer auf meinen Instinkt verlassen. Die Aufklärung diverser Fälle wäre ohne diesen Instinkt nicht möglich gewesen. Warum bist du jetzt so zögerlich? Wer steckt dahinter, dieser General Bertold, der Oberstaatsanwalt?"

„Beide", antwortete Hauser trocken und ohne Umschweife. „Wir sollen das ohne großes Aufheben zu Ende bringen, keine Skandale aufdecken, die dem gesamten Ansehen des Krankenhauses oder noch schlimmer der Bundeswehr schaden könnten."

„Prost Mahlzeit", stöhnte Baum böse. „Wir sollen also doch nicht die Polizei sein, die für Recht und Ordnung sorgt?!"

Hauser klopfte mit seinem Kugelschreiber auf den Tisch. „Also gut, morgen ist Samstag, am Wochenende könnt ihr machen, was ihr wollt. Schaut euch Breslau an. Am Montag sehen wir uns wieder hier und du berichtest."

„Danke, Hubert, dann also bis Montag."

Weidel blickte ihn erwartungsvoll an. „Wir fliegen morgen, du kannst uns ankündigen und buchen. Ich darf den Fall nicht zu persönlich nehmen, war seine eindringliche Empfehlung. Guck mich nicht so an, sonst muss ich noch denken, du siehst es genauso wie Hauser", brummte Baum missgestimmt.

„Du irrst dich, ich verlasse mich voll und ganz auf deine Intuition, du bist für mich der beste Ermittler, den ich kenne."

Baum war sprachlos, ging auf ihre Seite des Schreibtischs und legte ihr seine Hand auf die Schulter. „Danke, Maria, das bedeutet mir viel. Zusammen werden wir diesen Fall aufklären.

10

Sie saßen im Auto, Weidel hatte den Termin vereinbart. „Das ist ja schon irgendwie gruselig, dass wir jetzt ausgerechnet jemanden in Dachau befragen müssen."

„Wieso gruselig?", fragte Baum.

„Na, weil doch die Schwester erzählt hat, dass ihre Eltern und auch ihr Bruder dem nationalsozialistischen Gedankengut nahe standen. Ob dieser Freund genauso denkt?"

„Wenn sie richtig dicke Freunde waren, vermutlich schon", überlegte Baum. „Mich wundert vor allem, dass sich jemand in Dachau niederlässt. Ich könnte es nicht ertragen, quasi neben einem ehemaligen Konzentrationslager zu leben. Das setzt schon ein gehöriges Maß an Abgebrühtheit voraus, findest du nicht?" Weidel überlegte einen Moment. „Da magst du recht haben, aber was, wenn er schon vor dem Krieg da gelebt hat?"

„Das wäre mir egal, ich würde auf jeden Fall woanders hinziehen!"

Die Fahrt ging schneller, als sie geplant hatten, und sie fanden die Adresse problemlos. Es war ein längs der Straße stehendes Wohnhaus mit zahlreichen Nebengebäuden für Lagerung und LKWs. Offensichtlich eine Spedition. Das Baujahr des Hauptgebäudes schätzte Baum auf vor 1900, diverse Anbauten waren unwesentlich jünger und manche dann doch neueren Datums. Nicht zuletzt die LKWs sahen nagelneu aus.

Sie parkten neben einer Außentreppe, die offenbar in den Wohnbereich führte, machten den Motor aus und überlegten, ob sie schon anschellen oder noch einen Moment im Auto warten sollten. Da klopfte jemand ans Seitenfenster und begrüßte sie lautstark: „Sehr anständig, Herrschaften, fünf Minuten vor der Zeit ist des Soldaten Pünktlichkeit! Johannes Moosgruber mein Name, wir hatten telefoniert."

Baum liebte es nicht, so überrascht zu werden, ließ sich aber nichts anmerken. „Dann dürfen wir Sie also auch schon eine viertel Stunde zu früh stören?"

„Aber natürlich, bitte folgen Sie mir."

Hinter der Haustür gab es nur eine kurze Diele, dann standen sie in einem riesigen Raum, der Wohnzimmer, Esszimmer und Küche gleichzeitig umfasste. Der Tisch, an dem ihnen ein Platz angeboten wurde, stand etwas erhöht, denn der halbe Raum war etwa 30 cm höher, was nicht für Gemütlichkeit sorgte sondern irgendwie für Distanz.

Baum sah sich interessiert um. Alles wirkte sehr teuer und modern. Es gab einen großen Tegernseer Bauernschrank, perfekt restauriert, im Blickzentrum eine Sitzgruppe und ein großer Fernseher, der in eine Schrankwand eingebaut war, sodass man nur den Bildschirm sehen konnte. Links eine moderne Küche, diverse Töpfe und Pfannen hingen an einem Regal über der gesamten Arbeitsplatte und der Spüle.

Das gefiel Baum. Er kochte gern und die Anordnung in seiner Küche war ähnlich. Bei ihm hingen die Pfannen an einem langen, geschnitzten Holzregal, oben drauf standen die Töpfe. Er mochte es, wenn man einer Küche ansehen konnte, dass sie eine Küche war und nicht alles hinter der Verkleidung der Schranktüren verschwand. Er musste schmunzeln über den treffenden Begriff Verkleidung. Hier also musste sich die Küche nicht verkleiden.

„Herr Moosgruber", begann Baum das Gespräch, „Sie wissen ja bereits, warum wir Sie aufsuchen. Wann haben Sie vom Verschwinden Ihres Freundes erfahren?"

„Die Ilse hat mich sofort am Samstagabend angerufen. Ich habe ihr gesagt, dass sie sich an die Polizei wenden muss, was sie ja dann auch getan hat, obwohl sie in einem sehr schlechten Zustand war. Ich konnte hier leider nicht weg, meine drei Töchter lasse ich nie allein, und meine Frau ist vor zwei Jahren bei einem Autounfall ums Leben gekommen. Diesen Schock haben wir alle noch nicht wirklich überwunden."

„Das tut mir sehr leid", antwortete Baum aufrichtig. „Frau Lechner hat uns erzählt, dass Sie der beste Freund Ihres Mannes sind, trifft das zu? Würden Sie sich selbst auch so bezeichnen beziehungsweise empfinden Sie Herrn Dr. Lechner auch als Ihren besten Freund?"

„Ich habe keinen besseren", antwortete Moosgruber voller Inbrunst. „Er hat mir in russischer Kriegsgefangenschaft das Leben gerettet! Ich war im Eis eingebrochen und er hat alles getan, um mich zu retten. Er hat sogar sein eigenes Leben riskiert, weil er so nah an die Stelle herangerobbt ist, wo ich im Wasser war. Wäre das Eis auch unter ihm gebrochen, wären wir beide im Eiswasser erfroren. Kein anderer hätte sich getraut, was er sich getraut hat. In solchen Augenblicken ist jedem sein eigenes Leben mehr wert als ein fremdes, auch wenn niemand von uns wusste, ob er die Heimat je wieder sieht."

„Wo waren Sie in Gefangenschaft?", fragte Baum ehrlich interessiert.

„Ganz weit im heutigen Armenien am Sewansee. Sie hatten uns damals auf den See geschickt, um zu testen, wie dick das Eis ist, ob die Russen schon mit ihren Fahrzeugen drüberfahren konnten. Das klappte auch gut, nur bin ich wohl an einer Stelle eingebrochen, wo die Wassertemperatur noch nicht niedrig genug war. Ich weiß nicht, ob der Lagerkommandant es erlaubt hätte, dass sich seine Leute in Gefahr brachten, um einen Deutschen zu retten. Wir haben auch viele gute Erfahrungen gemacht, aber in dem Fall bin ich mir nicht sicher. Bernhard band mir ein Seil um den Oberkörper – ich selbst konnte mich nicht mehr bewegen – und dann zogen sie mich mit einem LKW aus dem Wasser. Als ich draußen war, kam ich sofort auf die Krankenstation. Drei Tage später litt ich an einer schweren Lungenentzündung und war wochenlang dem Tod näher als dem Leben. Bernhard hat mich aufopferungsvoll gepflegt, wir hatten kein Penicillin, waren auf die dort üblichen Kräuter angewiesen. Als ich endlich wieder aufstehen konnte, haben alle applaudiert, auch die Russen, sogar der Lagerkommandant selbst. Es brachte dem Bernhard erhebliches Ansehen ein und er durfte danach im Lager als Arzt arbeiten. Er hatte sein Studium ja in Deutschland bereits abgeschlossen, nur seine Dissertation noch nicht eingereicht, als er damals einberufen wurde. Seine Doktorarbeit hat ihm dann sein eigener Doktorvater gestohlen und selbst damit habilitiert. Das hat er erst nach seiner Freilassung 1952 erfahren und musste alles neu schreiben, mit einem anderen Schwerpunkt. Darüber war er natürlich sehr wütend, aber angezeigt hat er den Kollegen nicht. Ich kam drei Jahre vor ihm nach Hause. Wir saßen zusammen im Zug. Leider hatte er eine Liste der im Lager Verstorbenen bei sich. Er wollte die Angehörigen informieren, damit sie nicht so lange unter der Unsicherheit leiden mussten. Diese Liste war mit unsichtbarer Tinte geschrieben und die Russen wurden an der Grenze stutzig, warum er ein weißes Blatt bei sich trug. Man hat das Blatt lesbar gemacht und er musste als Einziger wieder zurück, weil man ihm Spionage vorwarf. Sie wissen nun, dass er ein Ehrenmann durch und durch ist. Seine Schicksalsschläge hat er einfach so weggesteckt. Ich werde es nie vergessen, als wir uns endlich wieder in den Armen lagen. Er war dürr wie ein Skelett und ich hatte mir schon wieder meinen guten alten bayrischen Bauch angefuttert. Jahrelang konnte ich kaum an etwas anderes denken als ans Essen. Natürlich schämte ich mich, aber er war einfach nur glücklich, mich bei guter Gesundheit wiederzusehen."

Baum hatte schweigend zugehört. Das Bild, das er sich selbst vom Lechner gemacht hatte, brachte er nicht überein mit dem Menschen, der da gerade beschrieben wurde. „Haben Sie sich nach 1952 regelmäßig gesehen?"

„Ja, natürlich, mindestens einmal monatlich. Entweder ich bin zu ihm gefahren oder sie kamen an einem Sonntag mit der ganzen Familie zu uns. Die Kinder haben sich gut verstanden und hier bei uns war es immer sehr schön für sie. Sie stöberten in den Lagerräumen herum und es gab immer etwas zu finden, was bei unseren Transporttouren abfiel oder übrig blieb."

„Kennen Sie auch die jüngste Tochter seiner heutigen Ehefrau?", wollte Baum wissen.

„Natürlich kenne ich den kleinen Wildfang. Ich habe sie immer ‚Schwarzer Satan' genannt, wegen ihrer großen, dunklen Augen. Irgendwann hat mich Bernhard aber mal zur Seite genommen und mich gebeten, diesem Kind nicht so viel Aufmerksamkeit zu schenken. Schließlich sei seine eigene Tochter mein Patenkind und das Kind seiner Frau nur geduldet unter seinem Dach."

„So hat er sich ausgedrückt?", fragte Baum erschrocken.

„Ja, daran erinnere ich mich sehr genau. Ich habe mich damals kurz gewundert, aber er erklärte mir, dass er auch nicht sicher wisse, ob dieses Mädchen eine Jüdin sei. Ich habe ihm damals geantwortet, dass er doch keine Jüdin geheiratet habe, also auch das Mädchen keine Jüdin sein könne. Aber er meinte, Papiere könne man fälschen, und so dunkel wie sie ist, würde sie ihn eben immer an eine Jüdin erinnern. Außerdem wisse er, dass die Mutter seiner Frau im KZ in Salzgitter gewesen sei. Zwar lebe sie noch, aber einen Grund musste das doch wohl gehabt haben. Ich wollte ihm diese Unruhe gerne nehmen und sagte ihm, dass es damals viele Gründe gegeben habe, um jemanden ins KZ zu deportieren. Der Nachbar konnte den Nachbarn anschwärzen und es wurde sofort darauf reagiert. Hatte einer heimlich geschlachtet oder Schnaps gebrannt oder ist er einfach nur freundlich zu einem Kriegsgefangenen gewesen, der dem Hof als Arbeitskraft zugeteilt worden war, das reichte vollkommen aus. Es beruhigte ihn etwas, aber seine Bitte blieb bestehen, mich von dem Kind abzuwenden."

Baum musste mehrfach schlucken und unter dem Tisch ballte sich seine rechte Hand automatisch zu einer Faust. „Warum haben Sie denn seiner Bitte so bereitwillig entsprochen, hätten Sie ihn nicht davon abbringen können?" fragte er bitter.

Moosgruber wand sich etwas. „Natürlich tat es mir sehr leid, bei den darauffolgenden Besuchen zu sehen, wie gekränkt die Kleine war. Sie hatte Vertrauen zu mir gefasst und ich musste ihr von heute auf morgen die kalte Schulter zeigen. Aber ich konnte Bernhard seine Bitte nicht abschlagen und tröstete mich damit, dass er schon seine Gründe dafür haben würde. Ich habe ihr ab und zu Geld zugesteckt, wenn es niemand sehen konnte, aber das war natürlich nicht das gleiche wie vorher." Ehrlich betroffen blickte er vor sich auf den Tisch und schob die Bierdeckel hin und her. Plötzlich sagte er erschrocken: „Ich habe Ihnen ja gar nichts zu trinken angeboten, bitte entschuldigen Sie, was darf es denn sein?"

Baum und Weidel lehnten ab. „Bitte machen Sie sich keine Umstände, wir müssen sowieso bald wieder los. Darum lassen Sie uns zur wichtigsten Frage kommen: Können Sie sich einen Grund vorstellen, warum Ihr Freund einfach so verschwindet, ohne eine Nachricht, ohne ein Lebenszeichen?"

„Nicht den geringsten", antwortete Moosgruber. „Ich denke kaum an etwas anderes, es ist mir ein absolutes Rätsel. Eine Liebschaft ist ausgeschlossen, denn das hätte er mir sicher erzählt."

„Noch eine letzte Frage", kam Baum zum Schluss. „Wir haben gehört, dass er kürzlich Ihre Tochter am Blinddarm operiert hat, ist Ihnen in dem Zusammenhang irgendetwas Ungewöhnliches aufgefallen? Hatte Ihre Tochter vielleicht etwas Angst vor ihm oder wollte Sie nicht, dass er sie untersucht?"

Moosgruber schüttelte empört den Kopf „Wie kommen Sie denn auf so einen Unsinn? Meine Tochter hatte wahnsinnige Schmerzen und es beruhigte Sie sehr, dass Onkel Bernhard sie operieren würde. Der Blinddarm war kurz vor dem Durchbruch und er hat noch mitten in der Nacht operiert. Das hat meiner Tochter viel Unheil erspart, nach drei Tagen konnte ich sie schon wieder abholen und unser Hausarzt hat später die Fäden gezogen. Es ist alles bestens verlaufen."

„Durften Sie bei der OP anwesend sein?", fragte Baum.

„Wenn ich gewollt hätte sicherlich, aber das hätte ich nicht ausgehalten. Er hat mir versichert, gut auf sie aufzupassen und mich sofort anzurufen, wenn sie es überstanden hat."

„In Ordnung, Herr Moosgruber, dann wollen wir Sie jetzt nicht länger stören. Bitte verständigen Sie uns sofort, sollte Ihnen noch etwas Wichtiges einfallen oder sich Ihr Freund sogar bei Ihnen melden."

„Selbstverständlich, das tue ich!" Dankend nahm er Baums Karte entgegen und öffnete die Haustür.

Da meldete sich erstmalig Weidel zu Wort: „Entschuldigen Sie bitte, ich habe eine rein persönliche Frage: Haben Sie schon vor dem Krieg hier gewohnt?"

Moosgruber blickte erstaunt. „Meine Großeltern haben das Haus hier gebaut, sie hatten auch schon eine Spedition. Erst noch mit Pferd und Wagen, später haben wir dann alle zusammen unseren ersten LKW gekauft. Es gibt ihn noch im Fuhrpark, er frisst Gnadenbrot und muss nur noch kurze Strecken fahren. Ich bin ein Traditionsmensch und ehre meine Eltern, indem ich diesen Wagen nicht verschrotte. Warum fragen Sie?"

Weidel antwortet frei heraus: „Weil es mir schwerfallen würde, hier zu wohnen, quasi in direkter Nachbarschaft zu einem ehemaligen KZ."

„Dazu werde ich mich nicht äußern", antwortete Moosgruber barsch. „Auf Wiedersehen!"

Baum bedankte sich bei Weidel, dass sie ihm diese Frage abgenommen hatte. „Ich habe nicht mehr daran gedacht. Seine Schilderungen passten mir so gar nicht in den Kram. Überall hören wir nur Gutes – verdammt, das passt einfach nicht ins Bild. Der Heiligenschein von diesem Onkel Bernhard kotzt mich an!"

„Vorsicht, Baum, du bist nicht mehr neutral. Warum willst Du unbedingt einen Dämon aus ihm machen? Vielleicht hat dir die Mini nur eine ausgedachte Geschichte erzählt. Sie mag dich, weil du vielleicht der erste erwachsene Mensch bist, der sie in den letzten Jahren wahrgenommen hat und da denkt sie sich etwas aus, um den Mitleidbonus noch oben drauf zu bekommen."

„Möglich, dass du recht hast, aber welches Kind denkt sich so eine abstruse Geschichte aus, dass sich ein angesehener Familienvater, Offizier und Chefarzt so wenig unter Kontrolle hat, dass er sich vor der ganzen Familie zum Affen macht, nur weil sich dieses Kind eine zweite Brezel nehmen wollte?"

„Na, eben gerade ein Kind, weil es für einen Erwachsenen einfach zu abstrus wäre, um damit durchzukommen. Jeder wüsste doch sofort, dass das erfunden ist."

Baum blieb still und antwortete nicht darauf. Seine Gedanken gingen zurück in diesen kalten Werkraum, wo Mini auf dem Kühlschrank saß und ihre Brezel knabberte. Dieses Mädchen hatte so etwas Starkes, Ehrliches und irgendwie Außergewöhnliches. Er ließ sich alles noch mal Wort für Wort durch den Kopf gehen.

‚Böse Geister gibt es nicht, weil das nur Menschen sind', hatte sie gesagt. Er war beeindruckt von dieser kindlichen Klarheit. Wie sollte sie sich so etwas ohne die entsprechende Erfahrung ausdenken? Hatte es ihr jemand gesagt oder hatte sie selbst schon Kontakt mit einem bösen Geist, der ein Mensch war?

War er zu weit gegangen in seiner Vorstellung? Hatte er sich in etwas verrannt? Konnte er seiner eigenen Intuition nicht mehr vertrauen?

Er musste mit Marta sprechen, heute Abend würde er sie anrufen. Er schaute auf die Uhr. „Verflixt und zugenäht, weißt du, wie spät es ist?"

„Na klar", antworte Weidel fröhlich, „mein Abend ist gelaufen. Du kannst mich an der Tram absetzen, dann bin ich vielleicht früh genug zu Hause, um noch zu duschen, ohne dass sich meine Nachbarn über die späte Ruhestörung beschweren. Es ist ein altes unglückliches Ehepaar, ich möchte ihnen gerne ersparen, dass sie sich über mich ärgern müssen."

„Das ist verdammt lieb von dir", antwortete Baum freundlich. „Ach, weißt du, ich lebe auch zufriedener, wenn es keinen Ärger in diesem kleinen Haus gibt, außerdem haben sie vor 20 Jahren ihren einzigen Sohn verloren. Er ist mit 18 beim Bergsteigen abgestürzt. Sie tragen schon genug an diesem einen großen Unglück."

Baum fasste das Lenkrad fester. Wieder so eine Tragik mit einem Kind. Er glaubte fest daran, dass es ein wundervoller Ort war, woher wir kamen, und der gleiche wundervolle Ort, wohin wir gingen, wenn wir starben. Aber als Lebender mit dem Schmerz des Verlustes umzugehen, war für ihn zu schwer. Das konnte er einfach nicht.

„Buchst du uns die Flüge nach Breslau? Morgen Mittag wäre mir lieber, ich will vorher noch schnell zu den Lechners, um mit der Mutter zu sprechen. Wir hatten ihr zwar gesagt, dass wir erst am Montag wiederkommen, aber mir ist noch etwas Wichtiges eingefallen."

„Allein?", fragte Weidel besorgt.

„Ich glaube, das wäre strategisch gut, nachdem ich mich so bei ihr eingeschleimt habe. Können wir uns vielleicht direkt am Flughafen treffen?" fragte er vorsichtig.

„Na klar", nahm ihm Weidel seine Bedenken. „Mein Freund kann mich hinfahren, mit den Öffentlichen ist es am Wochenende manchmal schwierig. Ich gebe dir die Zeiten morgen früh durch oder heute Abend noch."

„Okay, ich wollte zwar Marta anrufen, aber dann warte ich so lange, bis du angerufen hast. Vielen Dank, Maria, du bist ein Schatz!"

Sie verabschiedeten sich lachend und Baum fuhr davon.

Kaum öffnete er seine Wohnungstür, da klingelte bereits sein Telefon. Weidel gab ihm die Abflugzeit durch: 13.30 Uhr. Leider mussten sie eine Nacht bleiben, weil die Abendflüge nach München ausgebucht waren.

Egal, sie hatten das Wochenende, und Sonntag zurückfliegen war ganz in seinem Sinne. Vielleicht konnte Marta sogar den Abend mit ihnen verbringen und sie am nächsten Morgen zum Flughafen bringen.

Erwartungsvoll wählte er ihre Nummer. Sie nahm sofort ab und freute sich sehr, seine Stimme zu hören. Ihm ging es nicht anders, mit einem Schlag fühlte er sich aufgehoben und glücklich. Er ließ sie zuerst erzählen und es sprudelte nur so aus ihr heraus. Ihre Eltern waren so glücklich, dass sie beide sich gefunden hatten, und ihre Brüder neckten sie dauernd, weil sie so verliebt aussah, obwohl sie doch schon über 50 wäre, sie freuten sich alle mit ihr.

Als sie merkte, dass er sehr still war, fragte sie ihn schließlich das Unvermeidliche: „Du hast einen Fall, der dir zusetzt?"

Baum holte tief Luft und streckte sich. „Das kann man wohl sagen! Ich muss mit dir darüber reden, aber nicht am Telefon. Morgen fliegen wir für eine Befragung nach Breslau. Kannst du uns am Flughafen abholen, den Abend dort mit uns verbringen und uns am Sonntag wieder zum Flughafen bringen?", fragte er ängstlich.

„Du kommst nach Polen?", jauchzte seine Frau laut. „Aber natürlich kann ich das – oh, wie ich mich freue!"

Baums Herz machte einen Satz, es wurde ganz leicht und schwebte in seiner Brust. Sie verabschiedeten sich zärtlich voneinander und er konnte diese zwei wunderschönen Worte sagen: „Bis morgen!"

Leicht und glücklich ging er mit seinem schwebenden Herzen ins Bad und eine viertel Stunde später schlief er selig wie ein Baby.

11

‚So, das wird heute eine Herausforderung bei den Lechners', dachte er und hoffte im Stillen, dass die großen Kinder noch in ihrem Hotel waren. Die älteste Tochter erschien ihm sehr einfühlsam, sie war kein Hindernis bei der Befragung der Mutter. Er setzte fest darauf, dass sie etwas zu tun fand, wenn sie spürte, dass er lieber unter vier Augen mit ihrer Mutter sprach. Seinetwegen durfte sie gerne in der Küche hantieren und dabei lauschen, was geredet wurde. Hauptsache, die Mutter hatte das Gefühl, dass sie beide allein waren.

Um 10.00 Uhr klingelte er an der Haustür. Es dauerte ein paar Minuten, ehe er drinnen Schritte hörte und Frau Lechner selbst die Tür öffnete. Sie war erstaunt, aber auch erfreut ihn zu sehen. „Mini ist gestern Abend schon mit ihrer großen Schwester nach Passau gefahren, damit ich einmal richtig ausschlafen konnte und die anderen beiden machen einen Ausflug nach München. Aber irgendwie wollte mir das Ausschlafen heute nicht gelingen. Mir geht so viel im Kopf herum."

Baum wurde in den Salon gebeten und war erfreut über die Umstände, die er antraf. Den angebotenen Kaffee nahm er gerne an und setzte sich auf denselben Platz, auf dem er erst gestern gesessen hatte.

„Ich habe schon gehört, dass Sie gestern noch in Dachau gewesen sind", sagte sie und er bestätigte es.

„Leider hat uns diese Befragung nicht weitergebracht, im Wesentlichen hat Herr Moosgruber das Bild Ihres Mannes bestätigt, das wir schon aus anderen Befragungen kannten. Wir brauchen wirklich jede kleinste noch so unwichtige Information, die uns Anhaltspunkte liefern kann. Können Sie mir da vielleicht weiterhelfen? Ich verstehe natürlich, dass es Ihnen schwerfallen wird, negative Wesensarten Ihres Mannes zu offenbaren, aber es ist wirklich wichtig für uns, schonungslos alles zu erfahren. Sollte das für unsere Ermittlungen nicht relevant sein, wird niemand davon erfahren, das verspreche ich Ihnen. Es ist manchmal einfach sehr schwierig, zu beurteilen, was relevant für die Ermittlungen sein könnte, besonders für einen Außenstehenden."

Frau Lechner errötete deutlich. „Was stellen Sie sich denn darunter vor? Ich habe Ihnen doch schon erzählt, dass er sehr aufbrausend und auch verletzend sein konnte. Gibt es etwas Bestimmtes, worauf Sie abzielen?"

„Ich habe mich kurz mit Mini unterhalten und sie erzählte mir eine lustige Geschichte von einem Abendessen, als er den Brotkorb in den Garten warf, weil sie sich eine zweite Brezel nehmen wollte. Können Sie sich daran erinnern?"

„Natürlich kann ich das, es ist ja nicht nur einmal passiert", antwortet die Frau ahnungslos, was so eine Antwort wirklich verriet.

„Aber warum durfte Mini denn keine zweite Brezel essen?", fragte Baum verdutzt.

„Weil sie sich geweigert hatte, eine Weißwurst zu probieren. Das war ein Misserfolg für ihn, dass er sie dazu nicht hatte zwingen können. Und Misserfolge machen ihn nun einmal wütend. Das war schon immer so. ‚Zwei Irre dulde ich nicht in meinem Haus!', schrie er damals. Sie müssen wissen, dass ich seit meinem achten Lebensjahr kein Fleisch esse. Außerdem will er das Kind vor Übergewicht bewahren, sie soll nicht so viele Brezeln essen."

Baum sog ihre Worte regelrecht auf. „Mini erzählte auch, dass er meinte, sie fräße ihm die Haare vom Kopf, das klingt etwas weniger freundlich als ‚vor Übergewicht bewahren'."

Frau Lechner antwortete zu schnell: „Ach ja, das sagt er manchmal zu ihr, das stimmt schon, aber er meint es natürlich nur scherzhaft."

Baum musste sich wieder strecken. „Ein Kind versteht diese Art von Scherzen nicht, besonders wenn sie so lieblos und wütend vorgebracht werden, das müssen Sie als Mutter doch wohl wissen!", Baum ärgerte sich, dass die Mutter immer nur rechtfertigte, wie sich ihr Mann dem Kind gegenüber verhielt, darum konnte er einfach nicht ruhig bleiben „Ergreifen Sie denn keine Partei für Ihr Kind?"

Frau Lechner erhob nun ebenfalls ihre Stimme „Aber wie soll ich das denn? Dieses Kind ist sehr frech und renitent, immerzu ärgert sie ihn und widersetzt sich allen Anordnungen. Die ruhigsten Wochenenden sind die, an denen sie nicht da ist und nicht aus dem Internat kommen darf, weil sie sich etwas besonders Schlimmes geleistet hat."

„Was darf ich mir als besonders schlimm vorstellen?", fragte Baum besorgt.

Aufgebracht über die Erinnerung antwortete Frau Lechner hastig: „Sie hat ihn angespuckt, als sie die Treppe herunterkam und er hochging, oder gegen sein Schienbein getreten. Einmal hat sie sich der Waschkontrolle am Abend entzogen, indem sie durch das Glas ihrer Zimmertür gesprungen ist. Das war besonders schlimm, weil auch noch etwas zu Bruch gegangen ist und der ganze Flur voller Scherben lag. Wenn so etwas vorkommt, schließe ich sie in der Werkkammer ein, weil ich Angst habe, dass er sie sonst schlägt."

Baum hatte mit Entsetzen das Wort Waschkontrolle vernommen und konnte dem weiteren Monolog der Mutter kaum folgen, die jedoch unbeirrt fortfuhr. „Wenn er sich beruhigt hat, sich in sein Arbeitszimmer zurückzieht oder sich hingelegt hat, fahre ich sie schnell zurück ins Internat. Dort verständige ich die Heimleitung, dass wir sie am kommenden Wochenende nicht holen können. Das ist aber nicht so schlimm, sie ist dort nicht allein, nicht alle Kinder werden am Wochenende nach Hause geholt, manche wohnen zu weit entfernt. Glauben Sie mir, ich bin verzweifelt über dieses Kind! Sie will nicht gehorchen, sie will nicht lernen, sie will nicht hübsch aussehen, sie will nur draußen herumstromern und hält sich nie an Absprachen, pünktlich zu Hause zu sein. An einem Samstag ist sie einfach mit der S-Bahn nach München gefahren und hat dort in den Straßen herumgelungert. Keine Ahnung, woher sie das Geld für die Fahrkarte hatte, wir geben ihr auf jeden Fall kein Taschengeld. Mein Mann sagt, sie kauft sich sowieso nur Brezeln davon."

Baum hatte kaum weiter zugehört. Das Wort ‚Waschkontrolle' hatte ihn so eiskalt erwischt, dass er kaum noch atmen konnte. Er wollte nicht wahrhaben, was er da hörte.

„Was bitteschön habe ich mir unter dieser Waschkontrolle vorzustellen?", fragte er atemlos.

„Na, was schon!", pampte die Ehefrau. „Er kontrollierte, ob die Hände gewaschen und die Zähne geputzt waren. Mini machte immer eine große Sache daraus, brüllte oder schrie, wie man es von ihr gewohnt war. Ich konnte es nicht ertragen."

„Und Sie sind nie auf die Idee gekommen, dass da vielleicht andere Dinge vor sich gingen, die nichts mit gewaschenen Händen zu tun hatten?"

„Was denn für andere Dinge?", fragte sie verdutzt.

„Verehrte Frau Lechner", stöhnte Baum, „ist Ihnen denn nie in den Sinn gekommen, dass Ihr Mann womöglich Ihre kleine Tochter missbraucht hat?"

„So ein Unsinn!", schrie sie plötzlich aus. „Immer wenn er von der Waschkontrolle kam, hat er doch mich missbraucht, das war ja wohl genug!" Erschrocken über das, was sie diesem Fremden da anvertraut hatte, vergrub sie ihr Gesicht in Ihren Händen und schluchzte: „Bitte gehen Sie jetzt." Baum rührte sich nicht, saß mit gesenktem Kopf und wusste nicht, was er tun sollte.

Eigentlich müsste er froh sein, dass die Mutter Minis Geschichte bestätigt hatte, denn damit war klar, dass das Kind nichts erfunden hatte, sie hatte ihn nicht belogen und auch keinen Mitleidbonus von ihm zu erhalten gehofft. Hier saß eine Frau, die nur an ihr eigenes Leid dachte und sich nicht vorstellen wollte, dass es ihrer eigenen Tochter vielleicht genauso erging. Konnte das alles wahr sein? Seine schlimmsten Vorstellungen drängten sich sehr lebhaft in seine Gedanken.

Wollte die Mutter sie wirklich vor Schlägen schützen oder wollte sie nur, dass es ruhig und friedlich an den Wochenenden zuging? Er vermutete Letzteres und es fiel ihm schwer, unter diesen Umständen den freundlichen, verständnisvollen Ermittler zu mimen, aber er tat sein Bestes.

"War es denn ruhig und friedlich, wenn Mini nicht hier war, oder gab es auch andere Situationen, die Ihren Mann in Rage brachten?", fragte er milde und verständnisvoll.

"Doch, doch, die gab es natürlich. Wenn im Fernsehen jemand etwas sagte, das ihm nicht gefiel, konnte er sehr ausfallend werden. Besonders auf eine junge Journalistin mit kurzen Haaren reagierte er wütend. Fragen Sie mich bitte nicht, was sie gesagt hat, aber einmal hat er sein Glas nach dem Fernseher geworfen und geschrien: ‚Du Luder, Dreckschleuder, Schlampe!' Der Fernseher war dann kaputt und er ist über mich hergefallen. Ich habe danach in Minis Bett geschlafen. Am nächsten Morgen pfiff er ein Lied in der Küche und hatte den Frühstückstisch gedeckt, als wäre alles in bester Ordnung." Sie nahm ihr Taschentuch und putzte sich die Nase. Baum schaute ihr dabei zu. "Haben Sie denn nie daran gedacht, sich von ihm scheiden zu lassen, um sich und Mini in Sicherheit zu bringen?"

"Nein, nie, ich habe ja stets damit gerechnet, dass passiert, was jetzt passiert ist: dass er auf einmal nicht mehr da ist."

Baum straffte sich. "Gnädige Frau, was denken Sie denn, was passiert sein könnte?", fragte er aufgeräumt und interessiert.

"Ich glaube, dass er eine andere Frau hat und mit ihr weggegangen ist. In letzter Zeit war es besonders schlimm, auch wie er mich betitelt hat, war zuletzt beleidigend und kränkend."

"Das tut mir sehr leid, gnädige Frau", antwortete Baum förmlich. "Können Sie sich auch einen anderen Grund vorstellen? Dass ihn jemand gehasst und ihm etwas angetan hat?"

Frau Lechner saß ganz still und überlegte lange. „Nein, das glaube ich nicht, denn niemand kannte ihn wirklich. Nach außen hin war er immer zuvorkommend, höflich, hilfsbereit, ein Mann von Format eben. Ich war ja selbst überrascht, als es nach der Hochzeit mit diesen Kränkungen losging."

„Das heißt, vor der Hochzeit war er ein anderer?"

„Ja, da war ich nur seine Haushälterin und Ersatzmutter für seine Kinder. Alles andere fand heimlich und verstohlen statt. Wenn er nachts in mein Zimmer kam, schliefen die Kinder und das Heimliche an dieser Situation war aufregend für ihn. Hätte ich gewusst, wie es nach der Hochzeit weitergeht, hätte ich Reißaus genommen, das können Sie mir glauben. Er ist nur noch zu seiner verstorbenen Frau auf den Friedhof gegangen und hat mir das Gefühl gegeben, als schäme er sich für mich und müsste sich bei seiner ‚echten' Frau für diese Hochzeit entschuldigen." Baum versuchte Mitgefühl in seine Stimme zu legen. „Da haben Sie eine schwere Bürde zu tragen, dennoch kann ich nicht verstehen, warum Sie so wenig für die Weiterentwicklung Ihrer Tochter tun. Soll sie ein unglückliches Leben leben, weil Sie das auch müssen?", fragte er frei heraus.

„Herr Kommissar, Sie sind ein Mann, Sie können nicht verstehen, was es für eine Frau bedeutet, unter einem Mann zu leiden."

Das ließ Baum nicht durchgehen und konterte sofort. „Können Sie sich denn vorstellen, was es für ein kleines Mädchen bedeutet, so einem Menschen ausgeliefert zu sein und keine Unterstützung von der eigenen Mutter zu bekommen?", fragte er aufgebracht. Er wusste selbst nicht, wie ihm geschah, als er sich auf einmal sagen hörte: „Ich werde diesen Fall aufklären und ich möchte die Vormundschaft für Ihre Tochter übernehmen. Nach all dem, was sie erlitten hat, möchte ich alles dafür tun, sie zu einem glücklichen, unbeschwerten Menschen zu erziehen. Sie soll lesen, träumen, spielen, reiten, laufen dürfen, ein Haustier bekommen und so viele Brezeln essen, wie sie will, und sich sicher fühlen. Wir können das auf dem kleinen Dienstweg regeln, indem Sie mir die Vormundschaft einfach übertragen, oder ich werde Sie vor Gericht stellen. Überlegen Sie sich das sehr genau. Ihr Ansehen wäre vollkommen ruiniert, und Mini wird Ihnen auf jeden Fall weggenommen."

Sie blickte ihn entgeistert an. „Was wollen Sie denn mit *diesem* Kind anfangen?", fragte sie entsetzt. „Genau das, was ich Ihnen gerade aufgezählt habe. Ich habe keine eigenen Kinder bekommen, weil ich als Polizist genau davor Angst hatte, dass mein Kind in die Gewalt von solchen Menschen geraten könnte und ich ihm nicht helfen kann. Hier hat ein Kind das alles bereits hinter sich, und ich fühle mich nur noch berufen, wiedergutzumachen, wo ein anderer verletzt hat. Selbstverständlich können Sie Mini jederzeit besuchen und Sie sehen, wenn sie sich ein wenig erholt hat und die Erinnerungen, die der Kontakt mit Ihnen bei ihr auslösen könnte, vertretbar bleiben und sie nicht belasten. Ich übernehme alle Kosten für das Internat und sorge für eine gute Ausbildung." Baum schloss für einen Moment die Augen. Als er sie wieder öffnete sah er eine in sich zusammengesunkene Frau Lechner ihr Taschentuch kneten.

„Ich denke darüber nach", versprach sie kümmerlich. „Dieses Kind überfordert mich maßlos und Sie sind offenbar ein guter Mensch."

Baum spürte, dass es genug war. Er hatte der Frau zugesetzt, das konnte er sehen. Ihm war wichtig, zu erfahren, ob Mini ihn belogen hatte, und jetzt wusste er, dass das Kind die Wahrheit gesagt hatte. Wollte er mehr wissen? Ja, natürlich, er hatte immer noch diesen Fall zu klären!

„Liebe Frau Lechner", hob er noch einmal an, „es tut mir sehr leid, wenn ich durch meine Fragen unangenehme Erinnerungen in Ihnen wachgerufen habe. Heute Mittag fliege ich mit meiner Kollegin nach Breslau zu Ihrer Schwägerin, um auch von ihr zu erfahren, wie sie sich das Verschwinden ihres Bruders erklärt. Wir kommen Anfang der Woche noch einmal bei Ihnen vorbei. Vielleicht ergeben sich aus dem Gespräch mit Ihrer Schwägerin Anhaltspunkte, bei denen Sie uns weiterhelfen können."

„Ja, kommen Sie gerne wirklich gerne wieder vorbei", antwortete sie müde, „und grüßen Sie meine Schwägerin, sie ist ein feiner Mensch und eine mutige Frau, ich schätze sie sehr."

Baum verabschiedete sich, nahm seine Tasche und hielt wieder inne. „Dürfte ich vielleicht noch Ihre Toilette benutzen? Dann brauche ich am Flughafen keine zu suchen."

„Selbstverständlich", erwiderte Frau Lechner. „Sie kennen sich ja inzwischen in diesem Haus aus."

Baum verschwand durch die Tür des Salons und lief die Treppe hoch, da rief sie ihm nach: „Nein, hier unten ist die Gästetoilette!"

Baum rief zurück, dass er nun schon oben sei, öffnete die Toilettentür, betätigte die Wasserspülung und verschwand leise in Minis Zimmer. Dort legte er seine beiden Mitbringsel auf ihr Bett: Tom Sawyer und einen weißen, weichen Teddy, den er vor Jahren der Tochter seiner Cousine in Australien schenken wollte, ihn dann aber doch nicht verschickt hatte. Es freute ihn jetzt sehr, dass er den Teddy aufgehoben hatte, als er ihn auf diesem elenden Bett sitzen sah, in dem das Mädchen schlief, für das er in Zukunft sorgen würde.

Leise und schnell verließ er Minis Zimmer und das ganze unglückselige Haus, setzte sich in sein Auto, fasste das Lenkrad fest und hielt so lange die Luft an, bis ihm die Tränen kamen. Dann startete er das Auto.

Auf dem Weg zum Flughafen weinte er. Wenn er diesen Lechner fand ... wer könnte ihn hindern...? Aber nein, er musste jetzt ruhig bleiben, er musste perfekt funktionieren, um Mini aus dieser Lage zu befreien.

Was sollte er Weidel berichten? Erst einmal nur das Nötigste: das Kind rehabilitieren, dass es nicht gelogen hatte. Er fühlte sich kaum in der Lage, nach Polen zu reisen, aber er musste. Einerseits weil er gespannt war, die Schwester von diesem Lechner kennenzulernen, die ein so aufrechter Mensch zu sein schien, und andererseits weil die Aussicht, in Martas Armen zu liegen, der allergrößte Trost für ihn war, und Trost brauchte er jetzt dringend.

Er zweifelte keine Sekunde daran, dass seine Frau ihn bei seinem Ansinnen unterstützen würde. Nicht viele Frauen wären dazu bereit, hätten sich der Herausforderung, ein wild fremdes Kind in ihr Leben zu lassen, vielleicht niemals gestellt. Nicht so seine Frau hoffte er. Oder könnte sie doch zweifeln? Er glaubte es nicht. Wenn er ihr von diesem Kind erzählen würde, dann würde sie dieses Abenteuer mit ihm teilen wollen, da war er sicher.

12

Sie saßen im Flieger. Baum hatte ein unangenehmes Gefühl in der Magengrube, er schätzte das Fliegen nicht. Es war dieses Gefühl des Ausgeliefertseins, das Steuer nicht selbst in der Hand zu haben, nicht anhalten, aussteigen, einsteigen, weiterfahren zu können. Aber es war für ihn enorm wichtig, mit der Schwester vom Lechner zu sprechen, und natürlich mit Marta über ihre Zukunft zu dritt. Mit dem Auto nach Breslau zu fahren, wären ca. 1400 km gewesen – die reinste Strapaze und in zwei Tagen nicht zu bewerkstelligen.

„Ich habe eine Überraschung für dich" wandte er sich an seine Kollegin. „Wir haben einen sehr privaten Taxifahrer beziehungsweise eine Taxifahrerin."

„Waaas?", jubelte Weidel. „Deine Marta erwartet uns am Flughafen? Das ist ja wunderbar, dann können wir total entspannen. Ich hätte nicht gewusst, wie ich dem Taxifahrer die Adresse hätte nennen sollen!" Entspannt lehnte sie sich zurück. „Na klar, Marta lehrt ja an der dortigen Uni. Ach Mensch, ich freue mich sehr, sie kennenzulernen. Danke, Baum, für diese Gelegenheit."

„Na, dann weißt du wenigstens, dass ich auch ganz egoistische Ziele verfolge. Ich freue mich wahnsinnig, sie so ganz außerplanmäßig wiederzusehen!"

Alles klappte reibungslos, die anderthalb Stunden Flugzeit vergingen fast so schnell wie eine Fahrt vom Kommissariat zu den Lechners. Baum brachte Weidel auf den neuesten Stand und erzählte ihr von seinem Besuch am Vormittag. Sie konnte ihm seine Erleichterung darüber anmerken, dass er sich nicht in Mini getäuscht hatte, aber sie fragte ihn auch verdutzt, warum er sich nicht richtig freuen würde, ob er noch mehr erfahren habe.

„Später", antwortete er resigniert. „Es gibt noch eine neue Entwicklung, aber ich muss erst selber noch darüber nachdenken. Dass er Mini einen Teddybären und ein Buch in ihr Zimmer gelegt hatte ließ er unerwähnt. Das war persönlich, entschied er, auch wenn dieses Wort ein Unding in Bezug auf polizeiliche Ermittlungen war. Das wusste er nur zu genau, aber es war eben passiert. Er nahm das Schicksal dieses Kindes persönlich, er nahm das Kind persönlich. Ja, verdammt es gehörte irgendwie zu ihm, er wusste nicht, warum er so fühlte, aber er tat es. Ob er Maria Weidel schon jetzt einweihen würde oder sogar seinen Chef – den er beim harten Weg vielleicht brauchte –, darüber war er sich noch nicht im Klaren. Aber er wusste plötzlich, dass seine Entscheidung gegen eigene Kinder bereits in der Vorausahnung getroffen worden sein musste, dass er von einem Kind gebraucht werden würde, das viel später in sein Leben treten sollte. Um seine Frau machte er sich dabei keine Sorgen, sie wird es genauso sehen wie er und sie wird einverstanden sein, hoffte er.

Dies war sein letzter Gedanke, bevor er sie in der Halle des Flughafens endlich wieder in die Arme nehmen konnte. Lange standen sie so da, beiden mussten sie sich lachend ihre Tränen wegwischen, bevor er Weidel vorstellen konnte. Sie stand dezent mit dem Rücken zu ihnen und interessierte sich sehr für eine nichtssagende Informationstafel des Flughafens.

„Das ist meine Kollegin Maria Weidel", stellte er sie erstmalig als Kollegin vor, „und das ist meine Frau Marta Baum."

Marta breitete direkt ihre Arme aus und schloss Weidel darin ein. „Ich bin Marta, und ich habe schon viel von dir gehört", sagte sie lachend. Die beiden Frauen waren sofort verbunden. Baum war zufrieden, es war klar, dass es keine Probleme geben würde.

„Dann also los, wo müsst ihr hin?", fragte sie fröhlich. „Bis morgen Nachmittag könnt ihr frei über mich verfügen."

„In die Universitätsstraße 32", antwortete Weidel. „Entschuldige bitte, den polnischen Namen kann ich leider nicht aussprechen."

„Das macht doch nichts, Ihr habt schließlich eine Taxifahrerin, die beides kann", antwortete Marta. „Dann lasst uns durch unser schönes Wroclaw fahren, und ich werde die Reiseleitung mimen."

„Gerne", antworteten Baum und Weidel wie aus einem Mund und knufften sich gegenseitig dafür.

45 Minuten später und bereichert durch Martas Erklärungen über die polnisch-deutsche Vergangenheit in Anschauung der vielen Prachtbauten der Stadt, stoppte der Wagen vor Hausnummer 32. Sie fanden das Klingelschild sofort: Hanna Nowak. Wenig später hörten sie die Sprechanlage knistern „Wir sind die beiden Kommissare aus München" sagte Baum. Es knisterte wieder und das Wort ‚slucham' ertönte.

„Wir sind die beiden Kommissare aus München", sagte Baum etwas lauter und deutlicher. „Ah, ich habe Sie schon erwartet", kam es auf Deutsch zurück.

Der Türsummer ertönte und sie betraten ein großes klassizistisches Treppenhaus, das in seinem langen Leben sehr gelitten hatte. Etliche Stuckteile waren herausgebrochen und nicht restauriert worden. Die Marmorstufen der Treppe waren brüchig, man musste aufpassen, dass man seine Schritte nicht ins Leere setzte. Auch die Mosaike des Bodens hatten schwere Risse, an manchen Stellen fehlten sogar große Stücke.

„Machen Sie sich keine Gedanken über den Zustand des Treppenhauses, unsere Straße steht ganz oben auf der Liste der restaurationswürdigen Bauwerke", tönte es dicht über ihnen. Im ersten Stock stand eine alte gebeugte grauhaarige Frau in der Tür. Im ersten Moment war Baum erschrocken. Sie sah nicht gut aus und auch nicht sonderlich gepflegt. Die grauen Haare ohne Frisur, nicht lang, nicht kurz, die Nase extrem groß für eine Frau und der Mund etwas zu breit. Ein Gesicht ohne jegliche Symmetrie.

„Sie sind erstaunt über diese hässliche Frau?", fragte sie scherzhaft.

„Nicht im Geringsten" antwortete Baum schuldbewusst. „Ich suchte nur nach Ähnlichkeiten mit ihrem Bruder. Ich habe in der letzten Woche viele Fotos von ihm gesehen."

„Wir sind uns nie ähnlich gewesen, weder im Aussehen noch im Charakter. Als Kinder und Jugendliche hatten wir ständig Streit, sogar als junge Erwachsene noch, aber im Alter wird man milder. Ich habe ihm seine Sünden vergeben und versuche zu verstehen, warum er so geworden ist. Aber bitte kommen Sie erst einmal richtig herein und nehmen Sie Platz."

Baum und Weidel betraten ein fröhliches, buntes Zimmer mit zahlreichen Pflanzen und Ölgemälden, sie setzten sich nebeneinander auf ein schlichtes straff gepolstertes gelbes Sofa. Frau Nowak zog sich einen Sessel heran, der Baum an den Sessel im Salon der Lechners erinnerte. Die Löwenköpfe der Armlehnen waren es, die die Erinnerung auslösten. Aber der Stuhl von Frau Nowak war in einem milden Eiche-Ton und das Polster war stahlblau.

Sie bemerkte sein Interesse sofort „Sie erkennen den Stuhl?" fragte sie schmunzelnd. „Es gab davon zwei im Arbeitszimmer meines Vaters. Ich wollte einen davon, und da ich sonst nichts von den Antiquitäten aus meinem Elternhaus begehrte, willigte mein Bruder ein. Er hat keinen Geschmack und ahnte nicht im geringsten, was man aus diesem Sessel machen konnte." Baum gab ihr in Gedanken recht, lehnte sich entspannt zurück und freute sich auf die Ausführungen der Schwester. „Wissen Sie, unsere Eltern waren privilegierte Menschen", eröffnete Frau Nowak etwas förmlich. „Mein Vater war Mediziner und Leiter einer bedeutenden Klinik in Leipzig, dazu war er Ministerialdirektor mit dem antiquierten Titel Geheimrat. Das wissen Sie sicherlich alles schon von meiner Schwägerin. Im Dienstzimmer meines Bruders hängt ein beinahe lebensgroßes Portrait von ihm. Der streng blickende Herr im Frack mit Monokel. Vielleicht waren Sie ja schon dort, dann haben Sie es gesehen."

„In der Tat", erwiderte Baum. „Leider wurden wir von seinem Vorgesetzten hinausgeworfen, darum konnten wir es nicht länger betrachten."

Frau Nowak lachte frei heraus. „Sie haben Humor, Herr Baum! Ja, ja, diese Kriegsspieler können es nicht lassen, ihre Macht zu demonstrieren. Sie haben aber mit Sicherheit nichts verpasst. Sein Dienstzimmer zu durchsuchen, wäre nur Arbeit gewesen, hätte Sie aber bestimmt nicht auf irgendeine Spur gebracht."

„Oh, wie können Sie sich da so sicher sein?", fragte Baum interessiert.

„Ich kenne meinen Bruder. Hätte es das Militär nicht schon vor seiner Zeit gegeben, hätte er es erfinden müssen. Etwas Privates im Dienstzimmer wäre schlicht unmöglich gewesen. Privatleben kannte er quasi nicht. Um im heutigen Jargon zu sprechen, ist seiner Ansicht nach ein Privatleben nur etwas für Weicheier. Müßiggang und Gemütlichkeit sind für ihn Synonyme für Faulheit, und faule Menschen sind für ihn Untermenschen. Sie haben doch sicher bereits erfahren, dass er dem nationalsozialistischen Gedankengut sehr nahe steht. Er war Hitlers Idee des Herrenmenschen immer schon sehr zugetan – natürlich von seinem Standpunkt als Herrenmensch aus. Das Militär war sein Zuhause, dort konnte er in der gehobenen Offizierslaufbahn seine Haltung rechtfertigen und ausleben. Ich hatte gehofft, dass ihn seine russische Kriegsgefangenschaft kurieren würde, aber das war leider nicht der Fall. Zäh wie er war, demonstrierte er auch dort, was es bedeutete, ein echter Herrenmensch zu sein."

„Aber wie verträgt sich diese Haltung mit der selbstlosen Rettung seines Kameraden aus dem Eis?", fragte Baum.

„Sehr gut verträgt sich das! Er konnte den anderen Gefangenen und den Russen demonstrieren, was es bedeutete, dieser Herrenmensch zu sein. Ehre, Ehre und nochmals Ehre. Man lässt einen Kameraden nicht im Stich. Man rettet ihn unter Einsatz des eigenen Lebens, aber man schlägt einem Juden seine

Existenz kaputt, weil der in seinen Augen kein Existenzrecht besitzt. Ich weiß, wie grausam das klingt.

Dass ich so über meinen Bruder sprechen muss, schmerzt mich selber im höchsten Maße, glauben Sie mir. Kein Mensch kommt als schlechter Mensch auf die Welt, auch mein Bruder nicht. Es sind die Umstände, die ihn formen, die sein Bewusstsein vergiften. Und es ist vielleicht sogar meine eigene Schuld, dass er sich diesen unschönen Umständen so sehr untergeordnet hat. Ich bin fünf Jahre älter als er und habe immer gegen meine Eltern rebelliert. 1935 war ich 24 Jahre alt. Es gab schon damals erste kleinere Progrome, die dann 1938 in der Reichskristallnacht gipfelten. Man musste diese sinnlose Gewalt als Ergebnis der permanenten Indoktrination in Kauf nehmen. Dass es etwas ‚Gutes' sein konnte, Menschen schlecht zu behandeln, wurde leider viel zu schnell gelernt, später erwies sich diese Gewalt als sehr nützlich, und man entschied, sie zu systematisieren.

Meine beste Freundin Rachel war Jüdin, ihr Vater war Geigenbauer und handelte mit sehr wertvollen, alten Instrumenten. Als dieses Geschäft von den Nationalsozialisten verwüstet wurde, die Geigen alle auf dem Trottoir landeten und diese dummen Kerle sie mit ihren schweren Stiefeln zertraten, konnte ich nicht mehr aufhören, zu schreien.

Ich bin nach Hause gelaufen, wo meine Eltern und mein Bruder an einem fein gedeckten Tisch saßen und speisten. Ich habe mir eine Schere vom Nähtisch meiner Mutter genommen und vor ihnen meine langen hochgesteckten Zöpfe damit abgeschnitten, immer noch wild schreiend. Meine Mutter hatte ein schwaches Herz und bekam sofort eine Herzattacke, ich musste danach zwei Wochen mit hohem Fieber das Bett hüten. Dieses Ereignis war der Beginn des Leidensweges meines Bruders. ‚Du bist doch unser lieber Sohn und machst uns keine Schande wie deine missratene Schwester. Du wirst Arzt und ein guter Offizier, mein Junge', pflegte mein Vater immer zu sagen. Mein Bruder antwortet darauf ‚Jawohl, Herr Vater'. Anschließend griff er sich die Katze und ging mit ihr hinaus, um sie zu quälen. Er musste Dampf ablassen und es kümmerte ihn nicht im Geringsten, dass die Katze der Liebling unserer Mutter war." Baum wurde traurig, er dachte an Mini. War sie heute dieses Objekt, an dem Lechner seinen Frust abreagierte? Etwas mühsam folgte er Frau Nowaks weiteren Worten.

„Warum erzähle ich Ihnen das? Weil ich mir sehr gut vorstellen kann, dass sein Verschwinden mit seiner Vergangenheit zu tun haben könnte. Er hat sich so viele Feinde bei seinen ‚Untermenschen' gemacht, warum sollte ihn nicht ein Sohn oder Enkel entführt haben, um ihm mal selbst zu zeigen, was es bedeutet, auf 40 kg abzumagern und dann in der Kälte zu liegen, kraftlos, von Hungerödemen geplagt und mit Unterschenkelgeschwüren? Kein Mensch mehr zu sein und auch kein Mensch mehr sein zu dürfen. Sie werden sich wahrscheinlich wundern, wenn ich Ihnen sage, dass ich das sogar verstehen könnte. Ich wünsche es ihm selbstverständlich nicht, aber ich habe meinen Glauben an die Gerechtigkeit nicht verloren. Sie ist sehr zielstrebig und sie sucht und findet die unmöglichsten Wege."

Baum schaute etwas unglücklich. „Oje, wie sollen wir denn diesen Fall jemals aufklären können, wenn es sich tatsächlich so verhält, wie Sie vermuten? Wir haben ja keinerlei Möglichkeiten, zurück bis ins Kriegsgeschehen hinein zu recherchieren. Wie sollen wir denn jemals in Erfahrung bringen, wer für sein Verschwinden verantwortlich sein könnte?"

„Das werden Sie wohl niemals", sagte die Schwester. „Sie werden der Gerechtigkeit ihren Lauf lassen müssen und sich damit abfinden, dass sie sich dem Gesetz vollständig entzieht, weil sie eben die wahre Gerechtigkeit ist."

„Aber damit bewegen wir uns ja gedanklich in alttestamentlichen Strukturen. Rache ist heute nicht mehr das erste Mittel der Wahl", konterte Baum.

„Das stört die Rache nicht", lachte Frau Nowak spröde. „Das haben unsere weltlichen Gesetze selbst erzeugt. Wie kann es sein, dass die damaligen Täter heute Krankenhäuser der Bundeswehr leiten, wie konnten sie Anwälte und Richter werden? Die Nürnberger Prozesse waren nur Schauprozesse für die Welt. Deutschland wurde bestraft, ein paar Bauernopfer wurden hingerichtet und die Welt war zufrieden."

„Sie wollen uns aber nicht erzählen, dass Göring, Keitel, Streicher oder Kaltenbrunner alles Bauernopfer waren?", fragte Weidel entsetzt.

„Doch, junge Frau, genau das tue ich. Hat sich das gesamte deutsche Volk von einer Nacht auf die andere entschieden Juden zu hassen oder wurde es über Jahre hinweg indoktriniert? Wer hatte Geld und wer hatte keins? Wer hatte Essen und wer nicht? Wer hatte Arbeit, wer hatte Wohnung? Haben Sie sich mal die Illustrationen von Streicher angesehen? Mit diesen widerlichen Zeichnungen wurde die Masse der Deutschen manipuliert. Neid ist der entscheidende Faktor. Mit diesem Werkzeug bekommen Sie alles gesteuert, wenn Sie in die böse Richtung steuern und ein ganzes Volk spalten wollen."

Weidel sah zu Baum und dachte an den kleinen theologischen Vortrag, den er ihr über die Eifersucht gehalten hatte. „Aber wer hätte denn ein Interesse daran gehabt, das zu steuern?", fragte Weidel entgeistert.

„Jeder Krieg beginnt mit Lügen und Manipulation. Krieg ist ein großes Geschäft. Folgen Sie dem Geld, dann wissen Sie es", sagte Frau Nowak ohne jede Umschweife.

Baum wurde die Wendung des Gesprächs unangenehm „Ich habe schon davon gehört, dass es angeblich eine Steuerung hinter den deutschen Naziverbrechern gegeben haben soll. Auch, dass einer nach seiner Verurteilung schrie, dass man ihnen versichert habe, dass sie nicht zur Rechenschaft gezogen werden würden. Aber ich mag dieses Gerede nicht, denn es relativiert das Töten und die Schuld.

Für mich ist es einerlei, ob die deutschen Naziverbrecher lediglich Planfiguren einer anderen Macht im Hintergrund waren, die sich nicht zeigt. Tragen sie dadurch weniger Schuld? Auf Befehl zu töten oder aus eigenem Antrieb, welchen Unterschied macht das vor unserem Schöpfer? Ist das Töten auf Befehl nicht sogar noch feiger, weil man sich hinter diesem Befehl verstecken kann?"

Baum ereiferte sich. „Ich hätte mir gewünscht, dass sich von Anfang an niemand, kein einziger Mensch in unserem Land, hätte manipulieren lassen, und somit nicht die allerkleinste Abneigung gegen das jüdische Volk hätte entstehen können. Wäre ein Jude von zwei Soldaten aus dem Bus geworfen worden, hätten die anderen Fahrgäste die beiden Soldaten aufs Trottoir geschmissen und den Juden wieder hinein geholt. Ein ganzes Volk mit Zivilcourage und Geist. Keine Macht wäre je dagegen angekommen" Er atmete schwer. „Hoffen wir wenigstens, dass es Schule genug war, und die Menschen sich nie wieder spalten und gegeneinander aufhetzen lassen. Aber wir bewegen uns viel zu weit in die Weltpolitik hinein, die wir sowieso nicht verstehen können. Ich würde lieber mehr über Ihren Bruder erfahren."

„Gerne", antwortete Frau Nowak freundlich „Ihre Einstellung ehrt Sie, aber ich glaube nicht, dass die Zukunft auf erneute Spaltung und Krieg verzichten kann. Ich befürchte eigentlich ständig, dass in absehbarer Zeit wieder an einem großen Krieg gearbeitet werden wird. Ich bin eine alte Frau und werde diese Zukunft nicht mehr erleben, um die jungen Menschen tut es mir sehr leid!

Aber Sie haben Recht, diese Themen sind zu schwer für uns, bitte folgen Sie mir in die Küche. Ich habe Pierogi für Sie vorbereitet, eine polnische Spezialität. Die müssen Sie unbedingt probieren. Dabei kann ich Ihnen mehr erzählen."

In der kleinen gemütlichen Küche duftete es angenehm, Baum und Weidel merkten erst jetzt, dass sie hungrig waren.

„Oh, es duftet köstlich", sagte Baum. „Meine Frau wird uns beneiden, wenn ich ihr erzähle, was wir gegessen haben. Sie müssen wissen, dass sie Polin ist."

„Ach, dann kennen Sie diese Spezialität ja bereits, aber jeder bereitet sie ein wenig anders zu, auf die

Füllung kommt es an. Sie dürfen also trotzdem gespannt sein. Wie kommt es denn, dass Sie eine Polin geheiratet haben?", fragte Frau Nowak sehr direkt. „Entschuldigen Sie meine Indiskretion, aber weil ich selbst Witwe eines Polen bin, darf ich das doch fragen?"

„Selbstverständlich dürfen Sie das, es ist aber in meinem Fall wesentlich harmloser als in Ihrem, vermute ich. Wir sind erst seit vier Jahren verheiratet und kennengelernt haben wir uns auf der Schellingstraße in München. Marta unterrichtet vergleichende Literaturwissenschaften an der Münchner Uni und zur Zeit ist sie zu Gast an ihrer alten Uni hier in Wroclaw."

Frau Nowak lachte. „In meiner Wohnung dürfen Sie ruhig Breslau sagen. Ich freue mich sehr für Sie, dass Sie so spät noch Ihr Glück gefunden haben." Frau Nowak lehnte sich bequem zurück nachdem sie den beiden Gästen die Teller gefüllt hatte. „Ich habe meinen Mann auch an einer Universität kennengelernt, also genauer gesagt auf der Kunsthochschule in Berlin. Aber bitte greifen Sie zu, es wird eine lange Geschichte. Ich studierte Malerei und ging eines Abends durch die leeren Gänge nach Hause, da hörte ich plötzlich ganz leise den weich weinenden Ton einer Violine und verliebte mich sofort in diesen Ton. Natürlich bin ich ihm gefolgt und vor der Tür, hinter der er erklang, sackte ich weinend zusammen. Ich dachte an meine Freundin Rachel, die ich nie wiedergesehen habe, ich dachte an die Instrumente, deren Zerstörung sich wie das Gluteisen eines Bauern in mein Herz gebrannt hatte, an meine Eltern und meinen Bruder, die mich längst verstoßen hatten. Kurz, ich war überwältigt von Schmerz und bemerkte gar nicht, dass der Ton längst verklungen, die Tür längst geöffnet war und ein junger Mann vor mir kniete, der mich besorgt ansah. Ich verlangte, seine Violine zu sehen, und küsste sie ehrfürchtig auf alle wichtigen Stellen. Das rührte ihn, der sich als Jaczu vorstellte und sich neben mich setzte. ‚Erzähl‘, sagte er damals einfach nur, ‚erzähl alles‘, und ich begann tatsächlich zu erzählen. Es dauerte viele Stunden, der Nachtwächter hatte uns eingeschlossen, aber am nächsten Morgen war klar, dass wir unser Leben miteinander verbringen und uns nie wieder trennen wollten. Seine Eltern waren dagegen, meine Eltern sowieso, niemand gab uns auch nur die geringste Chance. Eine Protestantin und ein Jude 1937 in Berlin. Woher nur nahmen wir unsere Zuversicht? Ich vermute, die wahre Liebe kennt nichts anderes als Zuversicht, es ist ihre Natur, sich auf jeden neuen Tag zu freuen. Die Liebe ist bis heute vorhanden, aber meine Zuversicht wurde zusammen mit ihm erschossen. An einer roten Backsteinwand in der Stresemannstraße am 10. November 1939. Mein Mann half seinem Onkel, auf die Beine zu kommen, und stieß dabei einen NS-Mann von ihm weg. Das genügte, um auch ihn an die Wand zu stellen. Mich verschleppte man über etliche Umwege bis ins neu gebaute KZ Birkenau. Mein Vergehen war, Kommunistin zu sein und Rassenschande begangen zu haben. Darauf stand die Todesstrafe. Es war gut, dass sie mich nicht sofort erschossen haben, denn das Lager war für mich eine Zeit, in der ich meine Wut so richtig zulassen und ausleben konnte. Ich hatte nichts mehr zu verlieren und der Tod schreckte mich nicht. Im Gegenteil, ich sehnte ihn förmlich herbei. Aber weil die Nazis das irgendwie spürten, taten sie mir den Gefallen nicht. Mein

Vater intervenierte später bei Göring persönlich. Er hatte ihm unlängst ein großes Furunkel aus dem Hintern geschnitten und konnte sich erlauben, eine Bitte zu äußern.

Die Bitte wurde erfüllt, ich wurde zwei Jahre später entlassen und durfte sogar mein Studium wiederaufnehmen. Nur der Kontakt zu meiner Familie wurde mir verwehrt. Mein Vater hatte eingewilligt, mich zu enterben und mich nie wiederzusehen – was ihm vermutlich nicht schwerfiel. Ein Freund überbrachte mir damals einen anständigen Betrag, aber sprechen durfte und wollte er auch nicht mit mir. Also schlug ich mich mit dem Geld meiner Eltern durch. Ich war sparsam und studierte schnell. Nach dem Krieg wurde ich Lehrerin und mein Vater verweigerte sich dem Kontakt mit mir nicht länger. Wir sahen uns noch zwei-, dreimal bis zu seinem Tod im hohen Alter und er bedachte mich und meinen Bruder zu gleichen Teilen in seinem Testament. Ich betrachtete es als Wiedergutmachung und es ermöglichte mir die Freiheit, Deutschland zu verlassen und hier in Polen zu leben. Als Entschädigung für die Ermordung meines Mannes und für meine eigene Zeit im Konzentrationslager wurde mir eine Rente zugesprochen, die ich mit großer Freude hier in Polen ausgebe. Wäre nicht die zweite Frau meines Bruders gestorben, hätte ich wahrscheinlich nie mehr einen Fuß nach Deutschland gesetzt."

„Waren Sie denn hier in Polen nicht zahlreichen Anfeindungen ausgesetzt, als Deutsche nach dem Krieg?", fragte Baum vorsichtig.

„Oh ja, das war ich, aber ich habe diese Anfeindungen genossen, es war meine stellvertretende Sühne für ein ganzes Volk. Ich empfehle Ihnen das

Buch von Erich Kuby ‚*Als Polen deutsch war'*. Es wird keine angenehme Lektüre für Sie sein, aber Sie sind ein verständiger Mann, Herr Kommissar, so schätze ich Sie zumindest ein."

Baum nickte höflich und versprach, das Buch zu lesen. Dann rückte er ein wenig auf dem Sofa zurecht und fragte ganz direkt: „Haben Sie Kenntnis über eine sexuelle Abartigkeit Ihres Bruders?"

Die Schwester blickte erstaunt, antwortet jedoch vorbehaltlos. „Aus eigener Anschauung oder eigenem Erleben natürlich nicht, aber seine zweite Frau fragte mich einmal, ob es kein Mittel gäbe, das einen Mann sexuell inaktiv macht. Sie litt damals sehr unter der Häufigkeit seiner Wünsche und auch unter der Härte des sexuellen Umgangs. Leider kannte ich ein solches Mittel nicht, aber ich habe meinen Bruder bei einer Gelegenheit mal darauf angesprochen, dass ich den Eindruck hätte, seine Gerda wäre etwas schwach geworden, ob er sie denn zu sehr strapaziere. Er tat es ab mit dem Wort ‚Weiberkram' und dass es ja klar sei, dass wir unter einer Decke stecken."

„Aber er schien sofort zu verstehen, worauf Sie anspielten, fragte aber nicht nach, oder sorgte sich um die Gesundheit seiner damaligen Frau?" warf Baum ein. „Nicht im Geringsten. Nun, das war durchaus typisch für meinen Bruder. Er stand immer unter Druck und er brauchte diesen Druck, um sich zu erleichtern, diese Zustände bedingten sich gegenseitig.

Ich habe kürzlich meinen angeheirateten Neffen besucht, der auf einem Gestüt für die Hengste zuständig ist. Wenn ein Hengst deckfaul ist, sattelt er ihn und jagt ihn über die Felder, springt mit ihm über

Gatter, quält ihn enge Waldwege entlang, hin und zurück, scharf rechts, scharf links und macht ihn einfach nur wütend. Wenn er zurück in den Hof geritten kommt, steht die Stute schon bereit und sofort tut der Hengst, was er tun soll. Es ist seine unbändige Wut und Aggression, die ihn dazu treibt. Dieses Verhalten soll es wohl auch bei Menschen geben, und ich kann mir vorstellen, dass mein Bruder zu diesen Menschen gehört. Er hat so viele Enttäuschungen in seinem Leben hinnehmen müssen. Er hatte keine Kindheit, musste für zwei Kinder brav und angepasst sein, lernen, lernen, lernen, gute Noten abliefern, Medizin studieren, Offizier werden, Kriegsdienst und Gefangenschaft absolvieren, bei den allerletzten Heimkehrern sein, die erste Frau nach dem Krieg im Bett eines anderen vorfinden, sein Doktorvater hatte seine Dissertation geklaut und damit selbst habilitiert, er musste also von vorne beginnen. Seine zweite Frau starb und er war allein mit zwei Kindern und seinem Beruf. Das war zu viel für ihn, und es wäre wahrscheinlich auch zu viel für jeden anderen gewesen. Ich war damals sehr erleichtert, als er mir am Telefon erzählte, dass er eine Hausdame für die Kinder gefunden hat. Er klang sehr verliebt und ich hoffte, er würde endlich zur Ruhe kommen und milder werden."

„Diese Hoffnung hat sich leider nicht erfüllt", antwortete Baum traurig. „Ich habe heute mit seiner Frau ein langes, offenes Gespräch geführt. Es vergeht kein Tag ohne alle möglichen Formen der Gewalt und auch die kleine Tochter ist davon betroffen."

„Oh Gott!", entfuhr es Frau Nowak. „Das ist ja furchtbar. Dieser kleine Wildfang gefiel mir sehr!"

„Mir auch", setzte Baum nach. „Ich habe mit Ihrer Schwägerin besprochen, dass ich in Zukunft die Vormundschaft für das Mädchen übernehmen werde. Sie zeigte sich offen dafür."

Weidel warf ihm einen entgeisterten Blick zu. „Wann wolltest du mir das denn erzählen?", konnte sie sich nicht beherrschen zu fragen.

„Entschuldige", entgegnete Baum schuldbewusst. „Ich war noch nicht so weit."

Frau Nowak stellte einen Aschenbecher auf den Tisch. „Ich dachte, Sie müssen auf den Schreck hin vielleicht eine Zigarette rauchen", sagte sie freundlich zu Weidel, die blass geworden war. Weidel bedankte sich und begann sich eine Zigarette zu drehen. Auch Baum nahm das Angebot gerne an und holte seine Zigarillos aus der Tasche.

„Ich rauche zwar selber nicht", sagte Frau Nowak, „aber ich rieche den Rauch gern, er erinnert mich immer an meine frühe Kindheit, wenn mein Vater guter Stimmung war und ich auf seinem Schoß sitzen durfte."

Sie blieben noch eine gute Stunde bei Frau Nowak, bekamen Kaffee und Kuchen und empfanden die Gesellschaft der Schwester als wohltuend. Auf seine Ankündigung mit der Vormundschaft reagierte sie sehr offen und verständnisvoll. „Es gibt eben solche Dinge im Leben, dass man sich, noch bevor man geboren wurde, miteinander verabredet hat und diese Verabredung erfüllte sich unweigerlich, auch wenn man sich zu den unmöglichsten Zeiten und unter den unmöglichsten Umständen traf. Ich habe es selbst erlebt, und auch wenn mir mit meinem Mann nur eine so kurze Zeit vergönnt gewesen war, weiß ich genau, dass es diese Absprache gab und wir sie erfüllt hatten. Ich habe nie wieder einen Mann getroffen, dafür habe ich ihn zu sehr geliebt. Ich hoffe allerdings, dass uns in einem späteren Leben mehr Zeit miteinander vergönnt sein würde."

„Das klingt nach einer schönen Erklärung" sinnierte Baum „aber ich wurde katholisch erzogen und demzufolge haben wir nur ein einziges Leben, dass wir aufrecht leben und bestehen oder auch vollständig vermasseln können", erwiderte er.

Frau Nowak hob ihre Arme und lachte lauthals. „Ja, dieser Unsinn hat die katholische Kirche reich gemacht! Wer Geld hatte, konnte sich das Paradies kaufen, wer keins hatte, war schon zu Lebzeiten in der Hölle, weil er sie ständig fürchten musste", amüsierte Frau Nowak sich weiter. „Glauben Sie allen Ernstes, dass der Erschaffer dieser Welt, all dieser komplexen Organismen, seien es Pflanzen, Tiere oder Menschen, Planeten und Sonnensysteme uns eine so simple Lebensform anbietet? Das wäre für mich ein beleidigender Glaube, der der Größe unseres Schöpfers nicht gerecht wird. Wenn wir Menschen nach seinem Ebenbild erschaffen wurden, müssen wir langsam mal Gas geben, was unseren Erkenntnisgewinn anbelangt. Der Kirche ging es immer nur um Besitz, Reichtum und Machtausübung. Jeder zehnte Südtiroler etwa wurde um sein Erbe gebracht, weil der Kaplan beauftragt war, so viel Landbesitz wie möglich über Höllenangst und Paradiesversprechen an die Kirche vererbt zu bekommen. Sie brachten den alten Witwen der Bauern nicht nur die Hostie, sie hatten auch immer fertige Papiere unter der Soutane, die nur unterschrieben werden mussten. Je erfolgreicher der Kaplan mit der Schilderung der ewigen Leiden im Höllenfeuer war und je mehr Ländereien er für die Kirche einsammelte, umso interessanter wurden seine eigenen Karriereaussichten."

Frau Nowaks Gesicht, das Baum aufmerksam studierte, bekam einen beinahe angewiderten Ausdruck. „Ich habe erst kürzlich mit einer Südtirolerin gesprochen, die jetzt in der dritten Generation darunter zu leiden hat, dass die Urgroßmutter ihr Land der Kirche vererbt hatte. Ihre Brüder müssen das Land – wohlgemerkt ihr eigenes Land – für das Milchvieh heute teuer von der Kirche zurückpachten und kommen kaum über die Runden. Sie konnte ohne Probleme sechs oder sieben Freunde nennen, denen es genauso ergeht. Hören Sie mir auf mit diesen Räubern, nichts als Betrüger sind sie. Eine Schande ist dieser Verein in seinen goldenen Palästen, während die halbe Welt hungert!"

Baum wurde nachdenklich. Von dieser Art des Landgewinns der Kirche in Südtirol hatte er noch nicht gehört, auch wenn er natürlich wusste, dass Macht und Besitz ein zentrales Thema der Katholischen Kirche war. Man brauchte also nicht bis zu den Kreuzzügen zurück zu gehen um Verfehlungen zu finden. Das waren Themen für seine abendlichen Sesselstunden.

Zu Frau Nowak gewandt fragte er etwas naiv: „Also glauben Sie, dass jeder Mensch mehrere Leben hat?" „Aber natürlich", antwortete Frau Nowak lachend, „und zwar so viele, wie er will oder eben braucht. Es geht ums Lernen und Verstehen, um Erfahrungen. Es ist keine Belohnung fürs Nichtstun – ‚na gut, dann eben noch mal' – sondern ein Reifeprozess des Geistes und der Seele. Kennen sie nicht das Gebet von Slema Lagerlöff: Mach, dass meine Seele zur Reife gelangt, bevor sie geerntet wird?"

Baum rutschte unruhig auf die Kante des Sofas und beugte sich vor „diese ganze Reinkarnationsidee basiert also auf der Weiterentwicklung bis hin zur Vervollkommnung? Aber wie soll sich der reinkarnierte Mensch weiterentwickeln, ohne aus den Fehlern seiner Vorleben zu lernen, an die er sich gar nicht erinnern kann?"

Er sah, dass auch Weidel gebannt lauschte. Frau Nowak überlegte einen Moment „das ist ein gutes Argument, aber ich denke, dass die Erinnerung sehr wohl in Geist und Seele vorhanden ist, man hat nur keinen klaren Zugriff darauf, wenn man erst einmal wieder der materiellen Welt ausgeliefert ist. Es gibt doch so viele unterschiedliche Menschen. Bei manchen hat man das Gefühl, sie stehen noch ganz am Anfang ihres Lernprozesses, und bei anderen staunen wir über Wissbegier, Geist und tiefe Einsichten. Wenn jeder Mensch ein einziges Leben zur Verfügung hätte, und nur einer einzigen Prägung ausgesetzt wäre, gäbe es ja nie eine Entwicklung und auch kaum Unterschiede."

Baum schaute sie fragend an „aber wie verhält es sich denn dann mit Ihrem Bruder? Wo stand er in seiner Entwicklung, wenn es doch die Umstände waren, die ihm zu dem machten, was er wurde, wie Sie sagten?"

Frau Nowak lehnte sich entspannt in ihrem Sessel zurück und schaute die beiden Kommissare beinahe gütig an. „Er steht noch am Anfang seiner Entwicklung, sonst hätten ihn diese Umstände nicht zu dem Menschen formen können, der er ist. Er hätte ihnen widerstanden, hätte den Juden geholfen, anstatt sie zu verfolgen."

Baum wehrte sich innerlich gegen dieses Gefühl der Milde bzw. des nicht Verurteilens, das diese Aussage von Frau Nowak unwillkürlich auslöste. „Sie sagten gerade sehr treffend ‚wenn man erst einmal wieder der materiellen Welt ausgeliefert ist'. Ich zum Beispiel möchte keine weitere Runde in dieser satanischen Welt drehen! Meine Erfahrungen in diesem Leben reichen mir vollkommen. Ich möchte, dass nach meinem Tod etwas ganz Neues, etwas Göttliches beginnt."

Frau Nowak sah ihn ernst an. „Vielleicht liegt es an der Wahl Ihres Berufes, dass Sie das so sehen, Sie haben ja nur mit dem Bösen zu tun. Aber wie ist es für einen Gelähmten, wenn er in einem Neuen Leben die Chance bekäme die Freude der Bewegung zu genießen?" fragte sie Baum und der antwortete sofort. „Dafür würde er doch kein Neues Leben benötigen, diese Freude kann ihm doch im Reich Gottes geschenkt werden, ohne all die anderen Erlebnisse in einer bösen Welt dafür in Kauf nehmen zu müssen?" konterte er.

Frau Nowak zögerte leicht. „Ah, ich verstehe, sie sympathisieren mit dem Gedankengut der Katharer, dem reinen Dualismus? Gott im Himmel und Satan auf Erden, um es etwas simpel auszudrücken. Gott hat uns Menschen den freien Willen geschenkt, und dieser freie Wille gilt sicher auch über den Tod hinaus. Wer ein weiteres Geschenk des Lebens nicht will oder nicht braucht, wird den irdischen Weg womöglich nicht noch einmal antreten müssen. Können wir uns da einig werden?"

Frau Nowak sah Baum fragend an. Baum überlegte lange. „So simpel finde ich die Idee des Dualismus gar nicht. Es wäre zumindest eine Erklärung dafür, dass sich hier auf der Erde immer mehr Entwicklungen zeigen, die sich gegen Menschen, Tiere und Natur, also gegen das Leben selbst und gegen die Freiheit richten. Die große Frage bleibt dann nur die nach Gottes Allmacht. Warum greift er nicht ein? Will Er es nicht, dann wäre Er in Anbetracht des Leidens kein guter Gott - kann Er es nicht, dann wäre Er nicht allmächtig. Sie werden verstehen, dass dies die zentralen Fragen in meinem Leben sind. Und ich habe bisher keine bessere Antwort darauf finden können, als den Satz, den mein Vater immer zu sagen pflegte: ‚wenn man Gott über alles liebt, dann muss man ihm auch über alles vertrauen'."

Baum spürte, wie es ihn entspannte, diesen Satz seines Vaters hier laut aussprechen zu können.

Frau Nowak lächelte ihn freundlich an. „Was für ein schöner Satz, ich kann mir vorstellen, dass er Ihnen hilft, all das Abgründige, das Ihr Beruf zu Tage fördert besser zu ertragen."

Sehr munter fuhr sie fort „aber oft bringt das Böse auch ungewollt das Gute hervor. Mini bekommt einen verantwortungsvollen, liebenden Vater und Sie machen wieder gut, was mein Bruder verbrochen hat – sie ist in Sicherheit!" sagte sie gerührt und ihre Stimme brach.

Baum legte ihr seine Hand auf den Arm „Da haben Sie allerdings Recht und das spricht eindeutig für einen guten, allmächtigen, eingreifenden Gott! Damit haben wir nun also die große Frage der Theodizee geklärt, was viel schlauere Menschen, als wir in Jahrhunderten nicht geschafft haben" sagte er laut lachend und befreit. Sein Lachen war ansteckend und Frau Nowak und Weidel applaudierten ebenfalls lachend.

Baum nahm es zum Anlass, den Abschied einzuläuten: „Liebe Frau Nowak, ich könnte tagelang bei Ihnen bleiben und mich mit Ihnen austauschen. Vielen Dank, dass Sie uns so bereitwillig Auskunft gegeben haben und vielen Dank auch für die köstliche Bewirtung."

Sie verabschiedeten sich herzlich und Baum gab ihr das Versprechen, sie über den Verbleib ihres Bruders auf dem Laufenden zu halten. Auch einen weiteren Besuch bei ihr, vielleicht mit Mini zusammen, schloss er nicht aus. Er bat, seine Frau kurz anrufen zu dürfen, damit sie abgeholt wurden.

„Sagen Sie ihr, sie möchte anklingeln, wenn sie da ist, dann brauchen Sie nicht auf der Straße zu warten." So hatten sie noch etwas Zeit miteinander. Baum befragte sie zu Johannes Moosgruber, aber sie kannte ihn nur aus zwei Besuchen in Deutschland und für sie war er der Prototyp eines Bayern mit Lederhose und rotweißkariertem Hemd, dessen Lieblingsmahlzeit Schweinsbraten mit Knödel war und der in kürzester Zeit literweise Bier trinken konnte. Vom Typ her sei er ein Mitläufer gewesen, der zu ihrem Bruder aufgesehen habe, aber in gewisser Weise kein durch und durch schlechter Mensch. Er war reich und großzügig. Eine Kombination, die ihr gefiel und die es nicht allzu oft gab.

Dann klingelte es an der Tür. Frau Nowak begleitet sie nach unten und begrüßte Marta herzlich. Die beiden Frauen wechselten ein paar polnische Sätze miteinander und alle winkten zum Abschied freundlich.

„Das war aber eine angenehme Frau", stellte Marta fest und Baum und Weidel bestätigten ihren Eindruck. „Ich hoffe, ihr habt genug erfahren, um einen Schritt weiter zu kommen."

„Wie man es nimmt", antwortete Baum. „Zumindest war sie kaum zu bremsen, vielleicht hat sie nicht oft die Gelegenheit in ihrer Muttersprache zu erzählen, oder hat generell wenig Gelegenheit sich jemanden mitzuteilen? Für uns war es gut, sie hat ein sehr schonungsloses Bild ihres Bruders gezeichnet und hat ihn gut charakterisiert, auch wenn es ihr an manchen Stellen schwerfiel. Sie ist eine starke Frau, wenn man bedenkt, was sie in den Kriegsjahren alles durchgestanden hat."

Weidel blieb sehr still. Baum wusste, woran sie zu knabbern hatte, sagte aber nichts dazu.

Praktisch wie Marta war, hatte sie bereits ein kleines gemütliches Hotel für sie drei gefunden, es lag nicht weit entfernt, und sie verabredeten, sich um neun Uhr zum Abendessen im Restaurant zu treffen.

Jeder hatte noch zwei Stunden, um sich mal kurz auszustrecken, zu duschen und umzuziehen. Baum und Marta nutzten ihre Stunden, um beieinander zu liegen, sich festzuhalten und zu freuen.

„Wann rückst du raus mit der Sprache?", flüsterte sie. „Wenn ich nicht wüsste, dass das unmöglich ist, würde ich sagen, du hast dich verliebt."

„Natürlich hast du wieder einmal recht", flüsterte Baum zurück. „Aber nicht der Mann, den du kennst, hat sich verliebt, sondern der unterdrückte Vater in ihm. Wir müssen ein Kind zu uns nehmen, und ich hoffe sehr, dass du damit einverstanden bist."

„Oh je, ich hätte dich nicht allein lassen dürfen!" sagte Marta ganz bekümmert. „Mein armer Liebling, aber ja, natürlich bin ich einverstanden, wenn du weißt, dass das richtig ist und so sein muss. Trotzdem möchte ich natürlich mehr erfahren."

Dankbar drückte er sie. „Ich wusste, dass du das sagen würdest, und ich danke dir von ganzem Herzen." Dann erzählte er alles, was er bisher über Mini wusste, ließ nichts aus und beschönigte nichts. An manchen Stellen lachte Marta mit ihm und an manchen Stellen weinten sie gemeinsam.

„Aber weißt du was, Michi? Es ist auch ein großes Glück im Unglück, dass dieser Mann Mini hasst und sie ihn auch hassen darf. Ich habe eine Freundin in Deutschland, die als Psychologin mit missbrauchten, traumatisierten Kindern arbeitet. Sie hat mir mal erzählt, dass es der kindlichen Psyche weniger schadet, wenn diese Abneigung gefühlt werden darf. Die Chance auf restlose Genesung ist dann sehr groß. Wohingegen ein missbrauchtes Mädchen, das zur kleinen Prinzessin erhoben und geherzt und gehätschelt wurde, überhaupt nicht mir diesem Gegensatz umgehen kann und mit an Sicherheit grenzender Wahrscheinlichkeit kein gesundes Leben mehr führen wird.

Deine Mini hat also bei ihrem großen Unglück trotzdem noch Glück, auch wenn es etwas absurd klingt. Dass sie ihn anspucken kann und gegen sein Schienbein tritt, ist ein phantastisches Zeichen. Sie ist viel weniger zerstört, sondern hat angefangen, sich zu wehren. Sie hat ihren bösen Geist im Griff und das ist wunderbar. Ich freue mich sehr auf sie, unser Leben wird noch schöner und noch spannender. Ich hoffe, dass sie nicht gleich wieder ausziehen will, wenn sie 18 ist."

„Das kommt ja wohl überhaupt nicht in Frage", antwortete Baum gespielt empört, und Marta gab ihm lachend einen dicken Kuss.

„Ich glaube, wir müssen jetzt langsam runtergehen. Du hast dich gar nicht umgezogen, aber ich bin gespannt auf Weidels Abendgarderobe. Komm, hoch mit dir!"

Baum war auf einmal unheimlich gut gelaunt. Er dachte nicht mehr an den Fall, sondern nur noch an das Kind. Was Marta ihm da eben über die psychischen Auswirkungen gesagt hatte, machte ihn froh. Mini hat also alle Chancen, im Laufe ihres Lebens darüber hinwegzukommen und in ein freies, selbstbestimmtes Leben hineinzuwachsen. Sie beide als neue Eltern würden alles dafür tun, das wusste er nun. Er war nicht mehr allein mit seinem Plan, sondern hatte seine Frau, die in allem hinter ihm stand." Er bedankte sich inständig bei seinem Schöpfer für diese tröstende Wendung.

Im Fahrstuhl tätschelte Marta seinen flachen Bauch und meinte schmunzelnd: „Vertrau deiner polnischen Frau, sie wird wissen, was da heute hineinmuss!"

Lachend traten sie aus dem Aufzug, vor dem sie bereits erwartet wurden.

„Oh, du hast dich in Schale geworfen", witzelte er beim Anblick von Weidel. „Zum ersten Mal sehe ich dich nicht in Jeans und Rollkragen sondern in feiner Bluse und Rock. Es steht dir sehr gut und macht dich sehr weiblich."

„Heute Abend muss ich ja auch nicht Deine Assistentin sein, sondern darf mal ganz privat mit zwei Freunden zu Abend essen" antwortete sie lachend. Marta gab ihr daraufhin einen Kuss „das hast du schön gesagt" dabei hakte sie Weidel unter und Baum folgten den beiden Frauen glücklich ins Restaurant.

Es wurde ein angenehmer Abend und Weidel erfuhr nun auch alles über den spontanen Entschluss mit der Vormundschaft.

„Wirst du das unserem Chef mitteilen?", fragte sie nicht ohne eine gewisse Sorge in der Stimme.

„Es wird wohl das Beste sein, wenn ich es ihm sofort am Montag berichte, damit es nicht irgendwie herauskommt und er sich betrogen fühlt", antwortete Baum nachdenklich.

„Hast du keine Angst, dass er uns den Fall entzieht und dich womöglich suspendiert?" „Angst nicht, Befürchtungen vielleicht, aber was auch immer passiert, wenn nötig gebe ich meinen Beruf auch 15 Jahre vor meiner offiziellen Pensionierung auf, obwohl ich meine Ermittlungsarbeit liebe. Ich kann ja schließlich nicht Mini für meinen Beruf aufgeben. Es geht nur umgekehrt, wenn es tatsächlich sein muss. Geld ist nicht das Wichtigste."

Und das stimmte natürlich. Baum hatte von je her eine gleichgültige Einstellung zu Geld. Sein Konto war gut gefüllt, aber es waren für ihn nur Zahlen, die er da las. Mehr nicht. Er besaß sein Elternhaus, in dem sie wohnten, bekam Mieteinnahmen aus den fünf anderen Wohnungen über ihnen und seine Frau verdiente ebenfalls. Was sollte da schiefgehen? Im Gegenteil, endlich machten die Zahlen auf seinem Kontoauszug Sinn, er konnte spielend Minis Internat bezahlen und alles andere, was sonst noch erforderlich war. Und wer wusste, ob Mini überhaupt auf dem Internat bleiben wollte. Vielleicht ging sie bald auf das Pestalozzi Gymnasium zwei Minuten zu Fuß von seiner Wohnung.

Aber erst einmal sollte alles so bleiben wie es ist. Eines hatte er im Laufe seines Lebens gelernt: Wenn man irgendwo neu antrat und ein Vorgesetzter wurde, galt seine Devise: ‚Im ersten Jahr nichts ändern'. So wollte er es auch bei Mini handhaben.

Marta rüttelte ihn leicht an der Schulter und holte ihn mit seinen Gedanken zurück an den Tisch. „Aber ich glaube nicht, dass es so weit kommt" beeilte er sich zu sagen „Hauser ist ein feiner Kerl und er hat mehr Verständnis für alles Menschliche, als wir denken."

Nachdem sie die polnische Küche genießen durften und nichts, aber wirklich gar nichts mehr ihren Appetit herausfordern konnte, vereinbarten sie, sich um 9.00 Uhr zum Frühstück zu treffen und sich bis zum Abflug um 15.00 Uhr Martas Fremdenführer-Qualitäten zu überlassen.

Müde und dankbar genoss er Martas ruhige Atemzüge und lag noch länger wach. Er stellte sich vor, wie Mini auf einem Pferd saß und ihre kleinen Arme von oben den Hals umschlossen, ihr Gesicht in die Mähne gedrückt. Er wusste, wie er dieses Kind glücklich machen würde, und er wusste dank Marta nun auch, dass ihre Wunden heilen würden.

Er ließ alle Gespräche, die sie in den letzten Tagen geführt hatten, noch einmal in seinem Kopf ablaufen und plötzlich stutzte er. Johannes Moosgrubers Aussagen hatte er vor lauter Ärger über Lechners sogenannten Heiligenschein nicht ausreichend analysiert. Hinter der Aussage, die Mutter und das Kind können Jüdinnen sein, musste mehr stecken. Die Ehefrau hatte zudem angegeben, dass sich das Verhalten des Vermissten nach der Hochzeit plötzlich so extrem verändert hatte. Konnte es da einen Zusammenhang geben? War es gar nicht das schlechte Gewissen der verstorbenen Ehefrau gegenüber, das sein befremdliches Verhalten verursacht hatte, sondern hing es mit dieser Vermutung zusammen? Was aber hatte das mit Gewalt und Sexualität zu tun?

Er war alarmiert. Er musste Frau Nowak noch einmal aufsuchen, am besten allein und musste sie fragen, ob sie selbst da einen Zusammenhang vermuten würde. Siebenmal klopfte er auf sein Kopfkissen, dies war seine Art einen Wecker zu stellen, und schlief endlich ein.

Tatsächlich erwachte er wenige Minuten nach sieben und war erfreut, dass er sich noch immer auf seinen guten alten Wecker verlassen konnte. Leise zog er sich an, kritzelte eine kleine Nachricht für Marta auf einen Zettel und legte sie ihr auf das Nachtkästchen. Beim Portier bestellte er sich ein Taxi, ließ den Taxifahrer die Adresse von seinem Zettel ablesen und stand um halb acht vor Frau Nowaks Tür. Er hoffte, dass sie eine Frühaufsteherin war, und drückte auf den Klingelknopf. Wenige Sekunden später erklang die bekannte Stimme und ihm wurde sofort geöffnet.

„Irgendwie habe ich damit gerechnet, dass Sie noch einmal vorbeikommen würden", sagte sie freundlich in der offenen Tür ihrer Wohnung. „Bitte kommen sie herein und trinken Sie einen starken Kaffee mit mir. Ich glaube, den haben wir beide nötig."

„Liebe Frau Nowak, vielen Dank, dass Sie mich empfangen. Ich musste heute Nacht plötzlich an die

Äußerung von Johannes Moosgruber denken, als Ihr Bruder ihn bat, sich von dem Kind fernzuhalten, da sie womöglich eine Jüdin sei. Ich frage mich, ob er damit seiner Forderung nach Distanz seines Freundes zu diesem Kind lediglich Nachdruck verleihen wollte oder ob diese Vermutung in irgendeiner Weise seine Haltung gegenüber Mutter und Kind massiv verschlechtert hat? Seine Beleidigungen, Kränkungen und sadistischen Handlungen befördert haben könnte?"

Frau Nowak blickte besorgt in ihre Kaffeetasse. „Nun, was soll ich sagen, mein Bruder war sehr empfänglich für den Hass auf alles Jüdische. Da konnte man schon deutlich mehr spüren als bloße Abneigung. Natürlich erinnere ich mich noch an diese einschlägigen Bemerkungen und Widerlichkeiten, wenn es früher bei uns eine Festivität gab und die Soldaten unter sich waren. Meinem Vater war das oft zu viel und ich hörte ein ‚Ich bitte Sie, meine Herren', aber von meinem Bruder hörte ich nie etwas. Das kann natürlich verschiedene Gründe haben, er kann es abgelehnt haben – was ich nicht glaube – oder er hätte noch Schlimmeres beizusteuern gehabt, was er aber nicht wagte, öffentlich und vor allem in Anwesenheit unseres Vaters zu äußern.

Das Einzige, was ich mir aus dem, was ich von Ihnen erfahren habe, vorstellen kann, ist, dass mein Bruder immer schon ausgesprochen sexuell orientiert war. Er ist zwar inzwischen kurz vor der Pensionierung, aber auch meine neue Schwägerin erwähnte mir gegenüber mal, dass sie nicht damit gerechnet habe, wie wichtig dieses Thema ihm immer noch ist, und dass der Umgang mit ihm nur erträglich ist, wenn er sein Pulver verschossen hat. Sie sind der

Mann, lieber Herr Baum, Sie werden wissen, dass die Stimulationslatte je älter, je höher liegen muss. Nicht umsonst fahren heute viele alte Männer nach Thailand oder Afrika, weil sie die Exotik brauchen, damit das mit dem Pulver noch klappt." Baum blickte entgeistert und antwortete: „Glücklicherweise gehöre ich nicht zu dieser Art."

Frau Nowak entschuldigte sich sofort „bitte verzeihen Sie, das hatte ich selbstverständlich auch nicht angenommen."

Etwas unglücklich nahm Baum einen Schluck aus seiner Kaffeetasse und griff nach seinen Zigarillos. Nach einem genüsslichen ersten Zug fragte er Frau Nowak rundheraus: „Könnten Sie sich vorstellen, dass ihre Schwägerin ihrem Bruder etwas angetan haben könnte."

Frau Nowak musste laut lachen. „Beim besten Willen nicht, dazu fehlt ihr der Schneid. Meine Schwägerin war einmal eine lustige, optimistische, aber immer auch irgendwie naive Frau, bis mein Bruder aus ihr eine dumpfe, langweilige, angepasste und depressive Person gemacht hat. Sie ist inzwischen abhängig von Valium, das er ihr unbegrenzt zur Verfügung stellt. Übrigens das Einzige, das ihr wirklich unbegrenzt zur Verfügung steht, denn in allen anderen Dingen hat mein Bruder sie unwürdig knapp gehalten. Er ärgerte sich, dass sie kein Fleisch aß und hat sie damit bestraft, dass sie auch keinen Fisch bekam oder sonst irgendwelche Dinge, die sie besonders gerne aß. Mein Bruder hat seinen fanatischen Geiz Sparsamkeit genannt, aber glauben Sie mir, es war nichts anderes als Geiz. Ein Mittel, um andere zu quälen und zu drangsalieren. Er hätte keinen Grund gehabt, sparsam zu sein. Das Haus war abbezahlt und seine Einnahmen sind stetig gewachsen. Sie werden wissen, dass er jeden Monat weit über 10.000 DM verdient und 90% des Geldes auf seinem Konto vor sich hin gammelt. Ich bin eigentlich nie seinetwegen nach Deutschland gereist, sondern nur meiner Schwägerin zuliebe, die sich dann immer richtig ausweinen konnte. Außerdem gab es meistens irgendeine absurde Situation, die er herbeigeführt hatte und unter der sie litt.

In den Bildschirm des Fernsehers hatte er ein schweres Glas geworfen – kaputt stand er Monate im Schrank und meiner Schwägerin war sogar das Vergnügen genommen, ihre geliebten Hans-Moser-Filme zu sehen und dabei zu stricken. Da habe ich Abhilfe geschaffen, oder ich habe eine neue Waschmaschine gekauft, weil auch da die kaputte nicht ersetzt wurde und meine Schwägerin die Wäsche in der Badewanne im Keller waschen musste. Je mehr ich daran zurückdenke, umso mehr verachte ich meinen Bruder.

Ich hoffe auf jeden Fall, dass er sich in seinem zukünftigen Grab umdrehen wird, wenn seine Kinder seine riesigen Ersparnisse sinnlos vergeuden werden."

„Darf ich noch einmal auf meine zu Beginn gestellte Kernfrage zurückkommen?" unterbrach Baum „halten Sie es für möglich, dass sich das Verhalten Ihres Bruders extrem verschlechtert hat, weil er plötzlich annahm, eine Jüdin geheiratet zu haben?", fragte er traurig.

Frau Nowak schüttelte ungläubig den Kopf. „Ich wüsste ehrlich gesagt nicht, warum er sich das plötzlich einbilden sollte. Meine Schwägerin soll eine Jüdin sein? Entschuldigen Sie mein Vorurteil - auch wenn es ein positives ist - aber dafür fehlt es ihr einfach an Geist. Das glaube ich nicht, ich könnte mir eher vorstellen, dass mein Bruder sich diese Geschichte ausgedacht hat, um seine Brutalität vor sich selbst zu rechtfertigen. Ja, ich denke, das ist wohl am wahrscheinlichsten."

Baum lehnte sich in seinem Stuhl zurück und hatte das Gefühl, von Ekel übermannt zu werden. Dieser Fall wurde immer abstoßender. Aber jetzt war er mitten drin. Wie lange noch musste er durchhalten? Er wollte nur Mini dort herausholen, danach interessierte ihn dieser Mensch nicht mehr. Sollte er doch irgendwo verwesen, ihm war es egal.

„Ich glaube, ich kann gerade Ihre Gedanken lesen", holte Frau Nowak ihn zurück. „Sie verlieren das Interesse an diesem schlechten Menschen und wollen ihn am liebsten nicht finden."

„Da haben Sie Recht, liebe Frau Nowak, ich denke bei all dem nur noch an Mini. Was mag sie noch alles erlitten haben und wie bekommen wir sie wieder glücklich und gesund?"

„Aber Sie sind doch nicht allein. Sie haben eine wunderbare Frau, ich bin sicher, sie wird keinen Moment zögern, wenn Sie ihr eröffnen, dass Sie die Kleine zu sich nehmen wollen."

„Da haben Sie allerdings recht", strahlte Baum. „Ich habe sie gestern Abend schon gefragt, und mit meiner Hoffnung, dass sie sehr schnell einverstanden sein würde lag ich richtig." Stolz und voller Zuneigung legte er sich eine Hand auf die Brust und sein stilles ,Danke' sandte er wieder nach oben.

Frau Nowak blickte ihn mitfühlend an. „Sie sind ein glücklicher Mann, Herr Kommissar, ich bin trotz der widrigen Umstände sehr froh, Sie kennengelernt zu haben. Ihre Frau ist meinem Jaczu sehr ähnlich.

Es steckt viel Gutes in den polnischen Menschen. Sie mögen verunglimpft werden als Trinker und Nichtstuer, aber in der Not sind sie da und geben sich ganz, egal wem. Ich würde mein Leben blind einem Polen anvertrauen."

„Das freut mich, dass Sie das sagen, denn dann sind Sie ja genau am richtigen Platz!" „Oh ja, das bin ich in der Tat!"

„Nicht jeder hat das Glück, den richtigen Platz im Leben zu finden", antwortete Baum versonnen. „Ich glaube, ich kann das von mir behaupten, obwohl ich mein ganzes Leben in meinem Elternhaus geblieben bin. Ich hatte den richtigen Platz schon von Anfang an, musste ihn nicht suchen. München hat viele unangenehme Schattierungen, aber die nehme ich einfach nicht wahr. Ich nutze die kulturellen Angebote und freue mich schon sehr darauf, mit Mini die Museen und Konzerte zu besuchen und ihr ein anderes Leben zu zeigen als das, was sie bis jetzt gezwungen war zu führen."

Frau Nowak war gerührt, Baum konnte es ihr deutlich ansehen.

„Ich freue mich sehr für das Kind, das können Sie mir glauben. Wie ist das Prozedere bei einer solchen Angelegenheit in Deutschland eigentlich?"

Baum erklärte ihr, was er von seinem Freund erfahren hatte und dass das Einverständnis der Mutter maßgebend war. „Die Behörden wollen sich lediglich vergewissern, dass das Kind frei und ohne Angst einer solchen Entscheidung zustimmt. Sie wollen die Bindung zur Mutter prüfen und sich gemäß der Antragsinhalte ein Bild der ganzen Situation machen. Ich sehe das eigentlich nur noch als Routine und erwarte keinerlei Hindernisse."

„Das freut mich sehr", antwortete Frau Nowak, „und ich nehme Sie beim Wort, dass Sie eines Tages mit Mini hier vor meiner Tür stehen." Sie lachte.

„Das werden wir sehr gerne tun, wir wären dann allerdings zu dritt, wenn Ihnen das Recht ist."

„Natürlich, ich habe gehofft, dass Sie das sagen und dass ich Ihre Frau dann ein bisschen besser kennenlernen darf."

Sie verabschiedeten sich herzlich und Baum verzichtete auf ein Taxi, er entschied sich, zu Fuß zu gehen. Seine langen Beine ließen ihn schnell vorwärtskommen, so war er nur wenige Minuten zu spät im Frühstückssalon des Hotels, wo Marta und Weidel schon auf ihn warteten.

Resigniert berichtete er, warum er noch einmal zu Frau Nowak gefahren war, und Weidel bestätigte, dass sie auch an dieser Bemerkung vom Moosgruber zu knabbern gehabt hatte. „Also ist es dir ja doch noch wichtig, den Fall aufzuklären", wandte sich Marta an ihn.

„Es ist der Kriminalist in mir, der einfach wissen will, was mit diesem Mann geschehen ist. Und ich muss natürlich als zukünftiger Vater auch wissen, was meiner Tochter widerfahren ist."

Weidel zeigte sich erfreut, denn ihr erging es nicht anders und sie hätte den Fall ungern abgegeben oder gar mit einem anderen Kollegen bearbeiten müssen.

Es folgten vergnügte Stunden auf dem herrlichen Marktplatz, dem Salzmarkt, den beiden Häusern Hänsel und Gretel, ein Besuch in der Galerie, die Suche nach den 300 Zwergen – sie brachten es nur auf 82 – und ein frühes Mittagessen. Der Tag war herbstlich warm und sonnig, Martas Haare leuchteten, hier und da blinzelte sie eine Träne weg, weil sie sich bald wieder trennen mussten.

Er nahm sie ein letztes Mal in die Arme und flüsterte: „Ich bin so glücklich, dass du bist, wer du bist. Wir schaffen das alles gemeinsam, ich rufe dich jeden Abend an. Grüß bitte deine Eltern herzlich von mir und erzähle ihnen ruhig von unserem Kind." Dabei lachte er glücklich.

Auch Weidel trennte sich schwer von dieser schönen Stadt und von Marta. „Wie schön, dass wir uns jetzt persönlich kennen!"

„Auf Wiedersehen!"

13

Unterwegs überlegten sie gemeinsam, welches ihre nächsten Schritte sein würden. Baum wollte zuerst seinen Freund, der beim Familiengericht arbeitete, nach dem weiteren Vorgehen befragen und ihn beauftragen, alles in die Wege zu leiten. Aber als Allererstes musste er zweifellos mit Mini sprechen, denn sie wusste ja noch gar nichts von seinen Plänen.

„Was denkst du, wie Mini auf deine Absicht reagieren wird, wenn du sie ihr verrätst?", fragte Weidel unvermittelt.

„Sag mal, kannst du Gedanken lesen? Genau daran habe ich gerade gedacht", antwortete er lachend. „Ich glaube, sie wird sich freuen – nein, ich bin sicher! Und ich bin sehr gespannt, wie unser Chef auf meine Pläne reagieren wird, wenn ich mich ihm anvertraue."

Der Montag kam schneller, als ihnen beiden lieb war, denn dass das Wochenende anstrengend war, bekamen sie beim Aufstehen zu spüren. Baum hatte ein Bad genommen, nachdem er mit Marta telefoniert hatte, und war im warmen Wasser eingeschlafen, bis er zu frösteln begann, weil seine Knie angewinkelt waren. Er wollte seit Jahren, wenn nicht Jahrzehnten eine längere Badewanne anschaffen, hatte aber in den vergangenen Jahren die Prioritäten immer anders gesetzt.

Wenn sein Chef ihn rauswarf, würde er Zeit dafür haben, dachte er. Überhaupt würde er für viele Dinge Zeit haben, auch für einen Hund, für einen Kochkurs, für das Schreiben seiner Memoiren, für seine Fotografien, überlegte er auf dem Weg zu Weidels Trambahnstation. Aber, verdammt, er wollte weiter arbeiten. Der Kriminalist in ihm war mit solchen Alternativen nicht ausgelastet und erst recht nicht zufrieden.

Gut gelaunt öffnete er ihr die Beifahrertür und sie setzten den Weg gemeinsam fort. Es war inzwischen 9.00 Uhr, aber sein Chef bedachte ihn nicht mit einem Vorwurf aufgrund des späten Erscheinens. Baum nahm bei ihm im Büro Platz und streckte wie üblich die langen Beine aus und ein Zigarillo an. Hauser hatte sein Büro noch nicht so vollgequalmt, dass er das Fenster aufmachen musste, und so konnte er sein Zigarillo genießen.

„Wir haben aus den Erzählungen der Schwester einen anderen Lechner kennengelernt: als Kind ein Sadist und Katzenquäler, später Soldat und Nazi, ein sexuell besessener Mann, der mithilfe von Wut und Sadismus seine Potenz aufpolierte und gnadenlos auslebte. Zumindest wusste die Schwester das von beiden Ehefrauen, die darunter zu leiden hatten."

„Ho ho ho", empörte sich sein Chef, „auch wenn das Wasser auf deine Mühlen ist, bleib bitte sachlich."

„Ich bin sachlich. Wie sonst sollte ich dir das berichten, wenn nicht in den Worten, die ich zu hören bekam? Die Schwester ist der Meinung, dass es sich um einen Racheakt handelt. Jemand, der mit ihm eine sehr alte Rechnung offen hatte, muss ihn aus dem Verkehr gezogen haben, um den Spieß umzudrehen."

„Oh ha, das ist ja wohl eine Nummer zu groß für uns", sagte Hauser resigniert.

„Die Schwester meint, dass sich diese Art der Rache dem Gesetz entzieht und nicht aufgeklärt werden kann."

„Aber damit können wir uns doch nicht zufriedengeben, oder was meinst du?"

„Ich würde an deiner Stelle den Oberstaatsanwalt anrufen und ihm schildern, was für äußerst peinliche Dinge wir zutage gefördert haben, und ihn bitten, dass die Suche nach dem Vermissten keine Priorität mehr für uns haben muss. Er wird sich mit dem Bertold aus dem Krankenhaus kurzschließen, und ich wette, dass auch dieser feine Herr kein Interesse mehr an einer Aufklärung haben wird, damit sein Krankenhaus und seine Bundeswehr eine weiße Weste behalten."

Hauser lehnte sich zurück, dachte einen Moment schweigend nach und gab Baum schließlich recht „in Ordnung, da hast du recht, am Ende wird wahrscheinlich genau das dabei heraus kommen, also überlassen wir die Entscheidung dem Oberstaatsanwalt."

Baum ließ sein Zigarillo in Hausers Aschenbecher fallen und lehnte sich wieder bequem zurück „ich habe selbst einfach keinerlei Interesse, in diesem Dreck herumzustochern", gab er zu. „Natürlich würde ich gerne wissen, was vorgefallen ist, aber der Ekel über diesen Menschen macht meine Neugierde zunichte. Trotzdem möchte ich noch eine andere Sache mit Dir besprechen. Du hattest ja schon bemerkt, dass ich diesen Fall durchaus persönlich genommen habe, und damit hattest du zweifellos Recht. Ich möchte gerne dafür sorgen, dass dieses Kind der Mutter entzogen wird. Sie ist nicht in der Lage und wohl auch nicht willens, ihr Sorgerecht zum Wohle dieses Mädchens auszuüben."

„Was für ein Unsinn!", schimpfte Hauser sofort los. „Was hast du damit zu tun? Das ist Sache des Jugendamtes und des Familiengerichts. Wenn diese Stellen aufgrund unserer Ermittlungsergebnisse entscheiden, dass der Aufenthalt des Mädchens neu geregelt werden muss, werden sie tätig werden. Dich geht das überhaupt nichts an."

„Da irrst du dich, Hubert, denn ich werde die Vormundschaft für dieses Mädchen übernehmen!", erwiderte Baum mit fester Stimme, die keinen Zweifel zuließ.

Hauser schaute ihn fassungslos an. „Du erwartest doch wohl nicht, dass ich dir diesen Fall noch überlassen kann, wenn du dich bereits so persönlich darin verstrickt hast, Michi, das kann nicht dein Ernst sein".

„Nein, das erwarte ich nicht von dir, aber ich erwarte auch nicht, dass du mir nach der langen Zeit unserer Zusammenarbeit Steine in den Weg wirfst."

Hauser lehnte sich in seinem Sessel zurück und stöhnte laut. „Michi, du bist ein erstklassiger Ermittler und ein guter Freund. Ich habe deine Integrität immer geschätzt, aber hier muss ich dich vor einem großen Fehler bewahren. Tu das bitte nicht. Dieses Kind hat sein Schicksal, so wie die Mutter und der Stiefvater und alle anderen Personen, in deren Umfeld wir bisher ermittelt haben. Es gab immer kritische Fälle und wir haben oft Vorkommnisse ans Jugendamt melden müssen. Fälle, die dich verzweifeln, aber niemals persönlich eingreifen ließen. Warum jetzt?"

Baum schaute ihn ruhig an. „Das kann ich dir leider nicht so erklären, dass du es verstehen würdest, aber ich bemühe mich. Frau Nowak in Polen hat mir eigentlich eine sehr gute Erklärung dafür gegeben."

„Du hast ihr von deinem Ansinnen erzählt?", fragte Hauser alarmiert.

„Das hat sich so ergeben und sie hat sehr verständnisvoll darauf reagiert, indem sie meinte, dass es solche Dinge nun mal zwischen Himmel und Erde gäbe, die wir nicht immer verstehen. Zwei Seelen können sich verabreden, ihre irdischen Leben miteinander zu verknüpfen und dass es dafür die kuriosesten Konstellationen geben kann. Ich bin davon überzeugt, dass sie damit richtig liegt. Ich konnte mir meine Zuneigung zu diesem Kind selbst nicht erklären, aber es ist eine Tatsache, dass sie existiert und dass sie mehr ist als bloße Zuneigung, es ist das Gefühl von Verantwortung und väterlicher Liebe."

Hauser sah Baum lange an, in seinen Gesichtszügen überlagerte plötzliches Verstehen den Vorwurf und die Härte und Baum erkannte den aufopferungsvollen verzweifelten Ehemann in ihm, der alles dafür tat, seine schwer depressive Frau am Selbstmord zu hindern. Er wusste, dass er sich verstanden fühlen durfte und diese erste große Hürde genommen hatte.

„Und wenn jetzt diese Frau Nowak ihre Schwägerin anruft und ihr von deinen Plänen erzählt?"
„Das darf sie gerne tun, ich hoffe sogar, dass sie das tut, denn ich habe natürlich als Erstes mit der Mutter darüber gesprochen."
„Das heißt, sie weiß bereits Bescheid?", fragte Hauser entsetzt. „Du regelst das alles nach eigenem Gutdünken, ohne vorher mit mir darüber zu sprechen? Mensch, Michi, ich hätte mehr Vertrauen von dir erwartet. Dann bin ich jetzt wohl der Allerletzte, der es erfährt. Wen hast du sonst noch eingeweiht, außer deiner Assistentin natürlich?"
„Entschuldige bitte, Hubert, es hat sich so ergeben und die Reihenfolge ist in dem Fall ja nun wirklich keine Skala für Vertrauen."
Hauser steckte sich eine Zigarette an. „Wie hat denn die Mutter auf dein Ansinnen reagiert?", wollte er wissen. Baum berichtete von ihrer Empörung, die seltsamerweise nicht seinem Ansinnen an sich galt, sondern nur ihrem völligen Unverständnis. „Was wollen Sie denn mit *diesem* Kind?", wiederholte er ihre Frage. „Das ist allerdings heftig", gab sein Chef zu. „Also gut, solange wie das noch nicht publik geworden ist, darfst du weiter ermitteln, und jetzt raus mit dir."

Baum wollte Mini sehen, er wollte der Mutter berichten und wissen, ob sie sich inzwischen mit ihren Kindern besprochen hatte und ob sich etwas an ihrer Haltung geändert hatte, womöglich die großen Geschwister nicht einverstanden waren. Er erklärte Weidel, dass er alleine mit ihr sprechen wollte, aber Weidel schüttelte den Kopf.

„Ich glaube es ist besser, wenn du mich mitnimmst. Ich kenne dein Anliegen mittlerweile und es könnte offener und vertrauenswürdiger erscheinen, wenn wir zu zweit auftauchen. Ich kann bei der Familie sein, wenn du mit Mini sprichst, und ich bin sicher, dass du froh sein wirst, wenn du auf mich zurückgreifen kannst. Glaub mir bitte."

Baum schaute sie erfreut an. „Ja, du könntest Recht haben. Dann komm gerne mit, vielleicht können wir ein gemütliches Essen im Klosterbräustüberl einplanen. Da haben wir zwar den Blick auf meine alte Schule, aber das verdirbt mir nicht den Appetit, im Gegenteil!"

14

Mini sucht die Mutter, ruft ins Treppenhaus, bekommt keine Antwort. Schließlich hört sie ein Wimmern aus dem oberen Badezimmer und springt die Treppe hoch. Die Tür ist abgeschlossen, sie versucht durch das Schlüsselloch zu gucken, aber der Schlüssel versperrt ihr die Sicht.

„Mama, mach doch auf!", ruft sie und klopft an die Badezimmertür. „Mama, warum weinst du denn?"

Sie klopft fester und fester und fester. „Du brauchst keine Angst mehr zu haben, der Arzt ist weg, er kann uns nichts mehr tun!"

Aber die Mutter reagiert nicht. Erst als Mini hört, wie sie sich die Nase putzt und das Wasser laufen lässt, hat sie neue Hoffnung, dass die Tür aufgehen würde. Doch nichts passiert. Die Mutter bleibt im Bad und Mini vor der verschlossenen Tür.

Schließlich schlurft sie in ihr Zimmer, legt sich auf ihr Bett, nimmt den Teddy in die Arme und schließt die Augen. Warum weint die Mutter, warum ist sie nicht froh und erleichtert, dass sie endlich allein sind? Mini kann es nicht begreifen. Sie ist doch so tapfer gewesen, auch der Mutter zuliebe. Und jetzt schließt sich die Mutter im Badezimmer ein und weint, als ob sich gar nichts verändert hat. Sie fand keine Erklärung dafür. Erst weinte sie, weil sie genau wie Mini Angst vor dem Arzt hatte, und jetzt weint sie, weil er weg ist? Sie konnte ihre Mutter nicht verstehen und konnte auch ihre eigene Rolle im Leben ihrer Mutter nicht einordnen.

Über diese viel zu schweren Fragen für ein Kind schlief sie schließlich tief und fest ein. Sie hörte das Klingeln an der Haustür nicht mehr und auch nicht, dass sich die Mutter, als wäre nichts gewesen, freudig ihren Gästen zuwandte und sie in den Salon bat.

„Bitte nehmen Sie Platz", forderte sie die beiden Ermittler freundlich auf. „Ich bin schon sehr gespannt, wie Ihnen meine Schwägerin gefallen hat." Baum setzte sich bequem in den Sessel und sah sich fragend um. „Sind Sie heute ganz allein?", fragte er erstaunt. „Die Großen sind heute gemeinsam nach München gefahren, um etwas einzukaufen und abends miteinander essen zu gehen. Ich nehme an, sie wollen sich ungestört beraten. Ich habe ihnen von Ihrem Ansinnen erzählt und da waren sie höchst erstaunt. Sie seien doch ein wildfremder Mann und da müsse man doch vorsichtig sein, denn es gäbe ja bekanntlich die abenteuerlichsten Beweggründe, warum sich ein älterer Mann für ein kleines Kind interessiert."

Baum war empört. „Das hätten sie besser mal bei Ihrem eigenen Mann vermuten sollen, dann wäre dem Kind einiges erspart geblieben", erboste er sich.

Die Mutter hob ihr Taschentuch und tupfte sich damit die Nase. „Ach ja, Sie haben ja recht, ich habe sehr viel darüber nachgedacht und ich weiß selbst nicht mehr, warum ich in diese unglückselige Lage gekommen bin."

„Liebe Frau Lechner", hob Baum ein wenig milder an, „Sie sind eine erwachsene Frau, diese unglückselige Lage ist nicht einfach über Sie gekommen. Ihre Pflicht war es, Ihre Tochter zu schützen und zu erkennen, was vorging. Wie *konnten* Sie drei Jahre lang schweigen? Warum *haben* Sie drei Jahre lang geschwiegen? Wenn Sie wirklich nichts bemerkt haben wollen, beziehungsweise die offensichtlichsten Merkmale nicht zu dieser erschütternden Wahrheit verbinden konnten, warum haben Sie sich nicht wenigstens selbst aus dieser Lage befreit?"

„Das war nicht so einfach, wie Sie sich das vorstellen. Ich hatte kein Geld. Als ich noch Hausdame bei ihm war, bekam ich nur ein kleines Gehalt, Kost und Logis hat er sehr hoch bewertet, sodass mir nur 600 DM blieben, 500 kostet Minis Internat und wohin hätten wir gehen sollen mit 100 DM? Ich hätte Mini von der Schule nehmen und in einer anderen, kostenlosen Schule unterbringen müssen, aber ich habe mir nicht zugetraut, dieses Kind alleine zu erziehen, das hätte ich nicht geschafft. Als wir verheiratet waren, hat er das Internat überwiesen und mir die 600 DM als Haushaltsgeld gegeben, verlangte aber immer Rechenschaft und zog das Geld, das seiner Meinung nach am Monatsende übrig geblieben sein musste, vom nächsten Monat ab. Wehe, ich kaufte einmal etwas für Mini oder für mich selbst, oder es fehlte ein Einkaufsbeleg, dann gab es Beleidigungen und Gebrüll. Ich konnte nie etwas auf die Seite legen."

„Aber es gibt doch in unserem Land Möglichkeiten, Hilfe zu bekommen. Warum haben Sie das denn nicht in Anspruch genommen? Außerdem wäre Ihr Mann verpflichtet gewesen, Ihnen Unterhalt zu zahlen", forderte Baum sie immer weiter heraus.

„Als alleinerziehende Mutter, noch dazu mit einem schwer erziehbaren Kind? Was glauben Sie denn, wie man da auf einem Amt behandelt wird? Hier in Bayern zählt man nur als verheiratete Frau etwas. Als ich nach der Eheschließung bei uns im Dorf im Edeka einkaufte, beglückwünschte mich die Kassiererin an der Kasse mit den Worten ‚Jetzt sind Sie ja endlich wieder jemand'. Ich wollte einfach dieser jemand bleiben, ich wusste nicht, wohin, ich wusste nicht, was aus Mini wird, ich wusste nicht, wo ich leben sollte – ich wusste mir einfach keinen Rat. Also bin ich geblieben und war immer froh, wenn das Telefon klingelte und er ins Krankenhaus gerufen wurde."

Baum merkte, dass er gegen ihre Argumente wenig vorbringen konnte. Sie war eben keine mutige Frau, die ihr Leben in die Hand nehmen wollte.

Sie war ganz einfach schwach und ohne die geringste Vorstellung davon, was es bedeutet, ein freies selbstbestimmtes Leben zu führen und vor allen Dingen führen zu wollen.

Und ja, unsere Gesellschaft ist in der Tat so strukturiert, dass selbstbestimmtes Handeln einer alleinstehenden Frau nicht gefördert wird, dachte er. Etwas gnädiger gestimmt wechselte er das Thema. „Wo ist Mini eigentlich?"

„Keine Ahnung", antwortete die Mutter wieder gleichgültig. „Wahrscheinlich in ihrem Zimmer."

Baum überlegte einen Moment, dann stand er auf und gab an, nachsehen zu wollen. Weidel wies er an, weiter mit der Mutter zu plaudern.

„Sie haben mir noch gar nicht gesagt, wie es bei meiner Schwägerin war!", rief sie ihm hinterher.

„Das kann meine Kollegin Ihnen berichten", antwortete Baum, dann ging er leise die Treppe nach oben. Im Zimmer brannte kein Licht. Vorsichtig klopfte er an die Zimmertür und öffnete sie. Das dämmrige Flurlicht fiel als schwacher Lichtstrahl auf den Kinderkörper, der angezogen auf dem Bett lag, den Teddy im Arm.

Eine Welle der Rührung erfasste ihn und er stand eine Weile still atmend in der Tür. Er wollte sie eigentlich nicht wecken, auch wenn es gerade erst fünf Uhr nachmittags war. Wenn sie so tief schlief, brauchte sie den Schlaf auch. Aber weil ihre Schuhe voller Erdklumpen waren und ihre Kleidung sicher nicht angenehm in der Nacht zu tragen war, setzte er sich ganz vorsichtig in die freie Kuhle ihrer angewinkelten Knie und zog ihr sachte die dreckigen Schuhe von den Füßen, danach fasste er sie an der Schulter und rüttelte sie leicht.

Sofort fuhr sie schreiend hoch und fing an, mit den Fäusten auf ihn einzudreschen. Baum hielt ihre Arme fest und beruhigte sie schnell. „Hey, hey, hey, ich bin es doch nur, der Michi. Ich wollte fragen, wie dir der Teddy und das Buch gefallen haben."

Sie rieb sich die Augen und brach in Tränen aus. Schluchzend hing sie an seinem Hals und stammelte immerzu: „Entschuldigung, Michi, ich dachte, du wärst der Böse."

„Hast du so schlimm geträumt?", wollte Baum wissen.

„Nein, es ist ja kein Traum. Man kann nicht davon aufwachen", schluchzte sie weiter. Plötzlich schien sie abrupt wieder in der Realität angekommen zu sein. Sie setzte sich neben ihn auf die Bettkante „gestern habe ich den ganzen Tag in dem Buch gelesen. So was will auch machen, ein Floß bauen und die Isar herunterfahren."

Baum lachte „das machen wir lieber mal zusammen, denn alleine ist das viel zu gefährlich für dich."

Mini strahlte. „Das würdest du mit mir machen?", freute sie sich. „Hast du denn keine Kinder zu Hause?" Baum verneinte und Mini schwieg lange. Dann stellte sie genau die Frage, über die er sich in den letzten Tagen so sehr den Kopf zerbrochen hatte. „Wenn du keine Kinder hast und ich keinen Vater, kann ich dann nicht einfach dein Kind werden?"

Baum lächelte still in sich hinein. Da hatte sie ihm seine Frage einfach vorweggenommen. Er hatte so viele Variationen überlegt, wie er sich ihr mit seinem Plan nähern könnte. Er wollte sie nicht überfordern, sie nicht verunsichern oder sie misstrauisch machen, aber nun erschien es ihm, dass sie sich ihm mit der gleichen Selbstverständlichkeit verbunden fühlte, wie es ihm selbst erging. Er flüsterte ein ‚Danke' nach oben und wandte sich ihr feierlich zu, wie er es empfand: „Du wirst dich wundern, aber genau den gleichen Gedanken hatte ich auch schon. Ich habe sogar schon mit deiner Mutter darüber gesprochen."

Mini sah ihn staunend an. „Meine Mutter hat bestimmt nichts dagegen, sie sagt ja immer, ich bin ihr zu wild und sie wird nicht fertig mit mir. Wo werde ich denn dann wohnen, bei dir? Hast du denn eine Frau? Hast du die schon gefragt? Erlaubt sie das?"

„Mit ihr habe ich als Erstes gesprochen und sie erlaubt alles, was mich glücklich macht, und dein Vater zu werden macht mich glücklich."

Mini war sprachlos und konnte es gar nicht glauben. Sie sprang aufs Bett und begann zu hüpfen und zu jubeln, dabei stieß sie an das windige Regal und alle Bretter fielen heraus. Baum schickte sie lachend ins Bad, wo sie sich für die Nacht fertig machen sollte. Er würde das Regal reparieren und in einer halben Stunde zum Gute Nacht sagen noch einmal hoch kommen.

Unten im Salon erwartete man ihn mit fragenden Blicken. „Mini lag angezogen und mit schmutzigen Schuhen auf ihrem Bett und schlief", berichtete er vorwurfsvoll. „Wäre sie so auch morgen früh aufgewacht oder hätten Sie sich heute noch um sie gekümmert?"

„Ach, das macht sie in letzter Zeit immer so. Ich habe Ihnen ja gesagt, sie ist ein trotziges Kind. Morgens läuft sie dann sofort vom Bett in den Wald. Wenn sie nicht zwischendurch Hunger bekäme, würde ich sie gar nicht zu Gesicht bekommen", antwortete Frau Lechner beleidigt. Fassungslos ersparte sich Baum die Antwort, dass es wohl auf das Angebot ankäme, das man einem Kind machen würde.

„Tja, Frau Lechner, dann werde ich Mini wohl heute ins Bett bringen müssen und ihr noch etwas vorlesen. Danach verabschieden wir uns." Er sah fragend zu Weidel, doch sie schien mit seiner Entscheidung zufrieden zu sein.

„Michi!", rief es von oben.

„Ich bin gleich da", antwortete Baum fröhlich. Als er oben ankam, sah er ihre Anziehsachen ordentlich gefaltet auf dem Tisch liegen. Die Schuhe waren abgespült worden und eine kleine Pfütze breitet sich darunter aus. Sie selbst hatte einen Schlafanzug mit Mickey-Maus-Motiven an und lag in ihrem Bett.

Baum knipste die Lampe an, die auf dem Küchentisch stand, und löschte die Deckenbeleuchtung. Ein kurzer Blitz durchfuhr ihn, als er an die Geschichte mit der Waschkontrolle dachte. Würde sie jetzt von ihm auch eine solche Kontrolle befürchten? Zitternd setzte er sich auf den Küchenstuhl und nahm das Buch zur Hand, um von seiner Unsicherheit abzulenken.

„Ich weiß, dass du keine Waschkontrolle bei mir machst, dafür bist du viel zu nett", hörte er sie mit klarer Stimme sagen.

„Warum auch?", antwortete er erleichtert. „Du brauchst bei gar nichts kontrolliert zu werden. Das ist eine total unsinnige Regel und ich selbst mag Regeln sowieso nicht so gerne. Ich finde, jeder Mensch sollte immer und vor allem anderen zu Eigenverantwortung erzogen werden. Regeln und Verbote machen aus uns keine besseren Menschen, es kommt auf die innere Überzeugung an. Das Gute kommt von innen, da, wo der liebe Gott in uns allen wohnt. Diese Verbindung müssen wir bestärken, in uns selbst und in allen anderen Menschen auch."

Er lächelte sie an und fragte sich, ob dies nicht ein zu überfordernder Vortrag für das Kind gewesen war, aber sie sah ihn sehr ernst an, als sie antwortete: „Michi, es gibt aber auch Menschen, in denen wohnt nur der böse Geist! Sind das nicht die Menschen, die Du als Polizist fängst?"

„Da hast du recht", erklärte Baum. „Darum bin ich Polizist geworden. Aber die sind glücklicherweise sehr selten, ich habe in 24 Jahren nur elf von ihnen gefangen."

Mini guckte ihn immer noch ernst an. „Heißt das, dass ich nie wieder einem bösen Geist begegne, wenn es nur so wenige gibt und du sie schon gefangen hast?"

„Vielleicht gibt es noch ein paar mehr als die, die ich gefangen habe", gab Baum zu bedenken, „aber ich passe ja jetzt auf dich auf, also wird sich nie wieder einer an dich herantrauen, das verspreche ich dir."

Beruhigt legte sich das Kind in ihr Kissen und schloss die Augen. „Du kannst lesen, ich bin bei Kapitel 12." Und Baum begann zu lesen. Er hörte seine Stimme tief und melodisch und wäre fast selbst gerne Kind gewesen in diesem Moment. So wie sein Vater ihm vorgelesen hatte, so las er nun diesem verlorenen kleinen Mädchen vor.

‚Von wegen verloren', korrigierte seine innere Stimme seine Gedanken. ‚Ihr Leben fängt jetzt erst richtig an'! Baum lächelte froh. Seine innere Stimme hatte die neue Situation ja schnell akzeptiert – ein gutes Zeichen!

Als Minis Atemzüge tiefer wurden, hörte er auf zu lesen, und weil kein Protest von ihr kam, legte er das Buch aufgeschlagen auf den kleinen Tisch. In seiner Tasche fand er den Zehnmarkschein, den er sich schon zurechtgelegt hatte. Er markierte die Stelle, wo er aufgehört hatte zu lesen, mit dem Geldschein und erhob sich leise. Ein letzter Blick auf diesen kleinen Menschen, der ihm so sehr vertraute, und er schloss glücklich die Tür. Heute Abend würde er seiner Frau vom Tag berichten, darauf freute er sich sehr.

Unten im Salon verabschiedete er sich wieder freundlich mit einem Handkuss von ‚der gnädigen Frau' und verließ mit Weidel das Haus.

15

Auch heute war es lange still im Wagen. Schließlich sprach Weidel als Erste: „Ich glaube, deine Entscheidung ist richtig. Die Mutter ist wirklich nicht in der Lage, für dieses Kind zu sorgen, sie versteht ja noch nicht mal die grundlegendsten Bedürfnisse, die ein Kind hat. Ich finde das fast unheimlich, wie man als Mutter so wenig Sympathie für sein eigenes Kind haben kann – und ich spreche bewusst von Sympathie und nicht von Liebe."

Baum warf ihr einen dankbaren Seitenblick zu. „Das hast du gut analysiert mit der nicht vorhandenen Sympathie! Sie scheint sie nur als Störenfried zu betrachten, der sie in Situationen bringt, denen sie nicht gewachsen ist."

„Aber erzähl doch mal von Mini", gab sich Weidel gespannt. „Konntest du sie fragen?"

Baum schmunzelte „Ich brauchte sie gar nicht zu fragen." Er erzählte ihr von dem Gespräch und der Frage des Kindes, die alles vorweggenommen hatte.

„Mir scheint, du bekommst eine schlaue Tochter", antwortete Weidel gerührt.

Baum lachte freudig und nur aus Rücksicht auf seine Kollegin begann er nicht, lauthals zu singen. „Mein Freund bereitet zur Zeit die notwendigen Papiere vor. Auch wenn die Mutter einwilligt, muss Mini auf jeden Fall mit einer Psychologin sprechen. Er kennt da eine sehr freundliche mütterliche Frau, mit der er schon zusammengearbeitet hat. Am kommenden Mittwoch haben wir einen Termin."

„Das ist ja erfreulich! Natürlich käme ich sehr gerne mit, aber ich verstehe es, wenn du da lieber allein hingehen möchtest", antwortete Weidel vorsichtig zurückhaltend „Nein, bitte komm gerne mit. Du kennst die Situation jetzt durch und durch und ich habe keinerlei Geheimnisse vor dir. Ich denke sogar, dass es gut ist, wenn wir ihr erst einmal die ganze Angelegenheit als Kriminalfall erläutern, damit sie auch weiß, dass Mini es in den letzten Jahren alles andere als leicht gehabt hat – um es mal sehr vorsichtig auszudrücken."

Weidel freute sich, lehnte sich gemütlich in das weiche Polster des Wagens „Vielen Dank für dein Vertrauen Michi, mit dir lerne ich wirklich viel. Auf dem Familiengericht war ich noch nie und die Abläufe dort sind mit vollkommen fremd. Ich möchte nicht daran denken, dass ich mal irgendwann mit einem anderen Partner werde arbeiten müssen." „Du blickst ja weit in die Zukunft" lachte Baum „erstens bin ich noch eine gefühlte Ewigkeit im Dienst und zweitens wirst du dann eben diejenige sein, die ihre Erfahrung und Menschlichkeit teilt. Mach dir bitte keine Sorgen, es geht immer irgendwie weiter und jede neue Situation kann etwas Besonderes sein und dich herausfordern. Außerdem wohne ich ja in München und du kannst uns immer besuchen, Ratschläge einfordern oder einfach nur ein gutes polnisches Essen genießen."

„Na, das sind ja herrliche Aussichten! Aber welcher andere Hauptkommissar wäre denn an den Erfahrungen seiner Assistentin interessiert?" fragte Weidel traurig. „Jeder" antwortete Baum „außerdem ist der Rang einer Assistentin sicher nicht der letzte für eine Frau im Polizeidienst" beruhigte er sie „und du bist eine verdammt gute Assistentin, wenn nicht die allerbeste!" Weidel wechselte etwas beschämt das Thema, Lob machte sie verlegen. „Zurück zum Fall, bisher haben wir die Möglichkeit ganz außer Acht gelassen, dass die Ehefrau selbst hinter dem Verschwinden ihres Mannes stecken könnte. Traust du ihr zu, sich nachdrücklich gewehrt zu haben, ihm etwas über den Schädel gezogen oder sonst etwas getan zu haben, das zu seinem Tod führte? Tabletten vielleicht?"

Baum antwortete schnell „Diese Frage habe ich auch Frau Nowak gestellt, aber darüber hat sie nur gelacht und es als unmöglich bezeichnet, da ihrer Schwägerin dafür der Schneid fehle. Aber natürlich musste es keine geplante Tat gewesen sein, auch eine Tat im Affekt als Gegenwehr wäre vorstellbar. Aber wie sollte sie sich einem erwachsenen schweren toten Mann entledigen?" „Mit Hilfe der großen Kinder vielleicht?", fragte Weidel versonnen.

„Aber die haben ganz und gar nicht den Eindruck gemacht, als wären sie da in die Beseitigung eines

Toten verwickelt. Auch wenn sie etwas desinteressiert wirkten, war das wahrscheinlich der Tatsache geschuldet, dass sie so abrupt der Mutter beistehen mussten und aus ihrem Alltag gerissen worden sind."

„Meinst du nicht, wir sollten die Spurensicherung ins Haus beordern"? fragte Weidel „wir müssen der Mutter ja nicht sagen, dass wir jeden Verdacht ausschließen wollen, sondern einfach nur nach Spuren suchen, von denen sie gar nichts weiß oder wissen kann. Spuren, die Rückschlüsse zulassen, was er als Letztes getan hat, usw."

„Tja, wenn du meinst", brummte Baum vor sich hin. „Vielleicht keine schlechte Idee, da hätte ich selbst darauf kommen müssen, leitest du das in die Wege? Ich muss allerdings noch Gelegenheit haben, es der Mutter vorab zu erklären."

Sie verabredeten sich mit der Spurensicherung für den morgigen Tag um 14.00 Uhr bei den Lechners. Weidel und Baum waren bereits eine halbe Stunde vorher dort, um der Mutter das Prozedere zu erklären und ihr verständlich zu machen, warum sie sich etwas davon versprachen. Wie von Baum vorhergesehen, machte Frau Lechner keinerlei Probleme und verstand Baums Erklärungen – oder gab das zumindest vor.

Sie leisteten ihr im Salon Gesellschaft, während die Spurensicherer die Räume durchforsteten. Die Haustür hörten sie hier und da zufallen, wenn jemand noch etwas aus dem Auto holen musste.

Baum nutzte die Gelegenheit Frau Lechner über den morgigen Termin bei der Psychologin im Familiengericht in Kenntnis zu setzen. Er teilte ihr mit, dass es wichtig sei, dass sie ebenfalls bei dem Termin anwesend ist, aber das wollte sie nicht. Sie wisse ja sowieso nicht, was sie auf die vielen Fragen antworten sollte, und sie wollte keine Fehler machen.

„Ich bin ja dabei", beruhigte er sie, „und die Psychologin ist eine sehr nette und kompetente Person, sie wird Sie bestimmt nicht in eine unangenehme Situation bringen, das verspreche ich Ihnen."

Nach einigem weiteren Hin und Her war Frau Lechner einverstanden und versprach, morgen um elf Uhr mit Mini abholbereit auf ihn zu warten.

Zwei Stunden später meldeten sich die Spurensicherer und Baum und Weidel traten mit ihnen vor die Tür. Er wollte erst die Ergebnisse filtern, bevor er entschied, wie viel davon er an die Mutter weitergeben würde.

„Wir haben nichts gefunden, was auf einen Tötungsdelikt hier im Haus hindeuten könnte, allerdings haben wir Spermaspuren und eine größere Blut an einer Stelle gefunden, wo diese Spuren vermutlich eher nicht hingehören", hörte Baum mit pochendem Herzen seinen Kollegen sagen.

„Sag bitte nicht im Kinderzimmer!", sagte er tonlos. „Nein, im Kinderzimmer ist alles sauber, die Spuren waren auf dem Linoleum Fußboden in dem kleinen Zimmer daneben."

Baum begann zu schwanken, diese emotionale Achterbahn ließ ihn schwindelig werden. Weidel griff sofort nach seinem Arm.

„Dieses kleine Zimmer ist leider auch ein Kinderzimmer, obwohl es wie ein Abstellraum aussieht", krächzte er schwach. „Mensch, Baum, das nimmt dich aber mit. Es ist doch nicht das erste Mal, dass wir so etwas sichtbar gemacht haben", wunderte sich der Kollege. Baum hatte sich schnell wieder im Griff und entschuldigte sich mit seinem Ekel und seinem leeren Magen.

Als sich alle verabschiedet hatten, blieben Baum und Weidel noch einen Moment vor der Tür und rauchten. Baum war den Tränen nahe. Damit hatte er nicht gerechnet, hätte aber mit einem solchen Ergebnis rechnen müssen. Minis Angst, als er sie gestern geweckt hatte, war doch ein sicheres Zeichen, dass das, was sie bisher erzählt hatte, nur das war, was man erzählen konnte, aber nicht was wirklich vorgefallen war.

Sie gingen wieder hinein, nahmen das Klötzchen aus dem Türspalt und schlossen die Tür geräuschvoll. Frau Lechner saß noch immer in der gleichen Position. Sie schreckte etwas hoch, als sei sie während der langen Zeit des Wartens eingenickt.

„Was haben Ihre Kollegen denn Interessantes gefunden?", fragte sie naiv und ohne echtes Interesse. Baum setzte sich auf seinen Platz und wusste nicht, wie er es ihr beibringen sollte. Er entschied sich für den kürzesten Weg. „Meine Kollegen haben in Minis Zimmer Sperma- und Blutspuren gefunden."

Frau Lechner schlug sich die Hand vor den Mund und erwiderte gar nichts. Baum vermutete, dass sie auch bei dieser grässlichen Nachricht nur an sich selbst dachte, dass man ihr als Mutter einen Vorwurf daraus machen könnte. Er resignierte innerlich und war zu niedergestreckt, um die Mutter jetzt in die Mangel zu nehmen und mit genau diesen gefürchteten Vorwürfen aufzuwarten.

Weidel schwieg und beobachtete aufmerksam Schließlich tat Frau Lechner einen langen Atemzug und richtete sich an Baum. „Ja, Herr Kommissar, bitte kümmern Sie sich um meine Tochter und holen Sie sie hier weg, bevor mein Mann wieder auftaucht." Dann begann sie zu weinen. „Meine großen Kinder kommen gleich zum Abendbrot und bringen Mini wieder mit. Sie waren heute zusammen im Englischen Garten. Was für schreckliche Dinge muss ich ihnen erzählen?"

„Achten Sie bitte unter allen Umständen darauf, dass Mini nicht dabei ist, wenn Sie mit Ihren großen Kindern sprechen. Ich hole Sie beide morgen um 11.00 Uhr ab, bitte sagen Sie Mini das."

Frau Lechner versprach es und die beiden Kommissare verabschiedeten sich höflich, aber bedrückt.

Sie beschlossen, runter ins Klosterbräustüberl zu fahren. „Du musst etwas essen, auch wenn dir der Appetit für alle Zeit vergangen ist", sagte Weidel zu ihrem Kollegen. Er ließ den Kopf hängen, bestätigte aber, dass sie Recht hatte.

Nach seinen geliebten Semmelknödeln mit Schwammerln und einem Zigarillo fühlte er sich etwas besser. Weidel versuchte ihn zu beruhigen „es war zu erwarten, dass da noch Dinge zutage treten würden, aber bitte denk daran, dass Mini das bereits hinter sich hat, und trotzdem die Mini ist, die du kennst. Es gibt jetzt keinen Grund, zu verzweifeln. Wir müssen die Fakten kühl und sachlich behandeln, um einen schwierigen Fall aufzuklären. Außerdem hatten wir uns vorgenommen, im Internat mit der dortigen Heimleitung zu sprechen. Lass uns da so schnell wie möglich einen Termin machen, um weitere Informationen zu sammeln. Dann erst versuchen wir, uns ein deutliches Bild zu machen und die Geschehnisse mit dem Verschwinden Lechners in Zusammenhang zu bringen. So viele Fakten wie möglich und dann ein intensives Brainstorming, vielleicht sogar mit Hauser zusammen, danach werden wir mehr wissen."

Baum schaute sie aufrichtig dankbar an. „Deinen kühlen Kopf brauchen wir, das ist ein hervorragender Plan, auch, dass wir Hauser dazu nehmen. Das machen wir am Freitag. Morgen müssen wir zum Vormundschaftsgericht, dann lass uns den Donnerstag für das Internat ins Auge fassen. Mach uns bitte einen Termin, okay?" Weidel bestätigte seinen Wunsch und sie saßen noch eine Weile schweigend unter den beiden Hackerbräu-Laternen mit dem Heizstrahler über ihnen. Es hätte gemütlich sein können, aber sie fühlten sich beide leer und niedergedrückt.

„Komm", sagte Weidel nach einer Weile des Schweigens, „lass uns heimfahren und lieber etwas früher ins Bett gehen. Vielleicht gelingt es uns, das heute Gehörte gründlich wegzuschlafen!" „Das machen wir, versuchen wir es mit Schlaf, vielleicht das Einzige, zu dem ich heute noch in der Lage bin" stöhnte Baum.

Der Berufsverkehr war heute gnädig mit ihnen und nach einer zügigen Fahrt waren sie schon um halb acht an Weidels Trambahn Haltestelle.

„Ach, weißt du was, heute fahre ich dich mal direkt nach Hause", sagte Baum freundlich.

„Dann musst du wieder umkehren und links abbiegen, das Schloss liegt hinter uns." „Welches Schloss?", fragte Baum zerstreut.

„Ich wohne doch in einem ehemaligen Gesindehaus von Schloss Nymphenburg, schon vergessen?"

„Entschuldige bitte, nein, nicht vergessen" antwortete er zerstreut „ich kenne den Weg natürlich noch." Baum wendete auf der vierspurigen Straße mit einem U-Turn und fuhr Weidel bis vor ihr Zwergenhäuschen. Sie drückte seine Hand und verabschiedete sich.

„Kannst gerne morgen früh wieder hier stehen", witzelte sie, „dann kann ich 15 Minuten länger schlafen."Baum nickte ihr zu und versicherte, um halb neun wieder hier zu sein.

„Marta!", rief er nur, als er wieder allein im Auto war. Er beeilte sich, nach Hause zu kommen, und hätte fast sein Blaulicht aufs Dach gestellt, um Vollgas geben zu können, aber er beherrschte sich. Zu Hause hatte er als Erstes das Bedürfnis nach einem Bad, als könne er den Schmutz des heutigen Tages von seiner Haut schrubben. Er nahm sich seine Zigarillos mit und ein Glas Rotwein. Im Wohnzimmer spielte Oscar Petersen laut genug, dass er es im Badezimmer hören konnte. Seine Kleidung ließ er Stück für Stück auf den Boden fallen. Mit dem Fuß trat er sie achtlos in eine Ecke unter das Waschbecken und wollte sie heute nicht mehr sehen.

Als er ins warme Wasser stieg und mit dem Kopf unter Wasser tauchte, schluchzte er einmal kräftig auf und fühlte sich erleichtert, trank einen Schluck Wein und rauchte in das Dunkel des Badezimmers hinein. Im schwachen Licht der Straßenlaternen lag er ruhig und entspannt. Gleich würde er Marta anrufen, und sie würde wie immer die richtigen Worte finden, da war er sicher.

In ein großes Badetuch gehüllt und trotzdem noch den Bademantel darüber, setzte er sich in seinen Lieblingssessel und nahm das Telefon auf den Schoß. Sie war sofort am Apparat und freute sich, dass er heute einmal früher zu Hause war.

„Ich habe sogar schon gebadet und ein volles Glas Rotwein steht neben mir. Nur du fehlst mir sehr!"

„Ach, mein Liebster, du fehlst mir auch so sehr. Es war wunderbar, dass wir uns am Wochenende so vollkommen unerwartet sehen konnten. Seitdem ist es viel schwerer, ohne dich zu sein", antwortete sie zärtlich. „Wie geht es Mini, bist du schon offiziell ihr Papa?", fragte Marta gespannt.

„Morgen haben wir den Termin beim Familiengericht, da wird Mini mit einer Psychologin sprechen, oder die Psychologin mit ihr. Ich habe keine Ahnung, wie sie sich in so einer unbekannten Situation verhalten wird", erwiderte Baum. „Aber sie ist doch ein schlaues Mädchen und wird wissen, worum es geht. Mach dir bitte keine Sorgen", bat Marta ihn.

„Weißt du, wir haben heute die Spurensicherung ins Haus bestellt. Weidel hatte die Idee, dass sie vielleicht etwas finden, das auf einen Tötungsdelikt im Haus hindeuten könnte. Wir treten ziemlich auf der Stelle."

„Und ich höre es deiner Stimme an, dass sie etwas gefunden haben, was dir gar nicht gefiel?"

Baum holte tief Luft und berichtete ihr gnadenlos. Was ihm besonders erwähnenswert schien war die Tatsache, dass sie Minis Zimmer nicht als Kinderzimmer erkannt hatten. Er berichtete von dem kurzen Blitz seiner Erleichterung, als der Kollege mitteilte, das Kinderzimmer sei sauber, bevor die

Richtigstellung ihm fast den Boden unter den Füßen weggezogen hatte. „Morgen früh werden wir vielleicht erfahren, ob die Spuren von mehreren Vorkommnissen stammen und ob das Blut mit dem von Lechner übereinstimmt. Ich hoffe sehr, dass es nicht von Mini stammt."

Im Telefon blieb es länger still, sie hörten sich gegenseitig atmen, aber niemand sagte etwas. Baum nahm einen großen Schluck Wein und lauschte aufmerksam auf Martas Stimme

„Weißt du, das ist jetzt eine Situation durch die ihr beide durch müsst. Mini muss sich dieser Geschehnisse entledigen, indem sie sie aussprechen darf. Und du musst ihr zuhören. Auch wenn es einfach ungeheuerlich ist, was du zu hören bekommen wirst, du musst dich dafür interessieren, dich mit ihr verbünden in diesem schrecklichen Leid, das sie erlitten hat. Nur so kann sie es hinter sich lassen, es als stumpf und ungefährlich empfinden, wenn sie später noch einmal daran denken muss."

Baum nickte und legte den Kopf zurück. „Ja, natürlich hast du Recht. Ich werde mich zusammenreißen, so wie immer in solchen Fällen. Hoffentlich gelingt mir diesmal der Spagat zwischen Kommissar und Vater."

Sie sprachen sicher noch eine Stunde zusammen. Marta erzählte von ihren Eltern und von Frau Nowak, die sie gestern angerufen hatte, um sich mit ihr zu treffen. Sie waren zu Mittag in einem Restaurant gewesen und hatten sich bestens unterhalten. Martas Mutter war auch mit dabei gewesen und die drei Frauen hatten einen schönen Tag miteinander verbracht. Es sei nicht ausgeschlossen, dass sich da eine Freundschaft zwischen ihrer Mutter und Frau Nowak anbahnte. Ein weiteres Treffen bei ihr in der Wohnung sei bereits geplant, wo Marta ihre Mutter wieder abholen würde.

Baum freute sich über diese Entwicklung, denn er hatte diese Frau irgendwie ins Herz geschlossen. Ihr Schicksal, ihre Aufrichtigkeit und ihre Klugheit beeindruckten ihn, und dass Martas Mutter sie ebenfalls sympathisch fand, bestätigte ihm, dass er sich nicht getäuscht hatte. Was gab es Schöneres, als sich im späten Alter kennenzulernen und eine echte Freundschaft entstehen zu lassen? Er versprach, bald wieder ein Wochenende nach Breslau zu kommen, vielleicht sogar wenn der Fall abgeschlossen war und er Frau Nowak berichten konnte.

Mit dieser tröstenden Aussicht streckte er sich in seinem Bett aus, beobachtet noch eine Weile die flackernden Lichter der vorbeifahrenden Autos an seiner Zimmerdecke und schlief ein.

16

Pünktlich stand er vor Weidels Häuschen, um sie abzuholen. Er erzählte ihr, dass Frau Nowak und Martas Mutter sich kennengelernt hatten und sich gut verstanden. Dass sie unfreiwillig eine Freundschaft zwischen den beiden Frauen gestiftet hätten, was für Frau Nowak bestimmt ein Gewinn sei. Martas Mutter – das wusste Baum – war eine intelligente Frau, die ihre ganz eigene Meinung zum Weltgeschehen hatte, und so war er sicher, dass die beiden Frauen eine Menge Gesprächsstoff haben würden.

Weidel war genauso begeistert. „Wie herrlich! Ich hatte nämlich das Gefühl, als sei Frau Nowak recht einsam und dass sie sich mit ihrem Leben in Polen zu sehr auf die Sühne für Deutschland beschränkte. Eine gute Freundin wird ihr Leben bereichern!"

Im Kommissariat wartete Hubert Hauser schon auf seinen Ermittler und es dauerte nicht lange und Baum wurde zu ihm gerufen.

„Du kommst mit" sagte er zu Weidel. „Er soll sich daran gewöhnen, dass wir zusammen an dem Fall arbeiten und dass du mehr bist als nur eine Assistentin."

Sie betraten das Büro des Kriminalrats und setzten sich erst nach Aufforderung.

„Was gibt es zu berichten?", eröffnete Hauser das Gespräch. Baum streckte sich wie immer in diesem Designersessel aus und hob an, in knappen Sätzen und mit einem Zigarillo zwischen den Lippen zu berichten.

„Sperma- und Blutspuren im Zimmer des Kindes und heute Mittag den ersten Termin beim Vormundschaftsgerichts mit Mutter und Kind. Weidel wird uns begleiten und sich je nach dem mit dem Mädchen die Zeit vertreiben, wenn wir befragt werden."

Hausers Gesichtsausdruck ließ für einen Moment Ekel erkennen und Trauer. Baum nahm es dankbar zur Kenntnis und wartete geduldig auf seine Erwiderung.

„Das ist ja fürchterlich, verdammt noch mal, was für einen Mann suchen wir da eigentlich? Wäre es nicht besser, er bliebe verschwunden und verbringt seinen Lebensabend sonst wo?"

„Wer weiß, was er dann sonst wo anrichten wird. Wahrscheinlich ist es besser, wir finden ihn und stellen ihn vor Gericht", erhob erstmals Weidel ihre Stimme.

Hauser sah sie einen Moment irritiert an, als registriere er jetzt erst, dass sie anwesend war, und schüttelte dann den Kopf. „Wisst ihr, was das bedeuten würde, wenn wir ihn vor Gericht stellen? Dieser General Bertold und der Oberstaatsanwalt wollen keinen Skandal."

Baum kniff fest in die Lederarmkissen seines Sessels und empörte sich: „Was erwarten denn die beiden Golf Freunde von uns?"

Hauser zuckte zusammen und hob beschwichtigend seine Hände. „Das will ich dir sagen. Sie erwarten, dass er wie geplant in sechs Wochen in den regulären Ruhestand verabschiedet wird. Mit allen Ehren, die in so einem Fall üblich sind. Danach dürfen wir ihn festnehmen, wenn die Beweise wasserdicht sind, aber kein Wort zur Presse. So stellen sie sich das vor, ohne Trara, heimlich still und leise an jeder Öffentlichkeit vorbei.

Baum hatte einen roten Kopf und schluckte schwer. „Und bis dahin kann er sich weiter an dem Kind vergehen, oder wie darf ich das verstehen? Weißt Du wie lang sechs Wochen sind? Hubert, das kannst du doch nicht zulassen, damit machen wir uns strafbar vor unserem Herrgott."

Hauser atmete schwer und zog gierig an seiner Zigarette „wir wissen ja noch gar nicht, ob sich dein Verdacht bestätigt. Bisher haben wir nur einen Psycho-Stiefvater, der das Kind abwertend behandelt. Darauf steht leider keine Gefängnisstrafe. Schnappt euch den Kerl endlich. Solange wir nicht wissen, was wirklich passiert ist, können wir keine Pläne machen."

Baum legte seinen Kopf in den Nacken „Sperma- und Blutspuren im Kinderzimmer, aber wir wissen nicht, ob sich der Verdacht bestätigt?" fragte er scharf und schaute auf seine Armbanduhr „Wir müssen sowieso gleich aufbrechen, um Mutter und Tochter abzuholen. Morgen haben wir einen Termin mit der Heimleitung des Internats und am Freitag könnten wir uns dann ausführlich zusammensetzen und alle Fakten auf den Tisch packen, was hältst du davon?"

Hauser war froh über den kleinen Aufschub und bestätigte, dass er das für einen guten Plan hielt. Baum und Weidel verabschiedeten sich und betraten gemeinsam ihr kleines Büro. Sie teilten sich den Rest Kaffee aus der Thermoskanne und setzten sich gegenüber an den großen Schreibtisch, jeder in Gedanken versunken.

„Könntest du mal eben bei der KTU anrufen, ob es schon Erkenntnisse zu den Blut- und Spermaspuren gibt?", fragte Baum sie freundlich.

„Der Bericht ist schon da, entschuldige. Ich hatte ihn eigentlich mit zum Hauser nehmen wollen, habe es aber vergessen. Ja, die Spermaspuren sind – soweit es feststellbar ist – unterschiedlich alt, und das Blut ist das von Lechner – nicht von Mini!" Baum war erleichtert und schloss für einen Moment die Augen.

„Es macht schon einen unglaublichen Unterschied, unter welchen Voraussetzungen wir jetzt diesen Fall bearbeiten", begann Weidel ihre Gedanken zu formulieren. „Stell dir vor, du wärest nicht so persönlich betroffen, dann wären wir natürlich auch entsetzt, aber es wäre längst nicht so tief wie jetzt. Es heißt immer, persönliche Betroffenheit disqualifiziert uns von der Bearbeitung – warum eigentlich? Ich habe das Gefühl, als ob es genau das Persönliche ist, das unseren Motor jetzt antreibt."

Baum sah sie aufmerksam an. „Ja, in unserem Fall schon, aber es gibt da natürlich auch ganz andere Arten der Betroffenheit. Etwa, dass man bei Aufklärung etwas zu verlieren hätte, sei es in finanzieller Hinsicht oder aufgrund freundschaftlicher Verbindungen. Hier in unserem Fall glaube ich aber auch, dass wir gut mit der persönlichen Note fahren, Du hast recht, sie treibt uns an!"

Baum drehte sich zum Fenster und legte seine Beine auf die niedrige Fensterbank. „Ich brauche ein Zigarillo, um mir meine Taktik für heute Mittag zurechtzulegen." Er hörte ihr Feuerzeug hinter sich, damit war alles gesagt. Ruhig und konzentriert rauchten sie sich tief hinein in ihre Gedanken.

Um halb zehn brachen sie auf. „Lieber etwas früher da sein, nicht, dass wir zu spät im Gericht erscheinen, der Termin ist um 13.00 Uhr. Im Grunde genommen könnten wir uns auch direkt dort treffen, aber ich habe dich auch während der Fahrten lieber an meiner Seite."

„Das will ich doch wohl hoffen!" Weidel knuffte ihn freundschaftlich in die Seite.

Um viertel vor elf klingelten sie an der Haustür der Lechners. Frau Lechner öffnete ihnen sofort und Mini stand hinter ihr. Beide sahen hübsch aus. Die Mutter hatte sich dezent geschminkt und steckte in einem schlichten Kostüm. Die Haare waren frisch getönt, nur das Parfum war für Baums Nase etwas zu intensiv.

Mini strahlte ihn an. Sie trug einen dunkelblauen Faltenrock, weiße Kniestrümpfe und einen hellblauen Pullover. Ihre wilden Haare waren zu zwei Zöpfen gebannt und sogar eine Haarspange hatte sie erlaubt. Baum öffnete den beiden schmunzelnd die Autotür und Mutter und Tochter ließen sich auf der Rückbank nieder. Im Spiegel beobachtete Baum, wie Mini ein wenig abrückte, um besser aus dem Fenster sehen zu können. Ein kurzer Blick zu Weidel auf dem Beifahrersitz und er startete den Wagen.

„Wie gut, dass das Internat sowieso geschlossen ist", begann die Mutter das Gespräch. „Dann müssen wir wenigstens nicht erklären, warum Mini heute nicht in die Schule gehen kann." Der Satz blieb ein paar Minuten in der Luft hängen. Die Kommissare antworteten nicht sofort und Frau Lechner fiel offensichtlich keine Fortsetzung ein. Erst nach einer ganzen Weile fragte Mini: „Was muss ich denn der Frau eigentlich erzählen?"

Baum sprach ihr beruhigend zu: „Du *musst* gar nichts erzählen. Sie wird dich vielleicht dies und das fragen, und es wird sich wie von selbst ergeben, dass ihr ins Gespräch kommt. Diese Frau hat große Erfahrung mit Kindern. Ich verspreche dir, dass du sie sehr nett finden wirst." Minis Miene entspannte sich und er sah zu seinem Erstaunen im Rückspiegel, wie sie zu ihrer Mutter rückte und den Kopf an ihre Seite legte. Sein Erstaunen wuchs, als er Züge der Rührung im Gesicht der Mutter entdeckte.

Sofort ereilten ihn Zweifel, ob es richtig war, seinem starken Impuls nachzugeben. Welche Aufgabe in ihrem Leben hatte die Mutter noch, wenn er ihr Mini wegnahm? Aber an wen musste er in erster Linie denken, an das Kind oder an die Mutter?

Trotzdem stellte er fest, dass er eigentlich nie mit Sympathie an die Mutter gedacht hatte. Sie war für ihn im Rahmen der Ermittlung eine Schuldige. Er hatte nur Sympathie für das Kind, das die Mutter nicht beschützt hatte. Aber dass sie selbst auch ein Opfer war und seine Hilfe beanspruchen durfte, war nicht einen einzigen Augenblick in seinen Gedanken aufgetaucht.

Ja, das Kind überforderte sie maßlos, das hatte sie mehrfach angegeben, aber was, wenn ihr Ehemann und damit die ständige Angst nicht zurück in ihr Leben kommen sollte …? Welches Recht hatte er, sie für erziehungsunfähig zu erklären, wenn sie noch nie den Raum und die Ruhe hatte, sich als Mutter dieses kleinen Mädchens zu beweisen? Er nahm sich vor, den Aspekt mit der Psychologin zu besprechen, und fühlte sich wohl mit diesem Gedanken.

Er konnte nicht ein Kind retten und eine Mutter in den Abgrund eines ziel- und haltlosen Lebens fallen lassen. Ja, sie hatte noch drei erwachsene Kinder, die in der Verantwortung standen, aber konnten sie diese Verantwortung tragen? Konnte er es als Fremder? Vertrauen hatte sie in ihn, sonst säße sie jetzt nicht in seinem Auto. Sie hatte weder darauf bestanden, dass sie von ihren erwachsenen Kindern begleitet wird, noch hatte sie anwaltlichen Beistand verlangt. Die Entdeckung der Spurensicherung hatte sie komplett niedergedrückt und sie saß in seinem Auto aus purer Einsicht, dass sie auf ihre Tochter verzichten musste, um sie zu retten. Baum war tief bewegt. Marta fehlte ihm, aber nun war es zu spät, um zu telefonieren. Er musste allein entscheiden.

Sie fanden ihr Ziel schnell. Weidel hatte sich vorab schlau gemacht, in welche Etage und in welches Zimmer sie mussten. Das Gebäude des Amtsgerichts war riesig und ohne Weidels Vorarbeit hätten sie viel Zeit mit dem Suchen des Familiengerichts verloren. Stattdessen standen sie schnell vor dem entscheidenden Raum und nahmen auf der Stuhlreihe im Flur Platz. Mini baumelte mit den Füßen, die Mutter saß still daneben und Baum gelang es kaum, irgendwie bequem zu sitzen.

Weidel war unterwegs, um das Prozedere abzufragen. Als sie zurückkam, gab sie an, dass Frau Dr. Sterzinger zuerst über den Stand der Ermittlungen informiert werden möchte, dann mit Mutter und Vormund sprechen und sich erst zuletzt mit Mini beschäftigen würde.

„Sie meint, wir hätten bestimmt noch zwei Stunden Zeit, und könnten uns die kleinen Gorillas im Tierpark anschauen. Was hältst du davon, Mini, sollen wir in den Tierpark fahren?"

„Oh ja, gerne!", rief sie sofort. „Da wollte ich schon lange mal hin, darf ich Mama?" Etwas scheu sah sie ihre Mutter an, so als hätte sie Bedenken, dass sie nicht mitgenommen werden konnte, aber die Mutter forderte sie fröhlich auf, die kleinen Gorillababys herzlich zu grüßen, und wünschte ihr viel Spaß dabei. Also verließen Weidel und Mini Hand in Hand den tristen Flur des Familiengerichts und machten sich auf den Weg in den Tierpark.

Wenn auch Baum Stille im Allgemeinen mochte, so bedrückte sie ihn jetzt. „Frau Lechner, ich möchte, dass Sie nicht das Gefühl haben, allem hier zustimmen zu müssen. Wir können auch gemeinsam mit der Psychologin nach anderen Wegen suchen."

Frau Lechner hatte wieder ihr Taschentuch in den Händen, das sie rollte und knetete. Mit leiser Stimme antwortete sie: „Aber welche anderen Wege kann es denn geben, um Mini in Sicherheit zu bringen? Wenn mein Mann wiederkommt, wird er nicht damit aufhören. Er wird sich höchstens von mir scheiden lassen, wenn die Kleine nicht mehr da ist. Da bin ich inzwischen sehr sicher."

„Aber Frau Lechner, Sie gehen von falschen Voraussetzungen aus. Wenn Ihr Mann wieder auftauchen sollte, wird er festgenommen und wegen Missbrauchs Ihrer Tochter vor Gericht gestellt. Er wird mehrere Jahre im Gefängnis sitzen – wie viele, hängt von den weiteren Ermittlungen ab. Der Missbrauch von Schutzbefohlenen ergibt zudem ein weitaus höheres Strafmaß. Sie werden auf jeden Fall von ihm erlöst sein."

„Ach, stellen Sie sich diesen Skandal vor! Seine Schwägerin würde seine Kinder im Saarland behalten und ich säße dann tatenlos in diesem grässlichen Haus. Nein, das könnte ich nicht ertragen. Da ist es besser, wenn Mini bei Ihnen ist, und ich Bayern verlasse und wieder zurück ins Rheinland ziehe, wo zwei meiner großen Kinder leben."

Baum hatte aufmerksam zugehört und das Wort ‚grässlich' für dieses Haus nicht überhört. „Mir hat dieses Haus auch nicht gefallen, und wenn Sie es noch mit unangenehmen Erinnerungen besetzen müssen, wäre es wirklich besser, dort wegzuziehen. Aber Sie könnten auch in München wohnen und in der Nähe von Mini sein. Nach Passau wäre es nicht so weit, wo Ihre große Tochter mit den Kindern wohnt."

Sie wurden unterbrochen, weil Frau Dr. Sterzinger herauskam und sie begrüßte. Sie standen beide auf und gaben ihr die Hand. Baum vergewisserte sich, dass es in Ordnung ist, wenn er als Erstes hineinginge und sie dann nachhole. Die Mutter war einverstanden. „Aber natürlich, machen Sie sich keine Gedanken, ich warte hier" antwortete sie brav.

Der Raum, den er jetzt betrat, war ganz nach seinem Geschmack – dort würde sich Mini wohlfühlen. Die große Stirnwand war wunderschön gestaltet. Es waren in bunten Farben unzählige Kinder darauf gemalt. Manche waren traurig, manche lachten, manche waren wütend. Sie waren sehr natürlich dargestellt, keine Comic Zeichnungen, sondern genau so, wie man die Kinder in einem Kindergarten oder in der Schule antraf. Dann gab es eine herrliche Lümmelecke mit dicken bunten Kissen, Bilderbüchern, Buntstiften und großen Blöcken mit Papier. Kleine und große Stühle drum herum und auch eine Schale mit kleinen Gummibärchentüten stand zum Hineingreifen auf einem niedrigen Tisch bereit. Eine Atmosphäre, in der alle Voraussetzungen erfüllt waren, die einem Kind Vertrauen gaben.

„Ja, hier sehen Sie unsere Kinderwand, ich verwende die einzelnen Gesichter, um festzustellen, mit welchen Kindern sich meine kleinen Patienten solidarisieren. Dann ist es leichter, in das eigens Erlebte überzuleiten und sie zum Erzählen zu bewegen." Baum wusste sofort mit welchem Kindergesicht Mini sich solidarisieren würde, es war das wütende Gesicht eines Jungen unten rechts. Er merkte sich schnell, was für Anziehsachen er trug, um Mini irgendwann einmal danach fragen zu können.

„Erst einmal herzlichen Dank, dass Sie sich unserem Anliegen widmen werden", begann Baum das Gespräch. „Ich weiß nicht, inwieweit Sie schon in Kenntnis gesetzt wurden."

„Ich weiß nur, dass sich im Zuge der Klärung eines Vermisstenfalls ein erheblicher Missbrauchsverdacht ergeben hat und dass Sie als Hauptkommissar mit der Mutter des Kindes übereingekommen sind, dass sie die Vormundschaft des Kindes an Sie abtreten wird, da sie selbst weder willens noch in der Lage sei, ihr Sorgerecht zum Wohle des Kindes auszuüben. Zugegeben, einen solchen Fall hatte ich in meiner 30-jährigen Berufspraxis noch nie."

„Ich gebe Ihnen Recht, dass das ziemlich ungewöhnlich ist, aber nun stehen wir da, wo wir stehen. Was möchten Sie von mir wissen? Ich werde Ihnen schonungslos Auskunft geben."

Die Psychologin beugte sich etwas vor und blickte in den schmalen Hefter, der auf ihrem Schreibtisch lag. „So weit mir bekannt, wissen Sie noch nicht, ob sich der Verdacht auf Missbrauch überhaupt bestätigen wird. Das Kind wurde noch nicht untersucht."

„Das möchte ich auch gerne vermeiden. Sie soll in so wenige Stresssituationen geraten wie möglich. Was wir bereits sicher wissen, ist, dass der Missbrauch seelischer Natur war. Der verschwundene Dr. Lechner hat das Mädchen permanent abgewertet und sie gleichzeitig sehr dominant beherrscht. Sie durfte nicht in den Brotkorb nach einer Brezel greifen, sonst brach ein Donnerwetter los, und sie wurde über Stunden in einem Raum hinter der Garage eingeschlossen, wo sie sich auf einen Kühlschrank flüchten musste, um im Winter nicht bitterlich zu frieren. Es gab eine Art Routine am Abend, die sich Waschkontrolle nannte. Die Mutter berichtete, dass dies ständig mit viel Geschrei verbunden war. Und schließlich haben wir gestern die Spurensicherung im Haus gehabt, die Sperma- und Blutspuren vor dem Bett des Kindes auf dem Linoleum Fußboden gefunden haben. Ich denke, wir können ohne jeden Zweifel auch von körperlichem also sexuellem Missbrauch sprechen, obwohl wir noch nicht genau wissen, was vorgefallen ist."

„Da gebe ich Ihnen recht", antwortete die Psychologin. Sie war selbst bei dem Wort ‚Waschkontrolle' blass geworden. Baum hatte es dankbar zur Kenntnis genommen, dass dieses Wort wohl den gleichen Widerwillen bei ihr auslöste wie bei ihm.

„Aber sprechen wir einmal über Sie. Sie sind 50 Jahre alt, seit vier Jahren verheiratet mit einer Professorin für vergleichende Literaturwissenschaften und leben seit Ihrer Geburt in München. Warum haben Sie keine eigenen Kinder?"

Baum rutschte auf seinem Stuhl herum und antwortete ehrlich und ohne Umschweife. „Ich bin ein Hüter über Gut und Böse, und ich habe einfach zu viel Böses in meinem Leben gesehen. Ich bin ja sozusagen vollkommen im Bilde, was die verschiedensten Verbrechen anbelangt und Kinder sind leider auf dem Weg, das begehrteste Handelsgut zu werden. Es ist das meiste Geld mit ihnen zu verdienen, mehr als mit Rauschgift, und die Konsumenten laufen nicht Gefahr, an ihrer Sucht zu sterben – umgekehrt ist die Gefahr leider hoch. Eigene Kinder in eine solche Welt zu setzen, habe ich einfach nicht gewagt. Ich habe einen über alle Maßen ausgeprägten Beschützerinstinkt und die Vorstellung hat mich unsagbar belastet, dass ich trotz meines Berufes, trotz meiner diversen Möglichkeiten irgendwann einmal nicht in der Lage sein würde, mein Kind zu schützen. Auf einer Bank an einem Spielplatz zu sitzen, abgelenkt durch einen Anruf, mein Kind aus den Augen zu verlieren, hat mich Tag und Nacht verfolgt. Und dann war es irgendwann zu spät, um an Kinder zu denken. Ich hatte keine tragfähige Partnerschaft und lebte lange Zeit nur für meinen Beruf."

„Aber warum jetzt? Das Mädchen ist immerhin schon zehn Jahre alt. Wie konnten Sie innerhalb von nur einer Woche wissen, dass Sie für dieses Kind sorgen wollen?", fragte die Psychologin sachlich.

„Das ist auch für mich eine ganz neue Situation und ein Mysterium obendrein, ich fühlte mich sofort väterlich zu diesem Kind hingezogen. Es gab da in mir eine Stimme, die mich regelrecht beauftragt hat, mich diesem Kind anzunehmen, es zu behüten, zu fördern und glücklich zu machen. Nennen wir es Seelenverwandtschaft oder eine feste Verabredung aus der Zeit, wo wir beide noch nicht geboren waren, es ist ein sehr starkes Bedürfnis, diese Verantwortung jetzt zu tragen. Ich glaube sogar, dass es sozusagen ein Etappenziel meines Lebens ist und dass ich einzig aus diesem Grund keine eigenen Kinder bekommen habe."

Die Psychologin hatte aufmerksam zugehört und lächelte, als er geendet hatte. „Das ist eine schöne Erklärung mit dieser sogenannten Verabredung. So wenig sie auch erklärt, so treffend ist sie dennoch. Wie steht es mit der Mutter? Sie müssen gleich beide eine Unterschrift leisten. Ist sie unbeeinflusst davon überzeugt, dass sie das Beste für ihre Tochter tut?"

Baum hatte auf diese Frage gewartet und war froh, ihr jetzt mitteilen zu können, welche Gedanken er sich selbst während der Fahrt gemacht hatte. „Unbeeinflusst kann ich nicht behaupten. Sie ist eine schwache, ängstliche Frau und als ich ihr von meinem Ansinnen erzählt habe, war sie erstaunlich schnell dazu bereit, mir ihre Tochter anzuvertrauen. Ich glaube, sie hat in erster Linie Angst, mit ihrem Versagen vor der Öffentlichkeit zu stehen. Daran bin ich in gewisser Weise mitschuldig, denn ich habe ihr gesagt, dass der Weg über ihr Einverständnis weniger peinlich für sie wäre", gestand Baum beschämt.

„Und jetzt haben Sie auf einmal Zweifel, dass Sie das richtige getan haben?", fragte Frau Dr. Sterzinger.

„Ich habe unterwegs im Rückspiegel gesehen, dass Mini den Kopf an die Seite ihrer Mutter legte und dass die Mutter einen sehr liebevollen Gesichtsausdruck bekam. Darum bin ich auf einmal unsicher, ob ich das Richtige tue, und erkenne, dass ich nur an das Kind dachte, aber nie daran, was aus der Mutter wird, wenn sie ihr Kind aufgeben muss. Natürlich kann sie sie immer und jederzeit besuchen, aber reicht das?"

Einen Moment blieb es still und die Psychologin sah nachdenklich aus dem Fenster. „Ich muss sagen, dass es mich beeindruckt, dass Sie auch an die Situation der Mutter dabei denken. Ich werde Sie jetzt bitten, draußen Platz zu nehmen und, entgegen dem vorgesehen Ablauf, erst noch ein ausführliches Gespräch mit der Mutter alleine führen."

Baum stand von seinem Stuhl auf und bedankte sich vorab. Draußen saß Frau Lechner zusammengesunken und knetete immer noch ihr Taschentuch. Beim Öffnen der Tür erhob sie sich brav und machte ein freundliches Gesicht.

„Der Ablauf hat sich etwas geändert", sagte Baum. „Jetzt bin ich an der Reihe, zu warten, und Sie können erst einmal mit der Psychologin allein sprechen."

Sofort warf sie ihm einen ängstlichen Blick zu. „Aber Sie haben mir doch versprochen, dabei zu sein", hob sie an.

„Machen Sie sich keine Gedanken, Sie können sich ganz frei fühlen. Bei Frau Dr. Sterzinger kann man keine Fehler machen, Sie versteht alles, auch wenn man es falsch ausdrückt."

Getröstet ging sie auf die Psychologin zu, die sie warmherzig unterhakte und hineinführte.

Frau Lechner sah sich im Zimmer um und stellte vielleicht fest, welche Unterschiede es doch bei der Gestaltung von Zimmern gab. Auf die Aufforderung, sich zu dem Vormundschaftswechsel zu äußern, reagierte sie sehr klar. Dass sie ja wirklich nicht in der Lage sei, ihr Kind zu beschützen und zu erziehen.

„Ich dachte immer, dass sie einfach ein wildes, freches Kind ist, das sich trotzig gegen seinen Stiefvater wehrt, vielleicht auch um mich zu ärgern, aber ich bin nie auf die Idee gekommen, dass er ihr etwas antun könnte, gegen das sie sich wehren musste. Ich habe längst die Entscheidung, mit ihr zu diesem Mann zu ziehen, bereut, das können Sie mir glauben. Er hat sich so weltgewandt gegeben, so höflich und zuvorkommend. Ich dachte wirklich, dass sich endlich ein wenig Glück für mich zeigt und damit auch für mein kleines Mädchen." Bei dieser Formulierung wurde ihre Stimme etwas eng, und die Psychologin wusste, dass sie sich jetzt am liebsten ausweinen würde, darum wartete sie einen Moment, bevor sie die nächste Frage stellte.

„Warum glauben Sie, wird Ihre Tochter bei Hauptkommissar Baum ein besseres Leben führen können?"

„Weil ich so wenig Ahnung davon habe, was gut für sie ist. In den letzten drei Jahren haben wir uns irgendwie verloren. Mein Mann hat ständig den Kontakt zwischen uns unterbunden. Ich durfte nie mit ihr einen Ausflug machen, oder ihr etwas kaufen. Er hat alle Aufgaben an sich gerissen, sogar mit Schulsachen hat er sie selbst ausgestattet und ihre Unterwäsche gekauft. Wenn er mal an einem Sonntag ins Krankenhaus musste, waren wir beide nicht richtig entspannt, weil wir Angst davor hatten, dass er wiederkommt.

Es gab eine sehr unschöne Begebenheit an einem dieser Sonntage im letzten Winter. Ich backte in der Küche Stollen für Weihnachten und Mini saß im großen Salon auf der Couch. Ich hatte ihr erlaubt, ihre kleine Katze mit hineinzunehmen, weil es draußen schon so kalt war und hoher Schnee lag. Da war sie sehr froh und saß ganz still mit dem Kätzchen auf dem Schoß. Ich glaube, in dem Augenblick war sie zum ersten Mal wirklich glücklich in diesem Haus. Leider dauerte es nicht lange, denn auf einmal erschien mein Mann. Er war vom Krankenhaus zurück und stand in voller Montur im großen Salon. Er sah die Katze und begann sofort zu fluchen: ‚Was macht das Katzenvieh schon wieder im Haus', und solche Sachen. Die Katze hatte natürlich Angst vor ihm und verkroch sich sofort unter dem Eckschrank. Er schmiss sich theatralisch auf den Boden und versuchte unter dem Schrank die Katze zu greifen, aber sie floh kreuz und quer durchs Zimmer. Immer wenn er sie fast hatte, konnte sie ihm wieder entkommen. Mini schrie und weinte und wollte dazwischen, zog an seinem Anorak oder trat ihm gegen die Beine. Schließlich kletterte die kleine Katze in ihrer Angst die Seidentapete hoch. Da packte mein Mann ihren Schwanz und zog sie von der Wand ab, wo sie sich festgekrallt hatte. Laut fluchend ging er auf die Terrasse, da packte ihn das mutige kleine Tier und biss ihn mit spitzen Zähnen in die Hand. Das rote Blut tropfte in den Schnee und er schmiss den kleinen Körper wütend schreiend weit in den Garten hinein. Mini stürzte natürlich auch nach draußen und suchte ihre Katze. Sie hatte nur Socken an und keine Jacke. Der Schnee war tief und sie hat die Katze nicht wieder gefunden. Sie ist auch nie wieder aufgetaucht. Als sie die Suche weinend aufgab, hatte mein Mann die Terrassentür verriegelt und auch die Haustür. Mini konnte nicht hinein. Sie klopfte ans Glas der Terrassentür und rief schniefend nach mir, ihrer Mami, aber ich durfte sie nicht herein lassen. Ich war immer wie gelähmt, heute weiß ich wirklich nicht mehr, warum das so war. Ich wusste, dass sie sich in den Werkraum setzen konnte, und bin später zu ihr, um sie ins Internat zurückzufahren. Sie weinte die ganze Fahrt und ich war entsetzlich verzweifelt. Normalerweise hätte ich sie trösten müssen, ihr versichern müssen, dass wir dort wegziehen und sie keine Angst mehr haben müsste, dass sie ein neues Kätzchen bekommt und so weiter, aber ich konnte es einfach nicht. Wir hatten keine Alternative zu diesem Leben."

Frau Dr. Sterzinger hatte ruhig zugehört und sie nicht unterbrochen. „Ach, wissen Sie, liebe Frau Lechner, ein Leben ohne Alternative gibt es nicht, wir haben immer eine Alternative. Ich kann mir allerdings gut vorstellen, dass Ihnen die Zeit mit Ihrem Mann so zugesetzt hat, dass Sie den Blick für diese Alternative verloren haben, ebenso wie Ihr Vertrauen ins Leben und in Ihre eigene Kraft, dieses Leben zu gestalten. Ich halte es für das Allerbeste, wenn wir erst einmal für Sie eine Kur beantragen, damit Sie sich erholen können. Sie brauchen viele Stunden mit einem geschulten Zuhörer. So brechen wir jetzt nichts übers Knie und Sie teilen sich vorerst die Sorge für Mini mit dem Kommissar.
Wichtige Dinge entscheiden Sie gemeinsam. Das betrifft vordringlich das Aufenthaltsbestimmungsrecht sowie alle wichtigen Entscheidungen bzgl. Schule und Ausbildung. Was halten Sie davon?"
„Die Kur nehme ich sehr gerne und die Gespräche mit dem geschulten Zuhörer auch, aber bei Mini hätte ich es doch lieber, dass alles so läuft, wie der Kommissar es wollte. Ich möchte ihn nicht beschämen, indem ich ihm durch die geteilte Sorge zu verstehen gebe, dass ich Rechte behalten will, weil ich ihm nicht vertraue. Ich halte ihn im Gegenteil für einen grenzenlos vertrauenswürdigen Menschen. Er würde nie etwas tun oder entscheiden, was meiner Mini schadet oder sie traurig macht. Wenn sie mich sehen will, wird er das immer ermöglichen und die

beiden werden mich auch einbeziehen und fragen, wenn größere Entscheidungen anstehen, da bin ich sicher."

Frau Dr. Sterzinger war erstaunt über diese Antwort von Frau Lechner. „Das finde ich sehr schön, dass Sie so großes Vertrauen zu Herrn Baum haben. Ich empfinde ihn auch als sehr seriösen und vertrauenswürdigen Menschen, und dass Mini ihn mag, ist ja das wichtigste.
Dann machen wir es so, wie sie beide es geplant haben. Ich werde auch ihre Kur in die Wege leiten und bemühe mich, etwas sehr Schönes für Sie zu finden. Wenn Sie irgendetwas brauchen oder Fragen haben, melden Sie sich gerne bei mir. Ich gebe Ihnen auch meine private Telefonnummer unter der sie mich abends und an den Wochenenden erreichen können."
„Ich wäre sehr gerne Ihre Patientin, wenn das möglich wäre", startete Frau Lechner den Versuch, sich an bewährten Situationen festzuhalten. „Das wird leider nicht möglich sein, musste Frau Dr. Sterzinger sie enttäuschen, „denn ich arbeite ja in erster Linie als Begutachterin hier bei Gericht und nicht als Ärztin mit eigener Praxis, aber ich werde Ihnen auch in diesem Punkt gerne behilflich sein. Ich nehme an, dass Ihnen eine Frau für die Gesprächstherapie lieber wäre?"
„Oh ja, da haben Sie richtig vermutet. Vielen Dank für Ihre freundliche Unterstützung." Die beiden Frauen gingen gemeinsam zur Tür. Baum erhob sich höflich und nahm Frau Lechner in Empfang.
„Bitte warten Sie beide noch einen Moment, ich muss eben mein Diktiergerät benutzen, meine Noti-

zen überprüfen und die Unterlagen fertigstellen. Ich rufe Sie gleich wieder hinein."

Kurze Zeit später saßen sie gemeinsam vor dem Schreibtisch von Frau Dr. Sterzinger. Die Schriftstücke lagen zur Unterschrift bereit und die Psychologin ergriff noch einmal das Wort.

„Liebe Frau Lechner, lieber Herr Baum, ich habe Ihr Anliegen sorgfältig geprüft und bin zu der Überzeugung gelangt, dass Sie sich hier aus freien Stücken eingefunden haben, um zum Wohl von Veronika Schuster eine Vormundschaftsübertragung vorzunehmen. Ich habe der Mutter die alternative Möglichkeit gegeben, das Sorgerecht zwischen Ihnen beiden vorerst noch aufzuteilen, aber das Vertrauen von Frau Lechner in Herrn Hauptkommissar Baum war so groß, dass sie darauf verzichtet hat. Ich darf Sie nun also bitten, das Schriftstück zu unterschreiben und muss Sie gleichzeitig darauf hinweisen, dass Ihre Unterschriften noch keine Rechtskraft entwickeln – diese entsteht erst mit meiner eigenen Unterschrift, nachdem ich mich mit Ihrer Tochter ausgiebig unterhalten habe und von ihrem Wunsch überzeugt bin."

Baum schaute Frau Lechner erstaunt an, aber sie nickte nur und nahm als Erste den angebotenen Stift, um zu unterschreiben. Baum war sichtlich bewegt, presste seine Lippen zusammen und musste für einen Moment die Augen schließen, bevor auch er unterschrieb. Anschließend umarmte er Frau Lechner gerührt und beide waren den Tränen nahe.

Draußen auf dem Flur hörte man eine Kinderstimme. Weidel und Mini waren von ihrem Tierparkbesuch wieder da.

Frau Dr. Sterzinger beglückwünschte Frau Lechner und den Hauptkommissar zu Ihrem Einvernehmen und gab ihnen die Empfehlung, die Cafeteria im Gebäude zu besuchen. Mit Mini würde sie sich sehr viel Zeit nehmen. „Vor fünf brauchen Sie nicht zurück zu sein, oder besser noch, ich rufe in der Cafeteria an, wenn Sie Mini abholen können."

Baum bot Frau Lechner seinen Arm und so einvernehmlich traten sie auf den Flur, wo Weidel ihnen mit staunenden Augen entgegensah. Noch bevor sie etwas fragen konnte, schoss Mini auf die beiden zu und versuchte zwei Beinpaare gleichzeitig zu umarmen.

„Mama, die Gorillababys waren so süß, da müssen wir unbedingt auch mal zusammen hin. Die haben immer ganz große Kanister durch die Gegend geschoben. Das war lustig, denn die waren viel größer als die kleinen Baby-Tiere. Können wir das mal machen, Michi?", fragte sie sofort. „Ich glaube, meine Mama war noch nie in diesem Tierpark und ich möchte auch so gerne noch mal dort hin." Baum antwortete blitzschnell: „Na klar machen wir das. Wenn euch das so gut gefällt, können wir das sogar jedes Wochenende machen!" Ein gellender Freudenschrei ertönte im Flur des Amtsgerichts und alle lachten.

„So, du kleines Feuerwehrauto", übernahm Frau Dr. Sterzinger schmunzelnd. „Jetzt darfst du reinkommen, mit mir ein bisschen erzählen und es dir in der Lümmelecke gemütlich machen. Die drei holen dich dann wieder ab."

In der Cafeteria merkten sie, dass sie einen handfesten Appetit hatten. Zwar war die Zeit für ein warmes Essen vorbei, aber ein Stück Kuchen und einen Kaffee nahmen sie gern. Weidel bot sich an, alles zu holen, und Baum suchte mit Frau Lechner einen etwas abgelegenen Tisch, wo sie Platz nahmen.

Frau Lechner begann sofort wieder ihr Taschentuch zu kneten und wirkte unruhig. Baum setzte sich ihr gegenüber und wartete geduldig, dass sie das Gespräch beginnen würde, was erst einmal nicht geschah. Also ging er zu Weidel, um ihr mit den Tabletts zu helfen. Sie deckten den Tisch gemeinsam und begannen still zu speisen.

Weidel war die Erste, die Frau Lechner ansprach: „Wie geht es Ihnen mit der Entscheidung denn jetzt? Sie wirken etwas ängstlich, als wüssten Sie nicht, ob Sie das Richtige getan haben."

Frau Lechner legte ihre Gabel auf den Teller und antwortete sofort: „Meine Entscheidung bereue ich nicht, aber Sie haben recht, ich habe große Angst. Angst davor, was Mini der Psychologin berichten wird, Angst vor meiner großen Schuld und Angst, wieder in dieses Haus zurückzukehren. Diese Angst ist die allergrößte. Jetzt, wo ich angefangen habe, bewusst über unser Leben nachzudenken, kommt mir mein Mann wie ein Monster vor. Ich kann mir einfach nicht vorstellen, in diesem Haus nur noch eine einzige Nacht zu bleiben. Ständig würde ich den Schlüssel hören, seine Schritte auf der Treppe. Was würde er tun, wenn er erfährt, wie kooperativ ich mich der Polizei gegenüber verhalten habe? Ich habe die Befürchtung ja heute schon geäußert, aber auch jetzt in dieser angenehmen Runde hier mit Ihnen muss ich es wiederholen: Ich habe Angst um unser beider Leben. Was ist, wenn er tatsächlich heute Nacht auf einmal nach Hause käme? Leider habe ich keinerlei Geld und auch keine Zugriffsmöglichkeit auf sein Konto. Gäbe es vielleicht die Möglichkeit, von der Polizei eine Wohnung zu bekommen bis alles aufgeklärt ist?"

Baum sah sie erstaunt an, sie war eine ganz andere Frau geworden, so klar und verständig. Sicher lag es in erster Linie an den Valium-Tabletten, die sie offensichtlich jetzt nicht mehr nahm. Die Situation hatte ihr also schon geholfen, von diesen Tabletten wegzukommen und dadurch auch die Realität klarer betrachten zu können.

Er überlegte kurz und entschied. „Das kann ich gut verstehen, liebe Frau Lechner, aber ehe wir eine solche Wohnung für Sie beantragt haben, geht so viel Zeit und Behördenkram ins Land, dass Sie am besten mit zu mir kommen. Ich habe ein großes Mehrfamilienhaus von meinen Eltern geerbt und habe die Wohnung, in der meine Eltern wohnten, nie vermietet. Sie steht seit dem Tod meiner Mutter vor sieben Jahren leer. Die Wohnung liegt neben meiner eigenen Wohnung und ist noch eingerichtet. Dort können Sie mit Mini zusammen erst einmal bleiben. Meine Eltern würden sich über diese Art der Nutzung sehr freuen, denn sie waren sehr soziale Leute. Ich habe viel von ihnen gelernt. Darum bin ich mit meinem Elternhaus so sehr verwurzelt und nie dort weggezogen."

Frau Lechners Gesicht entspannte sich deutlich. Sie dankte Baum herzlich und aß ihren Kuchen jetzt mit Appetit und Genuss.

Die gemeinsame Wartezeit verbrachten sie gesellig und probierten alle drei Kuchen, die in der Cafeteria angeboten wurden. Baum schnitt nur erfreuliche Themen an, denn auch wenn sie hier alle an Mini dachten, würde sie das Drama noch früh genug ereilen. Natürlich hoffte er, alles könne viel harmloser sein, als befürchtet, aber er glaubte es nicht. Darum holte er sich immer wieder die Aussage seiner Frau ins Gedächtnis, die von der gesundmachenden Wut des Missbrauchsopfers handelte. Immer wieder blickte er hinter den Tresen der Cafeteria und hoffte das Telefon würde klingeln. Der erlösende Klingelton kam erst um 18.15 Uhr. Als die Dame sich suchend im Raum umsah, bedeutet ihr Baum, dass sie es waren, die verlangt wurden und eilten sofort nach oben, um Mini abzuholen. Baum klopfte kurz an die Tür und trat ein. Mini lief auf ihn zu und umarmte ihn heftig.

„Na, habe ich dir zu viel versprochen? Das war doch bestimmt sehr gemütlich mit den vielen Gummibärchen in der Lümmelecke. Wie viele Tütchen hast du verputzt?"

„Nur eins", antwortete Mini ernst. „Ich habe so viel erzählt und das darf man ja nicht mit vollem Mund."

Frau Dr. Sterzinger wandte sich ihr zu: „Mini, du darfst ruhig schon zu deiner Mutter und der Kommissarin nach draußen gehen, ich spreche noch kurz mit deinem Vormund und dann könnt ihr alle zusammen nach Hause fahren."

Sie schlüpfte durch die Tür, die Frau Dr. Sterzinger hinter ihr schloss. Sie bot Baum den Stuhl vor ihrem Schreibtisch an und setzte sich müde auf ihren eigenen.

„Lieber Herr Baum, was ich Ihnen jetzt erzählen müsste, kann ich leider noch nicht in Worte fassen, und möchte es auch nicht aussprechen. Für Ihre Ermittlungen ist es nur wichtig zu wissen, dass Sie es hier mit einem zutiefst ekelhaften Missbrauch zu tun haben. Dieses Kind hat Dinge erlebt, die selbst eine erwachsene Frau, die sich professionell mit dem Thema Sexualität befasst, verstören würde. Ich werde Ihnen noch heute den detaillierten Bericht fertig machen und ihn per Boten morgen früh vertraulich an Sie ins Kommissariat liefern lassen."

Baum sackte in sich zusammen. Traurig und entsetzt blickte er Frau Dr. Sterzinger an, die ihrerseits aschfahl war.

„Meine Frau tröstete mich kürzlich damit, dass ein Kind, das nicht die kleine Prinzessin ihres Peinigers ist, sondern eine gesunde Gegenwehr und Wut entwickeln konnte, eine größere Chance hat, mit dem Erlebten abzuschließen und ein gesundes Leben zu führen. Haben Sie den Eindruck, dass dies bei Mini der Fall ist?", fragte er ängstlich.

„Das kann ich aus vollem Herzen bestätigen. Wenn ich nicht aufgrund der Schilderungen den Wahrheitsgehalt zweifelsfrei feststellen konnte, würde ich es selbst nicht für möglich halten, dass dieses Kind so etwas erlebt hat. Sie ist weitgehend unbeeinträchtigt, und sie ist sich ganz sicher, dass er nicht wiederkommt und auch ihrer Mutter nichts mehr tun kann. Als aufmerksamer Beobachter hat sie auch das Martyrium ihrer Mutter nicht übersehen."

Baum bedankte sich überschwänglich und verabschiedet sich mit der Vereinbarung, dass er ihr sofort Bescheid geben würde, wenn der Bericht eingetroffen war. Auf dem Flur herrschte reges Treiben. Weidel hatte eine Apfelsine in ihrer Handtasche, die jetzt mit einem an vier Ecken geknotetem Taschentuch überdeckt war und durch den Flur rollte. Alle drei lachten und Mini klatschte in die Hände während das Taschentuch über den Fußboden zu schweben schien. Frau Dr. Sterzinger deutete auf das Kind und raunte Baum zu: „Da sehen Sie es, dieses Kind startet in sein neues Leben mit einem Turbo!"

Sie verabschiedeten sich freundlich von der Psychologin und verließen das Gebäude als neue Familie. So fühlte es sich für Baum an. Er schickte wieder einmal ein großes, herzliches Danke nach oben, das seine Eltern sich mit dem lieben Gott teilen durften, denn sie hatten alle gemeinsam dafür gesorgt, dass ihm die Möglichkeit gegeben worden war, sofort zu helfen und auch noch eine Wohnung für Mutter und Kind zur Verfügung zu stellen. Erst einmal für den Übergang, aber wer wusste das schon. Jetzt, wo er angefangen hatte, eine andere Frau Lechner zu sehen, setzte er weder Prioritäten noch Grenzen. So vieles war in dieser einen Woche passiert, so viele Entscheidungen hatten sich verselbstständigt – bereitwillig vertraute er sich dieser fügenden Macht an.

„Was meinen Sie, Frau Lechner, sollen wir vielleicht noch ein paar Sachen bei Ihnen zu Hause einpacken?" Dabei achtete Baum durch den Rückspiegel auf jede Regung in ihrem Gesicht. Der Ausdruck purer Angst ließ ihn sofort einlenken: „Ach nein, wir machen das einfach an einem anderen Tag wenn es hell ist, dann können Sie in Ruhe packen." „Aber ich habe mein Buch doch da!", jammerte Mini sofort.

„Na, wenn das alles ist, ich habe natürlich das gleiche Buch. Du kannst es dir ausleihen! Ich glaube sogar, Marta hat ein paar neue Zahnbürsten und allerlei Waschutensilien in Reserve irgendwo. Ich werde sie später anrufen, wenn wir nichts finden." „Und meinen Teddy?", fügte Mini noch kleinlaut hinzu. Frau Lechners Züge entspannten sich. „Wenn Sie nicht aus anderen Gründen das Haus noch einmal aufsuchen müssen, kann ich meine beiden großen Kinder bitten, unsere Sachen zusammenzupacken. Viel ist es ja nicht, mit dem wir diesen Ort verlassen", sagte sie nachdenklich. Dann nahm sie Mini in den Arm und schien sich sehr auf das Abenteuer zu freuen, das ihnen jetzt bevorstand. Weidel schmunzelte in sich hinein, sie hatte sich längst damit arrangiert, dass sich die Ereignisse in diesem Fall verselbstständigen. „Kommst du noch mit zu uns?", fragte Baum verschmitzt. „Oder sollen wir dich an deinem Zwergenhäuschen rauslassen?"

„Gerne zuhause rauslassen!", jubelte sie. „Ich freue mich sehr auf den Feierabend, es war ein langer interessanter Tag, der noch ein bisschen überdacht werden will!" Also war der Weg klar. Vom Amtsgericht hatten sie es nicht weit nach Nymphenburg und von Nymphenburg war es um diese Zeit keine lange Fahrt bis zur Museumsinsel, wo Baum wohnte. Baum steckte zur Feier des Tages eine Kassette in sein Autoradio und bei der ruhigen Klaviermusik eines japanischen Jazzpianisten glitt das Auto durch die Dunkelheit. Geredet hatten sie heute alle genug, Mini und ihre Mutter träumten in die vorbeigleitende Welt der Lichter, und auch Weidel machte die Augen zu.

Baum war zufrieden. So hatte er sich den Tag nicht vorgestellt, aber es gefiel ihm, dass ihm der heutige Verlauf aus der Hand genommen worden war. Angefangen von der plötzlichen Empathie für Minis Mutter heute Morgen bis hin zur gemeinsamen Unterschrift war alles zutiefst zufriedenstellend verlaufen. Er fühlte sich entspannt und glücklich.

Als sie an einem Bahnübergang halten mussten, überlegte er, wie er Weidel am besten deutlich machen könnte, dass sie nicht über den Fall sprechen sollten und auch nicht darüber, welcher Termin morgen anstand, aber es fiel ihm nicht ein, wie. Beugte er sich flüsternd zu ihr rüber, würde es auf der Rückbank merkwürdig ankommen, vielleicht sogar trennend. Er hoffte auf ihre Professionalität, morgen im Kommissariat könnten sie alles Weitere besprechen.

Und so war es: Sie verabschiedete sich mit einem Zwinkern, „Bis morgen", und Baum bot an, sie hier abzuholen.

17

Mini war eingeschlafen und bekam nichts mehr mit. Der Tag war wirklich lang für sie und bestimmt waren die Stunden mit der Psychologin schwer und fordernd gewesen. Eine viertel Stunde später parkte Baum vor seinem Haus. Er gab Frau Lechner den Haustürschlüssel und bot an, Mini zu tragen. Sie sollte erst einmal bei ihm im Gästezimmer schlafen, er hatte alles vorbereitet. Anschließend kramte er den Schlüssel der Wohnung seiner Eltern aus einer Schublade und ging mit Frau Lechner durch das Treppenhaus zur gegenüberliegenden Wohnungstür. Er ließ sie selbst aufschließen und trat hinter ihr ein.

Die Diele war geräumig mit einer großen eingebauten weißen Schrankwand, einem feinen Holzparkett und einer blauen Wand links und einer kleinen roten Wand geradeaus. Zwei große Fenster in der blauen Wand und eines vor Kopf in der roten. Tagsüber viel Lichteinfall, keine Düsternis, wie sie es gewohnt war. Sie wandten sich nach rechts und betraten einen großen schönen Wohnraum. Alles war perfekt möbliert. Farbenfrohe edle Polstermöbel, auch hier bunte Wände, Regale voller Bücher, und der in Würde gealterte Holzboden strahlte von unten zu ihnen hinauf.

Frau Lechner holte ihr Taschentuch heraus, weil sie es diesmal brauchte, um sich Tränen der Rührung abzuwischen. Baum führte sie weiter und erklärte ihr, dass sie sich die Wohnung wie ein halbes Hufeisen um das Treppenhaus herum vorstellen könnte. Im Rund des Hufeisens lag die Küche, dort traf sich die Wohnung seiner Eltern mit seiner eigenen Wohnung. Aus der riesengroßen Küche hatten sie damals einfach zwei gemacht und die beiden Küchen nur durch eine Glastür voneinander getrennt. Der Ausgang auf das Halbrund der Terrasse war seiner Küche zugeordnet, dadurch war sie etwas größer geworden. Auf den bunten Glasfenstern über der Tür stand die Sonne sogar noch im Winter, das würde sie ja noch zu sehen bekommen. Er zeigte Ihr die Schlafzimmer und das Bad, damit sie wusste, wo sie sich hinlegen konnte. „Morgen können Sie sich alles in Ruhe anschauen. Baum lud Frau Lechner ein zusammen nach Mini zu schauen. Sie lag auf der Seite und schlief tief und fest. Frau Lechner musste sich wieder eine Träne wegwischen und fragte Baum unverblümt: „Herr Hauptkommissar, wer sind Sie wirklich, ein Engel?" Über den kindlich naiven Ernst ihrer Frage musste Baum lachen „Das bin ich mit Sicherheit nicht" erklärte er dann flüsternd, bevor er sie sachte von Minis Zimmertür wegschob.

„Aber Sie kommen in unser Leben, erkennen sofort, was ich drei Jahre nicht gesehen habe. Sie klagen mich an – zu Recht! Und dann nehmen Sie unser Leben in die Hand und formen alles zum Guten, und das in einer so kurzen Zeit. Übermorgen sind es erst zwei Wochen, seitdem mein Mann verschwunden ist. Wie ist das möglich? Wir kommen aus der Angst und dürfen uns hier im Haus eines Hauptkommissars so sicher fühlen! Würde ich eine solche Geschichte aus dem Fernsehen erzählt bekommen, würde ich sagen, so etwas ist pure Phantasie, das gibt es nicht im wirklichen Leben. Aber nun sind wir mitten in dieser Geschichte und ich habe schreckliche Angst, aus diesem Traum aufzuwachen!"

Baum musste wieder lachen und fasste sie mit beiden Händen an ihre Oberarme. „Darf ich Sie etwas rütteln, damit Sie aus dem Traum aufwachen, der Sie träumen lässt, dass Sie träumen?", fragte er „Und Sie stattdessen mit der Aufgabe betrauen, uns etwas zum Abendbrot herzurichten? Außer den diversen Kuchen haben wir heute noch nichts gegessen, ich könnte etwas Warmes vertragen und Sie?"

Frau Lechner war sprachlos und fühlte sich geehrt von der Aufforderung. „Natürlich, gerne", antwortete sie ihm. „Ich werde mich bestimmt in Ihrer Küche zurechtfinden."

„Prima", sagte Baum, „dann ziehe ich mich mit einer Zigarre und dem Telefon in die Badewanne zurück und bringe meine Frau auf den neuesten Stand."

„Lassen Sie sich ruhig Zeit!", rief sie ihm hinterher. „Ich brauche bestimmt eine gute Stunde."

So klingelte an diesem Abend schon um acht Uhr das Telefon in Breslau und eine aufgeregte Marta nahm den Anruf beim ersten Rufzeichen entgegen.

Nach dem Austausch ihrer üblichen Zärtlichkeiten kam er schnell zur Sache.

„Wir sind Eltern", begann er. Dann berichtete er der Reihe nach von der plötzlichen Empathie für Minis Mutter am Morgen im Auto und davon welchen Verlauf infolgedessen der ganze Tag genommen hatte. Dass Mini jetzt in ihrem Gästezimmer schlief und Frau Lechner in der Küche versuchte, ein warmes Abendessen zu zubereiten. Er berichtete, dass er zum ersten Mal nach sieben Jahren in der Wohnung seiner verstorbenen Eltern gewesen war und dass Mini und ihre Mutter dort vorläufig zusammen wohnen würden.

Marta war zwar sehr erstaunt, aber in keinster Weise ärgerlich. Sie war es gewöhnt, in einer großen Familie zu leben, und obwohl sie die Zweisamkeit mit ihm sehr genossen hatte, war es ihre Natur, Fenster und Türen geöffnet zu haben, jedes verlorene Tierchen zu füttern und zu hegen, und auch jeden Menschen willkommen zu heißen, der ein solches Willkommen gebrauchen konnte und es verdiente. Sie bestätigte ihn in seinem eigenen Empfinden, dass es gut war, sich in die Person der Mutter hineinzuversetzen und ihr nicht einfach das Einzige wegzunehmen, was ihr in ihrem vertanen Leben noch eigenes geblieben wäre.

Dann kam ihm die Idee, Marta zu bitten, diese Entwicklung auch Frau Nowak mitzuteilen. Er wollte diese Frau an der Freude ihrer angeheirateten Schwägerin teilhaben lassen. Dabei erfuhr er, dass Martas Mutter schon zu Besuch bei Frau Nowak war und sie wieder ausgezeichnete Gespräche miteinander hatten. Die beiden Frauen verstünden sich ausgesprochen gut, auch das Polnisch von Frau Nowak sei ausgezeichnet und in der übernächsten Woche würde sie zu Besuch bei Martas Familie sein. Baum dachte an Weidels Bemerkung über Frau Nowak, sie sei trotz allem sehr einsam, und freute sich außerordentlich über diese Entwicklung.

Der Duft gebratener Zwiebeln begann über der Badewanne zu schweben, und er verabschiedete sich von seiner Frau, wusch sich schnell die Haare und saß fünf Minuten später wie ein kleiner Junge im Bademantel am Küchentisch. Frau Lechner hatte Bratkartoffeln gemacht, sie mit zwei gequirlten Eiern übergossen und ein Glas Essiggurken gefunden. Dazu gab es einige Vollkornbrotscheiben mit dicker Butter beschmiert. Es schmeckte köstlich und als er erfuhr, dass dies Minis Lieblingsessen sei, freute er sich auf weitere gemeinsame Mahlzeiten.

Am nächsten Morgen war das Getrappel durch die Wohnungen groß, Mini raste von Zimmer zu Zimmer, über das Treppenhaus in die Nachbarwohnung und rund durch die beiden Küchen wieder zu Baum zurück. Sie jubelte und freute sich wie das Kind, das sie war. Ihre Mutter lachte herzhaft und Baum hatte gegen eine solche Turbulenz am frühen Morgen nichts einzuwenden.

Trotzdem fuhr er die paar Kilometer, um Weidel abzuholen, gerne allein und still. Er wusste, was ihnen heute bevorstand und er war sich noch nicht sicher, ob er den Bericht überhaupt lesen wollte. Natürlich musste er, aber zumindest nicht als Erster, wog er ab.

Er hatte Mutter und Kind einen Stadtplan von München hingelegt, damit sie wussten, wo sie waren.

Er hatte ihnen Geld bereit gelegt und den Weg zum nächsten Tengelmann aufgezeichnet. Die Telefonnummer von Frau Nowak aufgeschrieben und vorsichtshalber auch die Nummern der großen Kinder auf dem Zettel notiert, weil er nicht wusste, ob Frau Lechner diese bei sich trug oder auswendig kannte. Sie wollte ja bestimmt allen Bescheid sagen. Für Mini hatte er einen Stapel Bücher herausgesucht – sie sollten sich beide bequem und unbelastet fühlen.

Seine Freude über den gestrigen Tag und auch den Abend war sogar noch gewachsen. Bevor er selbst ins Bett gegangen war, hatte er noch einmal bei Mini hineingeschaut. Sie lag dem Lichtschein des Flurs zugewandt ganz entspannt und ruhig atmend in seinem alten Jugendbett. Er betrachtete das kleine Gesicht, Zöpfe und Haarspange waren noch zu erahnen und sie sah immer noch brav, aber auch verletzlich aus. Er ging nicht zu ihrem Bett, damit sie ungestört weiter schlief. Ihre Tür ließ er einen Spalt auf, ebenso wie die zum Badezimmer, wo er auch das Licht brennen ließ. Es konnte ja sein, dass sie nachts zur Toilette musste. Ach, wie er es liebte, so detailliert vorzusorgen! Dann streckte er sich endlich selbst aus und der Schlaf kam noch bevor er einen einzigen Gedanken zu Ende denken konnte. Er hatte das Gefühl, immer nur bis zur Hälfte des Gedankens zu gelangen und wieder von vorne anfangen zu müssen. Irgendetwas Wichtiges steckte fest. Der unvollständige Gedanke focht noch eine Weile gegen den Schlaf, musste sich dann aber geschlagen geben.

Weidel stieg lachend in sein Auto. „Du, daran könnte ich mich gewöhnen, die Trambahn vermisse ich gar nicht."

„Besondere Zeiten, besondere Maßnahmen", schmunzelte Baum. „Wie hast du denn geschlafen?", wollte Weidel wissen und er berichtet ihr vom gestrigen Abend und von dem Wildfang am Morgen. Weidel gratulierte ihm zu seiner Entscheidung und erklärte, dass ihr selbst immer etwas mulmig war, was aus Minis Mutter werden würde, so allein. Bei ihrer Verfassung hätte man einen Suizid nicht ausschließen können, denn ihre Angst vor diesem Mann hätte sie keinen ruhigen Platz auf der Welt finden lassen.

„Wir müssen ihn aufspüren und zwar schnell, damit er ordentlich verurteilt wird und die Ehefrau eine Lebensperspektive erhält. Sie wird sich scheiden lassen und hat mich schon nach meiner Meinung und nach einem Anwalt gefragt. Sie war heute Morgen sehr glücklich und dankbar und hat mich zum Abschied umarmt." Weidel freute sich und drehte sich einige Zigaretten als Vorrat. „Für gleich", erklärte sie, „du magst ja keinen Zigarettengeruch in deinem Auto und ich bin sicher, dass ich den Bericht als Erste lesen muss, stimmt's?"

Baum nickte und fädelte sich in den Verkehr. Zehn Minuten später waren sie im Kommissariat.

Nachdem sie ihr Büro betreten hatten, dauerte es nicht lange und Hauser trat ein. „Na, ihr beiden, alles klar? Seid ihr ein Stück weiter gekommen?"

Baum informierte ihn über den gestrigen Tag. Er teilte ihm lieber gleich mit, dass er nun auch die Mutter bei sich zu Hause hatte, bevor er ihm vorwerfen konnte, ihn nicht informiert zu haben. „Wie kommt das denn? Du hattest doch einen ordentlichen Rochus auf diese Frau. Bist du jetzt endgültig zum barmherzigen Samariter mutiert oder kann ich dich in Zukunft doch noch als Hauptkommissar einsetzen? Natürlich nur, wenn du nicht gerade Ostereier in Kindergärten versteckst." Hauser lachte herzhaft über seinen eigenen Witz. Baum freute sich, denn das bedeutete, dass sein Chef einen schönen Abend mit seiner Frau gehabt hatte und wieder Hoffnung schöpfte.

„Das kannst du, Hubert, versprochen. Es hat sich gestern so ergeben. Frau Lechner wird eigentlich immer vernünftiger und ansprechbarer. Wir vermuten, dass sie sich das Valium versagt und allmählich wieder einen klaren Kopf bekommt. Sie hatte Angst, in das Haus zurückzukehren, und da habe ich den beiden für den Übergang die Wohnung meiner Eltern angeboten." Hauser nickte. „Na, da bin ich ja mal gespannt, wie viele Jahrzehnte dieser Übergang dauern wird, und ich verrate dir nicht, was ich vermute."

„Ich kann mir vorstellen, was du vermutest. Weißt du auch schon, wer wen am Ende pflegt und wer zuletzt mit den Füßen zuerst aus meinem Haus getragen wird?", schmunzelte Baum und griff nach seinen Zigarillos. „Tut mir leid, Hubert, wir erwarten den Bericht und der soll laut Frau Dr. Sterzinger heftig ausfallen, daher müssen wir hier jetzt mal eine Räucherhöhle entstehen lassen."

Hauser lachte. „Dann kann *ich* ja mal *dein* Fenster aufmachen", sagte der Kriminalrat, kramte sich seine filterlosen Reval aus der Tasche und nahm auf dem Besucherstuhl Platz. So saßen sie einvernehmlich und genüsslich rauchend und alle drei genossen sie dieses schöne kollegiale Gefühl der Zusammengehörigkeit.

Leider war ihnen diese Ruhe nicht lange vergönnt, denn eine viertel Stunde später klopfte es an der Tür. Baum sprang auf und quittierte den Empfang des Berichts. Zuerst rief er im Amtsgericht bei Frau Dr. Sterzinger an und teilte ihr mit, dass er den Umschlag empfangen hatte. Dann legte er ihn auf den Tisch in der Hoffnung, dass er sich durch die Schreibtischplatte brannte und qualmend auf dem Teppich verglimmte.

„Wer erbarmt sich?", fragte er und zu seinem großen Erstaunen griff der Kriminalrat nach dem Umschlag. „Soll ich hier lesen oder wollt ihr gleich in mein Büro kommen?", fragte er sachlich.

„Bleib in unserer Räucherhöhle, dann können wir schon mal in deinem Gesicht lesen, wie schlimm es ist", schlug Baum vor.

Hauser hatte den Umschlag schon geöffnet und mit Lesen begonnen. In der kommenden viertel Stunde sah Baum sich bestätigt, warum er seinen Chef so mochte. Sie sahen Angst, Wut und Ekel in seinem Gesicht und zum Schluss bemühte er sich nicht, seine Tränen wegzuwischen, er ließ sie einfach aufs Papier tropfen. Dann gab er Baum die Papiere und verließ gruß- und wortlos das Büro.

Baum gab die Papiere an Weidel weiter. Sie versteckte sich beim Lesen hinter ihrem Bildschirm und Baum ging zum Fenster, um den Blick über seine geliebte Stadt schweifen zu lassen. Er hatte sein Zigarillo noch nicht zu Ende geraucht, als er es hinter sich scheppern hörte. Weidel hatte dem Papierkorb einen Tritt verpasst und der war gegen die Tür geknallt.

„Also komme ich jetzt nicht mehr drum herum?", fragte Baum tonlos, setzte sich an seinen Schreibtisch und begann zu lesen wie sich die allabendliche Waschkontrolle abspielte. Es war entwürdigend. Je weiter er las, umso wütender knallte er seine beiden Fäuste auf den Tisch. Aktenstapel kamen ins Rutschen, der Inhalt seines schweren Aschenbechers landete auf der Schreibtischplatte, sein Kaffeebecher fiel auf den Aschenbecher und zerbrach, der Bildschirm kippte nach vorne und auf seinem Schreibtisch herrschte ein ähnliches Chaos, wie in ihm.

Schließlich hielt er die Luft an und sackte nach vorne. Mit der Stirn auf dem Bericht verharrte er regungslos. Weidel kam um den Schreibtisch herum und legte vorsichtig ihre Hand auf seinen Rücken „es ist vorbei, sie hat es hinter sich, bitte denk nur daran. Steck all deine Kraft in ihre Gesundung und versuche auch selbst nie wieder an das zu denken, was in diesem Bericht steht"

Mühsam setzte er sich wieder auf und begann weiter zu lesen.

Es folgte eine abschließende Zusammenfassung der Psychologin. Das Kind habe trotz der erlebten Grausamkeiten eine sehr stabile Natur. Sie sei mutig und bereit, sich zu wehren. Nachdem sie es geschafft hatte, ihn zu beißen, habe er sie zwar mit großer Wut geschlagen, sei aber am darauffolgenden Abend nicht wiedergekommen. Dies wertete das Kind als großen Triumph.

Baum war zutiefst beschämt, wütend, unglücklich und voller Hass.

Weidel sah ihn besorgt an. „Muss ich Angst haben, dass du ihn eigenhändig ins Jenseits befördern willst?", fragte sie ernst.

„Natürlich nicht, ich kann mir auch keine Bestrafung vorstellen, die seinen Taten gerecht werden könnte, da finde ich es besser, wenn er ins Gefängnis wandert und unter den Häftlingen durchsickert, was er seiner kleinen Stieftochter angetan hat. Da wird wohl dieser Herr Herrenmensch einiges erleiden müssen." Baum spuckte seine Worte förmlich aus, nahm sich ein weiteres Zigarillo und begann im Zimmer auf und ab zu gehen.

„Sollen wir zum Hubert gehen oder meinst du, er hat sich noch nicht wieder gefangen?", fragte Weidel.

„Ich glaube, der kommt gleich wieder zu uns, warten wir noch ein Weilchen. Wann müssen wir eigentlich im Internat sein und wie lange brauchen wir dahin?"

„Um 14.00 Uhr beginnt da die Studierstunde, dann können wir mit der Heimleitung sprechen. Die Fahrt ist in etwa so weit wie zu den Lechners, wir fahren die Autobahn durch bis Percha und können über Land zurück, wenn wir noch bei den Lechners vorbeifahren und etwas holen müssen, sonst wieder die Autobahn."

„Okay, da haben wir ja noch etwas Zeit und brauchen nicht direkt aufzubrechen." Baum machte ein ernstes Gesicht und inhalierte sein Zigarillo, obwohl er sich angewöhnt hatte, nur noch zu paffen. „Wie will ein solcher Mensch mit einer solchen Bilanz seines Lebens vor unseren Schöpfer treten?" sinnierte er vor sich hin. „Wo wird er sich verstecken? Wie viele hundert Jahre verbringt er in Dunkelheit?

Am liebsten wäre ich jetzt in Polen und würde mit seiner Schwester darüber sprechen. Was für ein Fall! Wo ist er? Hat er sich aus Angst vor Aufdeckung davongemacht, weil er befürchtete, dass Mini erzählen würde, was vorgefallen ist, was er ihr angetan hat? Er hat sich ja bemüht, keine Spuren an dem Kind zu hinterlassen, die man nachweisen könnte, aber ich denke, dass er trotzdem immer befürchten musste, dass sie irgendwann alles erzählen würde und dass man dem Kind glauben könnte? Das ist doch naheliegend, oder was meinst du?"

Weidel war noch in Gedanken. „Ich frage mich gerade, ob Mini wohl fest genug zugebissen hat, dass es eine Narbe gegeben hat und man ihren Zahnabdruck identifizieren könnte. Dann hätten wir den Beweis, denn er wird ja sicher alles abstreiten, und bei unserer Justiz bin ich nicht sicher, ob der Oberstaatsanwalt und sein Golfkumpan da nicht Einfluss nehmen."

Baum schaute sie tief traurig an „Das glaube ich ausnahmsweise nicht, denn wir haben ja Frau Dr. Sterzinger, die aussagen wird. Gegen eine Psychologin, die gerichtlich als Gutachterin bestellt ist, wird ein Rechtsanwalt kaum Zweifel sähen können. Zumindest hoffe ich das.

Und ich kann mir auch nicht vorstellen, dass zwei zivilisierte Menschen, wie unser Oberstaatsanwalt und General Bertold, eine solche Tat decken würden. Die haben doch selber Kinder. Komm, lass uns zum Hauser gehen." Schon vor seiner Tür hörten sie seine laute Stimme: „Der Herr Oberstarzt wird in allen Punkten öffentlich angeklagt und verurteilt, sagen

Sie das Ihrem Herrn Bertold, und wenn mir auch nur der kleinste Vertuschungsversuch zu Ohren kommt, werde ich selbst zum Informanten der Presse. Haben wir uns verstanden? Auf Wiederhören, Herr Oberstaatsanwalt!"

Hauser knallte den Hörer auf die Gabel und Baum und Weidel traten unaufgefordert in sein Büro. „Habt ihr gelauscht?", fragte er tonlos.

„Na klar", antwortete Baum, „und du warst Spitze, Hubert! Danke, dass du dich da auf nichts einlässt, ich bin mächtig stolz auf dich!" Hauser lehnte sich in seinem Schreibtischsessel weit zurück, verbarg sein Gesicht in den Handflächen und saß ein paar Minuten still. Die beiden Ermittler traten von einem Fuß auf den anderen und Baum flüsterte schließlich in Hausers Richtung: „Wir fahren jetzt ins Internat und kommen morgen Vormittag zu dir, um zu berichten. Mach's gut, Hubert, und trotz allem nachher einen schönen Abend mit Deiner Frau!"

Hauser hob den Kopf, nickte ihnen zu und suchte nach seinen Zigaretten. „Michi, mach bitte mein Fenster noch auf Kipp, bevor du gehst. Ich habe weiche Knie!"

Baum tat wie geheißen und drückte Hausers Schulter einmal kräftig. „Denk dran, Hubert, er muss früher oder später mit seinen Taten vor seinem Schöpfer stehen, auch wenn wir ihn nie finden. Diesem Augenblick kann niemand entfliehen."

Hubert seufzte tief. „Das tröstet mich überhaupt nicht, Michi, denn dieser Fall ist nur einer von so vielen anderen." Baum nickte versonnen und schloss die Tür. „Da hat er recht, unser Kriminalrat. So ein persönliches Schicksal bringt uns zwar in die schreckliche Lage, dass wir das alles viel stärker mitfühlen müssen, aber gegen die wachsende Seuche des Kindesmissbrauchs können wir nicht wirklich etwas ausrichten."

Baum holte den Aufzug und sie fuhren schweigend abwärts in die Tiefgarage. Erst im Auto hob er wieder an zu sprechen: „Das ist das Schlimmste von allem: dass wir das Gefühl haben, nichts ausrichten zu können, und gleichzeitig die Pflicht haben, etwas dagegen zu tun! Dieses Bewusstsein drückt mich oft nieder wie eine Felswand. Wie können wir unseren Kindern eine solche Welt übergeben, in der sie nicht sicher sind?"

Weidel merkte, wie verzweifelt er war und versuchte ihn zu trösten: „Aber wir tun doch etwas. Du hast Mini gerettet und wir haben in den letzten Jahren sieben solcher Fälle vors Gericht gebracht und den Kindern Schlimmeres erspart."

Baum war in Gedanken und fuhr ruhig und konzentriert. „was sind sieben Fälle gegen die sich ausbreitende Professionalisierung dieser Straftaten?" fragte er traurig.

Als sie in die Nähe der Ausfahrt kamen, ließ er sich von Weidel den Weg weisen. Sie fuhren ein Stück am See entlang, bis es einen parallelen Abzweig zur Straße gab, wo diverse Busse standen.

„Wir dürfen durchs Tor und dann links Richtung Altbau, dem ehemaligem Richard-Wagner-Haus", lotste Weidel ihn.

Baums Stimmung machte ihm auch diese Schule nicht sympathisch, obwohl sie in der Herbstsonne lag und der große Hof durch noch blühende Pflanzen freundlich und bunt wirkte. Sie parkten rechts neben dem Altbau und stiegen aus. Weidel ging schräg unter einem riesigen Walnussbaum auf ein anderes Gebäude zu. Sie konnte sich nicht bremsen und steckte ein paar Nüsse, die auf dem Boden lagen, in die Manteltasche. Ein Schäferhund kam bellend und knurrend auf sie zu und wurde sofort zurückgepfiffen. Glücklicherweise gehorchte er seinem Herrn, der sich als Hausmeister vorstellte und fragte, ob er ihnen behilflich sein könnte. Weidel drehte sich zu ihm um und teilte ihm mit, dass sie einen Termin mit der Heimleitung hätten, und er führte sie ein kurzes Stück bis zur offenen Haustür des kleineren Altbaus, wo er auf den Klingelknopf der Heimleiterin drückte. Sofort öffnete sich oben eine Tür und sie wurden gebeten, hinaufzukommen.

Weidel stellte sich als Erste vor und anschließend ihren Kollegen. Baum – noch immer etwas in sich gekehrt – lobte den wundervollen Ausblick auf den Starnberger See und fragte, ob dies ihre Privatwohnung sei. Frau Nau bot ihnen Platz in ihrer Sitzgruppe an, bejahte seine Frage und erklärte, dass es bei diesem Beruf keine andere Möglichkeit gäbe, als mittendrin zu leben. Es sei kein Job mit geregelten Arbeitszeiten, es käme sogar vor, dass sie manchmal nachts hinaus müsse, wenn es Probleme bei den Schülerinnen gäbe.

Was dies denn für Probleme sein könnten, begehrte Baum zu erfahren, und ihm wurde geschildert, dass die Schülerinnen die unmöglichsten Dinge im Kopf hätten. Kürzlich hätten sich drei Mädchen mit Ettaler Klosterlikör betrunken, den ein Mädchen geschickt bekommen hatte. Ein anderes Mal sei ein Exhibitionist im Hof erschienen und habe sich mit einer Lampe angestrahlt, während aus allen Fenstern Kinder schauten. Es wurde hier nie langweilig, das könne er ihr glauben.

Baum begann seine Fragen zu stellen: „Liebe Frau Nau, wir sind zu Ihnen gekommen, weil wir den Fall des verschwundenen Dr. Lechner bearbeiten. Können Sie uns vielleicht irgendwelche Auskünfte geben, die uns helfen, den Verschwundenen zu finden?"

Frau Nau sah ihn konzentriert an. „Ich habe von diesem Verschwinden gehört und bin erstaunt, wie so etwas möglich ist. Sie müssen wissen, dass ich Dr. Lechners Frau gut kenne. Wir haben eine kleine private Gesprächsrunde, an der wir zu fünft oder zu sechst teilnehmen. Man kann es Literaturzirkel nennen und wir treffen uns abwechselnd bei den teilnehmenden Damen zum Kaffeetrinken zu Hause. Dabei besprechen wir eines der Bücher, die wir uns vorher ausgesucht haben."

„Welchen Eindruck hatten Sie denn von Frau Lechner, wenn der Zirkel bei ihr zu Hause stattfand?", wollte Baum wissen.

„Keinen besonderen, was meinen Sie genau? Meistens kam ihr Mann aus dem Krankenhaus nach Hause, wenn wir noch zusammensaßen. Das war immer sehr erfreulich, denn er ist ein so aufmerksamer Mensch und begrüßte uns alle sehr charmant und freundlich."

„Hatten Sie den Eindruck, dass die Lechners eine gute Ehe führten?", wollte Baum weiter wissen.

„Aber natürlich! Wer sollte nicht froh sein, einen solchen Mann geheiratet zu haben? Er war Träger des Bundesverdienstkreuzes und sein Ruf als Chirurg war international hervorragend. Frau Lechner kann sich glücklich schätzen."

„Und wie sieht es mit Veronika aus?", fragte er steif. „Konnte auch sie sich glücklich schätzen, ihn als Stiefvater bekommen zu haben?"

Frau Nau war keine unsensible Frau und sie spürte die besondere Richtung, in die Baums Frage wies. „Ich glaube, sie hatte noch ein paar Schwierigkeiten mit ihm, ich kann mich zumindest an einige Sonntagabende erinnern, an denen sie keinen glücklichen Eindruck machte und sich auch nicht von ihrer Mutter verabschiedete, sondern sofort ins Haus ging und die Treppe hoch in ihr Zimmer."

„Haben Sie sie gefragt, was mit ihr los sei?"

„Nicht immer. Nur einmal hat sie mir eine sehr traurige Geschichte von ihrer Katze erzählt und es dauerte lange, ehe sie sich beruhigen konnte. Ich habe sie mit in mein Dienstzimmer genommen und ihr einen Kakao gekocht."

„Kam es Ihnen nicht merkwürdig vor, dass Herr Lechner so gewaltsam mit der kleinen Katze umgegangen ist?" „Ich dachte, dass die Erzählung übertrieben war, denn so etwas traue ich Dr. Lechner nicht zu." Antwortete sie schnell.

Baums Traurigkeit wuchs bei der Vorstellung, dass Mini nirgends den Trost bekommen hatte, den sie gebraucht hätte. Niemand ergriff ausschließlich ihre Partei, immer war sie die, die übertrieb, log, oder sich ungehörig benahm. „Wie benimmt Veronika sich denn in der Schule?", fragte er. „Ist sie allgemein aufgeschlossen und kameradschaftlich oder isoliert sie sich? Wie sind ihre schulischen Leistungen?"

Frau Nau überlegte nicht lange „sie ist eine Einzelgängerin, würde ich sagen, und das fordert die anderen heraus, ihr zu nahe zu treten."

Baum hob die Augenbrauen. „Können Sie Beispiele nennen?", fragte er sofort.

„Da gibt es zahlreiche. Sie wollte sich nicht im großen Waschsaal waschen, sondern wartete, bis die anderen Mädchen alle fertig waren. Erst dann duschte sie in der hintersten Dusche. Natürlich machten sich die anderen einen Spaß daraus, ihr aufzulauern, was dazu führte, dass sie sich gar nicht mehr waschen wollte. So bekam sie den Spitznamen ‚Stinktier' und wurde entsprechend gehänselt. Es ist nicht leicht mit einer Horde Mädchen. Kinder können grausam sein. Die Traudel hat herumerzählt, dass Veronika blaue Flecken an den Schultern hat. Ich habe mir das einmal angesehen und sie danach gefragt, aber sie sagte, sie sei durch ein enges Rohr gekrochen. Dabei ließen wir es bewenden. Sie macht nie den Eindruck, unglücklich zu sein, nur etwas verstockt. Sie spricht nie viel. Den Hund des Hausmeisters mag sie sehr und spielt lieber mit ihm als mit den anderen Mädchen. Sie mag keinen Grießbrei oder Milchreis und der Versuch, ihren Teller mit einem anderen Mädchen gegen Brot zu tauschen, misslang immer. In der Schule schweigt sie meistens und macht nicht mit. Eigentlich hatten wir vor, den Eltern vorzuschlagen, sie nicht aufs Gymnasium zu schicken, aber dann schnitt sie bei einem Intelligenztest so gut ab, dass wir ihr doch die Chance geben wollten."

„Sie kamen also nie auf die Idee, dass es Gründe für ihr Verhalten geben könnte, die im familiären Umfeld liegen?"

Frau Nau überlegte länger, doch dann gab sie zu, nie auch nur im Ansatz auf diese Idee gekommen zu sein. Dr. Lechner hätte sich doch so sehr um das Kind bemüht. „Wie sahen diese Bemühungen denn aus?" wollte Baum sofort wissen.

„Also, es ist so, dass Mädchen, die mehr als zehn Kilometer weit weg wohnen, keine externen Schülerinnen sein dürfen, sondern im Internat leben müssen. Dr. Lechner jedoch hat sich persönlich dafür eingesetzt, dass diese Regel für Veronika nicht gilt. Er hat einen direkten Draht zu unserem Kultusminister und der hat uns angewiesen, dass Veronika nach den Weihnachtsferien eine externe Schülerin werden darf."

Baum war elektrisiert. „Und hat sie sich darüber gefreut oder wollte sie lieber eine interne Schülerin bleiben?", fragte er herausfordernd.

Frau Nau runzelte die Stirn. „Ich glaube, ihr war es egal, sie freute sich vielleicht aufs Busfahren. Es war angedacht, dass sie bis Aufkirchen mit dem Bus fahren sollte und ihre Mutter sie dann dort abholen würde, weil das letzte Stück bis zu ihrem zu Hause nicht durch einen Bus abgedeckt war."

Baum stand auf, um seine Unruhe zu bändigen. Er ging zum Erker und sah auf den See. Was für eine Idylle. Der See hatte gegen den stahlblauen Herbsthimmel eine smaragdgrüne Färbung und die kleinen Boote tanzten wie weiße Blüten darauf herum. Es hätte ein so schöner Platz für seine Mini sein können, wenn sie nicht ihren bösen Geist überall mit sich herumschleppen müsste. Das arme Kind. Er schloss die Augen und es blieb still im Raum.

Schwer atmend drehte er sich um: „Frau Nau, Sie sind eine Pädagogin, Sie haben ein Mädchen in Obhut bekommen, das sich auffällig zurückzieht. Es will nicht teilnehmen, es entzieht sich dem Unterricht, es will sich nicht vor den anderen Mädchen entkleiden. Es hat auffällige Hämatome an ihren Schulterpartien, die Sie hoffentlich versorgt haben. Ebenso bekamen Sie von diesem schweigsamen Kind unter Tränen das grausame Erlebnis mit ihrer Katze erzählt – können Sie sich wirklich keinen anderen Grund vorstellen, warum Herr Dr. Lechner die Unterbringung in Ihrem Internat beenden wollte?" Baum sah traurig auf die Heimleiterin herab.

Die blickte zuerst erstaunt, dann verärgert. „Sie meinen häusliche Gewalt?" Ihre Stimme klang verärgert.

„Ich meine häuslichen Missbrauch", korrigierte Baum.

„Das wollen Sie allen Ernstes Dr. Lechner unterstellen?", wuchs ihre Empörung. „Ein guter Freund unseres Kultusministers und ein renommierter Arzt und Bundesverdienstkreuzträger? Ich glaube, da geht gehörig die Phantasie mit Ihnen durch." Sie begann unsympathisch zu lachen. Baum wandte sich ab, er wollte nicht in das Gesicht dieser Frau schauen, die den Mann in Schutz nahm, über den sie heute Morgen lesen mussten, was er dem Kind angetan hatte. „Unsere Phantasie brauchen wir hier nicht zu bemühen, uns reichen die Fakten", erwiderte er streng. Er sah zu Weidel und gab ihr mit einem Blick zu verstehen, hier nicht länger verweilen zu wollen. Zu Frau Nau gewandt, sagte er: „Wir danken Ihnen für Ihre Auskünfte und verabschieden uns."

„Und wie geht es jetzt weiter?", quengelte die Frau. „Wie erfahren wir denn, ob Sie Herrn Dr. Lechner wiedergefunden haben?"

„Müssen Sie das denn erfahren?" Baum tat gleichgültig. „Wir werden uns bestimmt noch einmal wiedersehen", sagte er anschließend trocken. „Ach und bitte schicken Sie mir einen neuen Unterbringungsvertrag sowie die Kontoverbindungen zu, alle Kosten werden zukünftig von mir übernommen. Ich bin Veronikas neuer Vormund, die notwendigen Kontakte finden Sie hier auf meiner Karte." Er gab der verblüfften Heimleitung die Karte und half Weidel in ihren Mantel. „Es wäre nett, wenn Sie uns noch die Telefonnummer des Hausmeisters aufschreiben würden. Ich hätte noch die eine oder andere Frage an ihn." „Oh, die habe ich gerade nicht parat, aber Sie werden ihn sicher gleich selbst fragen können, er recht draußen das Laub", erwiderte Frau Nau immer noch verblüfft.

Baum bedankte sich müde und ging mit Weidel die Treppe herunter.

Sie warteten unter dem Walnussbaum und setzten sich auf die Bank, die dort stand. Weidel klaubte noch ein paar Nüsse zusammen und Baum rauchte still vor sich hin. Als der Schäferhund bellend auf sie zulief, war auch der Hausmeister nicht weit, der seinen Hund zu sich rief und ihn an der Hauswand anleinte, wo er sich brav auf seine Matte legte.

„Sie müssen entschuldigen, der Hund kennt jedes Mädchen hier, nur die Fremden machen ihm Sorgen."

Baum stellte sich vor und bat den Hausmeister, der sich als Franz-Joseph Hirsch vorstellte, einen Moment bei ihnen auf der Bank Platz zu nehmen.

„Wir möchten uns bei Ihnen erkundigen, ob Sie Veronika Schuster kennen und ob Ihnen in den letzten Wochen und Monaten irgendetwas an ihr aufgefallen ist."

Der Hausmeister rieb sich sein stoppeliges Kinn und schaute zu seinem Hund. „Sie hat sich sehr gut mit meinem Hector verstanden. Ich weiß nicht, wie sie das geschafft hat, aber sie hatte immer etwas Leckeres für ihn dabei. Sie hat diesen alten steifen Vierbeiner in einen verspielten Welpen verwandelt, der Stöckchen oder alte Socken mit Laub ausgestopft apportierte. Jeden Nachmittag nach der Studierstunde spielen sie zusammen und zum Schluss schläft der alte Hund auf der Bank und hat den Kopf auf ihrem Schoß, den sie krault und krault. Erst wenn es zum Abendbrot klingelt, geht sie rüber ins Haupthaus. Die anderen Mädchen laufen an den See oder in den Ort nach Percha, kaufen sich Süßigkeiten oder spielen auf dem Sportplatz, aber sie kommt immer zu meinem Hector. Freitags wird sie abgeholt und der Donnerstag ist immer besonders traurig, denn sie weint regelmäßig, wenn sie Hector zum Abschied umarmt."

Baum hatte einen dicken Kloß im Hals und sah Weidel auffordernd an, um die nächste Frage zu stellen. Sofort richtete sie sich an Herrn Hirsch um zu erfahren, ob sie ihn mal angesprochen und irgendetwas gefragt hatte.

Herrn Hirsch fiel offenbar plötzlich etwas ein „ja es gab da eine sehr merkwürdige Frage, sie wollte wissen, wo man Orden aus dem Krieg kaufen konnte?"

Baum hatte seinen Kloß heruntergeschluckt und war sofort präsent. „Hat sie wirklich Krieg gesagt?", fragte er erstaunt.

Herr Hirsch bestätigte es und erzählte weiter, dass er ihr gesagt hatte, dass man solche Dinge auf einem Antikmarkt oder der Auer Dult in München kaufen konnte. Sie wollte noch wissen, wie teuer so was ist und wo es diese Art Märkte gab. „Ich habe ihr die nächste Auer Dult herausgesucht und sie gefragt, wie sie da denn hinkommen wollte, aber sie kannte sich mit der S-Bahn aus. Zumindest wusste sie, dass es die S10 war, mit der sie von zuhause bis zum Hauptbahnhof fahren konnte."

Baum stand auf und bedankte sich bei Herrn Hirsch für seine Auskunft. Weidel griff in ihre Tasche und holte eine Walnuss heraus. Dabei sah sie ihn fragend an. „Ja, natürlich sammeln Sie gerne noch ein paar. Der Baum trägt dieses Jahr sehr üppig." Während Weidel sammelte, ging Baum zu seinem Auto und steckte sich ein Zigarillo an. Er genoss die herbstlichen Sonnenstrahlen und wartete geduldig, bis Weidel zur Abfahrt bereit war. Mit prall gefüllten Manteltaschen kam sie schließlich zum Auto. „Entschuldige, Michi, aber ich liebe frische Walnüsse. Man kann die Haut noch abschälen und dann schmecken sie besonders gut."

18

Auf der Rückfahrt gab es einiges, worüber die beiden Ermittler sich zu wundern hatten. Was wollte ein zehnjähriges Mädchen mit Orden aus dem Krieg? Weidel überlegte, ob sie wohl ein Geschenk für den Lechner gesucht habe, um ihn milde zu stimmen oder ob ihre Mutter eins für ihn brauchte und sie das mitbekommen hatte.

Baum rätselte im Stillen in eine ganz andere Richtung. Die Ankündigung, dass Mini aus dem Internat genommen werden sollte, hieß, dass sie in Zukunft nicht nur zwei Nächte pro Woche, sondern alle Nächte in diesem Haus würde schlafen müssen.

Etwas in ihm blinkte und leuchtete, seine Gedanken von gestern Abend kehrten fordernd in seinen Kopf zurück. Was war es, das er nicht zu Ende gedacht hatte? Es musste eine Bemerkung der Ärztin gewesen sein!

Plötzlich war der vollständige Gedanke da: Frau Dr. Sterzinger hatte gesagt, dass Mini geäußert habe, sicher zu wissen, dass er nicht wiederkommt.

Sie hat erfahren, dass sie eine externe Schülerin werden sollte und jede Nacht in diesem Haus schlafen musste ...

„Das muss etwas in ihr ausgelöst haben." „Was meinst du damit?", fragte Weidel. „Ach, entschuldige, ich habe wieder einmal laut gedacht. Ich habe mich gefragt, was das für Mini bedeutet hätte, in Zukunft nicht nur zwei Nächte Angst haben zu müssen, sondern jede Nacht. Vielleicht hat sie ihn deshalb gebissen? Vorsorglich sozusagen, damit er sie in Zukunft in Ruhe lassen würde?"

Weidel überlegte ebenfalls. „Auf jeden Fall musste es schlimm für sie gewesen sein, zu erfahren, dass sie nach den Weihnachtsferien keinen sicheren Platz mehr haben würde, an dem sie schlafen konnte.

Wir sollten die Mutter auf jeden Fall befragen, was es mit diesen Orden auf sich hat."

„Okay", sagte Baum, „dann lass uns jetzt zusammen zu mir fahren und die beiden besuchen. Hoffentlich sind sie zu Hause und laufen nicht gerade draußen herum, um einzukaufen."

Eine knappe Stunde später waren sie wieder in München und Baum parkte das Auto vor seiner Garage. Sie waren gerade erst ausgestiegen, da flog ihnen das Kind schon entgegen und umarmte Baum herzlich, der sich extra klein gemacht hatte. „Meine Mama hat heute Morgen wieder geweint, aber nicht wie früher, wo sie sich im Badezimmer eingeschlossen hat, sondern in der Küche. Und sie hat mich auf den Schoß genommen und gesagt, dass sie nicht traurig ist, sondern froh, und dass man auch vor Freude weinen könnte."

Baum drückte sie ebenfalls und flüsterte: „oh, wie schön, dass deine Mama so glücklich ist!" Mit Mini auf dem Arm erhob er sich etwas schief und ebenfalls glücklich. Frau Lechner stand in der Tür und winkte ihnen zu. „Sie kommen noch etwas zu früh für das Abendessen, aber ich habe etwas gebacken, wenn Sie mögen."

Gerne bestätigten Weidel und Baum, dass sie Appetit auf Kaffee und Kuchen hätten, und Mini flüsterte ihm: „Papa, Papa" ins Ohr. Dann strampelte sie sich frei und sauste ums Haus herum in den hinteren Garten.

Flink deckte Frau Lechner den Küchentisch und Weidel drehte sich eine Zigarette. Noch immer etwas ergriffen stand Baum am Fenster und sah Mini dabei zu, wie sie eine Acht um die beiden großen Buchen herum lief. Die Arme weit ausgebreitet, wie sie es immer tat.

„Sie ist so verrückt auf Natur" hob Frau Lechner an „es gäbe hier leider keinen Wald, aber die beiden großen Bäume trösteten sie darüber hinweg, hat sie gesagt."

Baum genoss das warme Gefühl, das sich in ihm ausbreitete, setzte sich zu den beiden Frauen an den

Tisch und streckte seine Beine lang unter dem Tisch aus.

„Frau Lechner, wir waren heute Mittag in Minis Internat und haben mit der Heimleitung und dem Hausmeister gesprochen." Frau Lechner sank in sich zusammen und machte den Eindruck, als ob sie etwas Schlimmes befürchtete. „Frau Nau ist immer sehr dominant", hob sie an. „Sie bestimmt, welches Buch wir zu besprechen haben, welchen Kuchen wir in welcher Konditorei besorgen sollen und so weiter. Auf meinen Mann hat sie immer extrem angetan reagiert und er mochte sie auch gern, er schätzte wohl ihre dominante Art. Zumindest bemühte er sich immer, pünktlich nach Hause zu kommen, wenn er wusste, dass unser jour fix in seinem Haus stattfand."

Baum erklärte, dass diese Schilderung gut zu seinem eigenen Eindruck passte und dass sie ihm auch nicht sympathisch war. Er erzählte, dass er sie gebeten hat, ihm einen neuen Unterbringungsvertrag und die Bankverbindung des Internats zuzusenden, damit sie sich nicht wunderte, wenn in den nächsten Tagen Post vom Landschulheim kommen würde.

„War sie nicht erstaunt, dass Sie jetzt Minis Vormund sind?", wollte Frau Lechner ängstlich wissen. „Doch, sie war sogar sehr erstaunt, aber damit habe ich sie allein gelassen. Ich hatte keine Veranlassung, ihr die näheren Zusammenhänge zu erläutern. Außerdem hatte ich nicht das Gefühl, dass sie eine herzliche, mütterliche Frau ist. In ihrer Position hätte ich mir das allerdings gewünscht." Frau Lechner lächelte fast etwas spöttisch und schien erleichtert zu sein. „Das freut mich, dass sie nun rätseln muss, wie das alles zusammenhängt."

„Vielleicht ruft sie meinen Chef an?", sinnierte Baum vor sich hin. „Aber der ist ebenfalls verschwiegen und wird ihr kein Wort zu viel verraten."

Baum schaute in den Garten und sah Mini jetzt unter der Rotbuche sitzen.

„Frau Lechner, der Hausmeister hat uns eine seltsame Sache erzählt. Mini hat sich bei ihm nach Kriegsorden erkundigt und gefragt, wo man so etwas kaufen könnte. Wir haben ja bei der Durchsuchung des Hauses einige solcher Orden im Arbeitszimmer Ihres Mannes gefunden, sodass wir annehmen, dass er eine spezielle Vorliebe für derlei Orden hatte. Wusste Mini davon? Können Sie sich vorstellen, dass sie die aus irgendeinem Grund für ihn kaufen wollte?"

Frau Lechner sah ihn erstaunt an „Mini wusste, dass er solche Sachen sammelt, aber dass sie sich darum bemüht hätte, Orden für ihn zu kaufen, halte ich für ausgeschlossen. Sie hatte ja auch gar kein Geld dafür. Weder für die Orden, noch für die Fahrkarte."

Baum erinnerte sie daran, dass sie mal erzählt habe, dass sie an einem Samstag in München gewesen sei, also musste sie doch zumindest für diese Fahrkarte Geld gehabt haben. „Und Herr Moosgruber hat uns erzählt, dass er ihr manchmal Geld zugesteckt hat, nachdem ihr Mann von ihm verlangt hatte, sich nicht mehr um das Kind zu kümmern."

„Das hat er verlangt?", fragte sie aufgebracht „Und ich habe die ganze Zeit gegrübelt, ob sie sich irgendwie ungehörig ihm gegenüber benommen hat, denn er beachtete sie von einem Besuch auf den anderen gar nicht mehr, was für Mini sehr verletzend war. Ach, ich würde am liebsten gar nicht mehr an meinen

Mann denken müssen. Die ganze Zeit waren wir so froh, und kaum kommt das Gespräch wieder auf ihn, habe ich das Gefühl, als bekomme ich keine Luft mehr."

Baum legte seine Hand auf ihre und tröstete sie. „Es tut mir Leid, Frau Lechner, dass ich noch einmal dieses Thema ansprechen muss, aber wir befinden uns ja immer noch in den Ermittlungen, und solange wir nicht wissen, was geschehen ist, können wir den Fall nicht abschließen. Also wusste Mini von seiner Leidenschaft für alte Kriegsorden, hätte aber niemals Aufwand betrieben, um ihm ein Geschenk zu machen. Können wir das so festhalten?"

Frau Lechner nickte und schüttelte sich. „Das können Sie. Ich habe übrigens heute Morgen schon mit dem Anwalt gesprochen, den Sie mir empfohlen haben. Ein sehr freundlicher Mensch, ich habe einen Termin für den 30. November um 10.00 Uhr bekommen. Es wäre ganz phantastisch, wenn Sie mich zu diesem Termin begleiten würden", beendete sie immer leiser werdend ihren Satz.

„Natürlich, das mache ich gerne", ermunterte sie Baum freundlich. Er wusste nun, was er wissen musste, und wechselte schnell das Thema, damit sie gemütlich plaudernd ihren Kuchen genießen konnten, der sehr schmackhaft war. Frau Lechner entspannte sich deutlich.

„Was machen wir?", fragte Weidel. „Hauser erwartet uns morgen. Es ist viertel nach fünf, genau genommen könnten wir doch Feierabend machen und auch das berufliche Thema vergessen!" Frau Lechner sah sie dankbar an. „Das würde mich freuen, denn ich habe ein warmes Abendessen vorbereitet. In einer Stunde könnten wir zusammen essen."

Baum schmunzelte in sich hinein und erklärte den Arbeitstag für beendet und Weidel als eingeladen zum Essen zu bleiben. Seinen Chef würde er heute Abend nur kurz anrufen, damit er sich einbezogen fühlte.

„Dann gehe ich mal raus zu Mini und ihr ruft, wenn das Essen fertig ist, okay?" Die beiden Frauen hatten keine Einwände und Baum setzte sich in Bewegung.

Frau Lechner weihte Weidel in das Menü ein und die beiden Frauen arbeiteten gut zusammen. Weidel schälte Kartoffeln und schnitt Zwiebeln und Schnittlauch. Das Fleisch lag schon bereit und war mariniert und gewürzt. Ein großer Blumenkohl landete im Topf und Semmelbrösel wurden gemahlen. Frau Lechner arbeitete schnell und geübt und die beiden Frauen unterhielten sich angeregt über Mode und Frisuren. Als Baum mit Mini zurückkam, hörten sie gerade noch, dass eine Dauerwelle das Haar schneller ergrauen ließ, und Mini fragte sofort, ob er jemals Dauerwellen hatte, weil seine Haare schon so grau waren.

„Na, hör mal", antwortete Baum gespielt empört. „Ich bin schließlich schon 50, da darf man graue Haare bekommen. Mein Papa hatte schneeweiße Haare und meine Mama auch. Das stand ihnen beiden sehr gut, und wenn sie im Sommer braun waren, sah es besonders hübsch aus. Dieses heutige Getue ums Haarefärben ist doch albern und macht nur Leute reich, die mit Geld das Falsche machen." Mini fragte sofort, was das Falsche sei, und Baum antwortete ihr froh über diese Frage: „Gierig zu werden, und mit

Lügen und minderwertigeren Produkten noch mehr Geld zu verdienen und noch mehr und noch mehr."

Mini sah ihre Mutter prüfend an. „Irgendwann höre ich bestimmt auch auf, meine Haare zu färben, aber jetzt noch nicht", lächelte sie in die Runde.

„Außerdem musst du ja jetzt nichts mehr machen, weil der Arzt das will", sagte Mini selbstbewusst und stibitzte sich ein Stück altes trockenes Weißbrot aus der Schale mit den Semmelbröseln. Sie aßen gemütlich und es schmeckte hervorragend. Mini probierte ein kleines Stück von seinem Fleisch und spuckte es nicht wieder aus. „Was du isst, muss lecker sein", gab sie an. „Aber die Sachen, die der Arzt gegessen hat, waren richtig widerlich, die haben sogar gestunken!" Mini schüttelte sich heftig und ihre Mutter lachte frei heraus. „Er hat wirklich keine schönen Essgewohnheiten. Er isst verschimmeltes Brot oder Fleischwurst, die schon ganz grün und glitschig ist. Die kaufte er immer in großen Mengen, der Kühlschrank war voll davon und die Haltbarkeit war oft weit überschritten. Er muss ja sparen und er gibt jedem, der etwas anderes essen will, das Gefühl, ein minderwertiger Mensch zu sein. Sogar seinen eigenen Kindern."

Baum und Weidel schoben ihre Teller von sich weg und waren beide froh, das Essen bereits beendet zu haben.

„Oh, entschuldigen Sie bitte, ich rede hier dummes Zeug und verderbe Ihnen den Appetit", jammerte Frau Lechner.

„Mir nicht", lachte Mini und nahm sich noch eine Kartoffel und etwas Blumenkohl. Baum und Weidel lachten ebenfalls und Baum langte über den Tisch und tätschelte väterlich den Kopf des Kindes, auf dem sich die Haare wieder ungebändigt kräuselten.

Ein schöner Abend! Es fühlte sich für alle so an, als lebten sie schon immer in dieser Gemeinschaft. Natürlich fehlte Baum seine Marta, aber er sah sie hier und da als Hausherrin agieren, hörte ihre geistvollen Bemerkungen, ihr Lachen und er war sicher, dass sie sich glücklich einfügen würde, wenn sie erst einmal wieder zu Hause war.

Weidel brach als Erste auf, sie wollte unbedingt mit der Trambahn fahren. Baum war etwas erschöpft und versuchte ausnahmsweise nicht sie umzustimmen. Er begleitete sie zur Tür und gab ihr einen Stoffbeutel der an der Garderobe hing. „Für deine Walnüsse!" Weidel bedankte sich und begann den Inhalt ihrer Manteltaschen umzufüllen. Es waren bestimmt dreißig Nüsse und sie drückte den Beutel wie einen Schatz an ihre Brust. Sie verabschiedeten sich freundschaftlich. Baum blieb in der offenen Tür stehen, bis er sie nicht mehr sah und ging zufrieden zurück in seine Küche. Frau Lechner und Mini waren in ihrer Wohnung und er war schlagartig allein und hatte Zeit für sich und seine Gedanken. Die Küche war blitzblank aufgeräumt, ein frischer Kaffee stand in der Thermoskanne für ihn bereit und er nahm sich seinen Becher mit hinaus auf die Veranda. Dort setzte er sich mit Polstern und dicker Jacke auf seinen Lieblingsplatz und steckte sich ein Zigarillo an. Marta anzurufen, verschob er auf später, er musste erst alle seine Gedanken ordnen.

Es war still und er hörte kaum Verkehr von der Straße. Das Halbrund der Veranda schimmerte im Licht der bunten Glasfenster und es war wieder einmal Zeit, um für diesen schönen Platz zu danken.

Er stellte sich vor, wie Mini vielleicht in 30 Jahren auch hier saß. Würde sie Kinder haben? Würde sie einen Ehemann haben, einen Partner? Würde sie die echte und wahre Liebe kennen gelernt haben oder wurde sie enttäuscht, betrogen, gedemütigt? Er hoffte so sehr, dass ihr ehrliche, gute Menschen begegnen würden, und er wusste, dass er einfach alles dafür tun würde, dass sich dies erfüllte. Aber es gab so viele Szenarien, die er sich vorstellen konnte. Auch, dass sie ganz allein hier saß und an ihn zurückdachte. Wie lange würde es ihm vergönnt sein, ihr Leben zu begleiten? Er konnte nur hoffen und vertrauen, und damit war er sein Leben lang gut zurechtgekommen.

Sein Vater hatte immer gesagt, dass es drei Sorten von Menschen gibt. Die meisten, die immer einen Chef brauchen, der ihnen sagt, was sie tun sollen, ein paar wenige, die das nicht wollten, aber von Eltern und Gesellschaft durch Strafe und Liebesentzug dazu gezwungen werden, sich in die Phalanx der Vielen einzuordnen. Und schließlich sehr wenige geistig freie Menschen, die von allein wissen, was sie tun sollen, und sich weder durch Strafe noch durch Liebesentzug davon abhalten ließen, das Richtige zu tun.

Baum hatte als Jugendlicher darauf geantwortet, dass unser aller Chef doch Gott selber sei, und warum es denn schlecht sei, auf ihn zu hören. Sein Vater lobte ihn für diese Einsicht, erklärte ihm jedoch, dass die Menschen sich leider den falschen Chef aussuchen würden, nämlich den, der am lautesten schreit und das sei nun mal nicht Gott.

Baum staunte, wie sehr diese Aussage seines Vaters vor mehr als 40 Jahren heute mehr und mehr an

Bedeutung gewann. Die meisten Menschen waren in der Tat so simpel, sie dachten nicht selbst, sondern folgten blind dem, was dieser laut schreiende Chef für sie erdacht hatte, und das hatte von je her immer nur mit seinem Profit und des Menschen Schaden zu tun. Sein Vater schätzte, dass zur ersten Gruppe 80% der Menschheit gehörten, zur zweiten Gruppe 15% und nur 5% der gesamten Menschheit in der Lage war und sich darüber freute, in Eigenverantwortung zu leben und ihre Entscheidungen nicht diesem laut schreiendem Chef unterzuordnen. Sie hatten feinere Ohren und hörten die leise Stimme ihres wirklichen Herrn.

Jetzt erinnerte sich Baum sogar an den Spruch, den sein Vater eingerahmt auf seinem Schreibtisch stehen hatte. Er stammte von Franz von Assisi und lautete: „Ein einziger Dämon weiß mehr von der Wissenschaft als alle Menschen zusammen. Aber etwas gibt es, dessen der Dämon nicht fähig ist und darin besteht der Ruhm des Menschen. Er kann Gott treu sein!"

Oft wenn die Mutter ihn schickte, den Vater vom Schreibtisch zum Essen zu holen, deutete sein Vater auf diesen Spruch und pflegte ihm zu sagen: „Es wird eine Zeit kommen, wo Gott diese Treue von uns Menschen einfordert, wo er die Spreu vom Weizen trennt. Egal, was uns der laut schreiende Chef verspricht, auf die Treue zu Gott kommt es an, damit wir uns wiedersehen, mein Junge, vergiss das nie!"

Baum hatte das Gefühl, als ob sich die einzelnen Scherben seiner Erinnerungen zu einem ganz neuen Bild zusammensetzten. Die Worte seines Vaters lebten in seinem Herzen, als hätte er sie erst gestern gehört. „Tu das Richtige, mein Junge, tu nicht das, was alle tun!" Wie hatte sein Vater das gemeint? Würde er wissen, was das Richtige war, würde er die Herausforderung überhaupt als solche erkennen?

Warum waren ihm in Polen diese Worte seines Vaters nicht eingefallen, als er mit Frau Nowak zusammengesessen hatte? Er hätte gerne ihre Ansicht dazu gehört. Sie hätte diesen Worten sicher etwas abgewinnen können und sie hätten auch zu ihrer ganz eigenen Reinkarnationsidee gepasst, wenn man bedachte, wie sich diese drei Gruppen Menschen in diese Theorie einfügen ließen. Die Dümmsten waren also einfach die Jüngsten – was ja auch hieß, dass man sie nicht im selben Maß verantwortlich machen konnte, sondern ihnen die Freiheit der falschen Entscheidung lassen musste. Auch wenn er selbst da ganz anderer Ansicht war.

Er freute sich darauf, Frau Nowak wiederzusehen, womöglich würde er sogar hier mit ihr sitzen können, um diese Gedanken auszutauschen. Frau Lechner hatte bei ihm ihren sicheren Platz und Frau Nowak würde ihre Schwägerin besuchen kommen, allerspätestens zur Gerichtsverhandlung oder eben zur Beerdigung.

Somit war er wieder bei diesem Lechner. Wo steckte er, warum wusste Mini so genau, dass er nicht wieder käme? Wusste sie, wo er sich aufhielt? Hatte sie womöglich etwas mit seinem Verschwinden zu tun? Nein, das schloss er kategorisch aus. Wie sollte ein Kind diesen Mann verschwinden lassen können? Das war ausgeschlossen. Trotzdem spukte ganz leise in seinem Hinterkopf dieser abgedroschene Standardsatz herum: ‚Mit Gottes Hilfe ist nichts unmöglich'. Er vertiefte sich in diverse Szenarien, in denen ein solches Verschwinden mit Gottes Hilfe möglich gewesen sein könnte. Er konnte gestürzt sein, sich anderweitig schwer verletzt haben, einen Wadenkrampf, einen Herzinfarkt im kalten Buchsee bekommen haben, in dem er gerne schwamm, und dann ertrunken sein. Vorstellbar war ein solcher Todesfall, ein solches Nicht-Zurückkehren, von dem Mini sprach. Aber dann musste sie es gewusst und ihn tot gesehen haben. Wäre das möglich, dass sie ihm nichts davon erzählt hatte, obwohl sie so vertraut miteinander waren? Vielleicht hatte sie Angst, dass man ihr die Schuld für irgendeinen Vorfall geben würde?

Sein Kaffee war kalt und sein Zigarillo aufgeraucht. Er beschloss, sich bei einem Glas Cognac aufzuwärmen und Marta anzurufen.

In der Nachbarküche war alles dunkel und still und er löschte auch das Licht in seiner eigenen Küche und ließ sich in seinem Sessel nieder. Die Bücherregale wirkten verwaist und er schmunzelte bei dem Gedanken, dass er hier mit sehr vielen Büchern zusammen saß, die seine Frau ebenso sehr vermissten wie er selbst. Wieder nahm sie beim ersten Signal den Hörer ab und sie begrüßten sich glücklich und einander zugetan. „Ich habe noch etwas auf der Veranda gesessen, in der Dunkelheit und Stille kommen mir immer die besten Gedanken!"

„Und jetzt brauchst du einen Cognac, um dich aufzuwärmen?", zog sie ihn auf. „Ach ja, ich habe ganz vergessen, dass du mich durch die Wählscheibe deines Telefons sehen kannst", lachte Baum herzlich. Sie erzählten sich vom Tag und stellten beide fest, dass es Zeit war, endlich Weihnachten miteinander zu feiern, damit er nach Polen reiste und bis ins Neue Jahr blieb und sie zusammen wieder nach München fuhren.

„Ich bin ja total außen vor, bei deiner neuen Familie. Man muss mich in meinem eigenen Zuhause vollkommen neu einweisen", jammerte Marta gespielt.

Baum versicherte ihr, dass es nichts einzuweisen gab und dass sie bei allem, was geschah, immer anwesend sei. In seinen Gedanken sowieso, aber auch in den Gedanken der anderen.

Über seine neuesten Überlegungen zu Mini schwieg er. So unreif und roh wollte er sie erst einmal für sich behalten. Stattdessen erzählte er, dass sie am Samstag in den Tierpark gehen würden, damit er sein Versprechen, das er im Familiengericht gegeben hatte, auch zeitnah umsetzen konnte. Sie verabschiedeten sich lachend voneinander und Marta freute sich auf Samstagabend, um von dem Ausflug berichtet zu bekommen.

Er saß noch eine Weile im Sessel und hing seinen Gedanken nach, dann ging er zielstrebig ins Schlafzimmer.

19

Beim Aufstehen fiel ihm ein, dass er ganz vergessen hatte, seinen Chef gestern noch anzurufen. Aber da sie ja gar keinen Anruf vereinbart hatten, wird das heutige Brainstorming ja ausreichend sein. Die Morgentoilette fiel länger aus und er rasierte sich genüsslich per Hand. Er mochte weder das Geräusch eines elektrischen Rasierers noch dieses rupfende Gefühl, wenn er ein längeres Härchen aus den Kotletten erwischte.

Als er fertig war, wartete schon eine kleine Mickey Maus vor der Tür und zog ihn in die Küche, wo ein Körbchen mit frischen Brezeln auf dem Tisch stand und ihre Mutter gerade Kaffee gemahlen hatte.

„Na, na, da werde ich wohl langsam einen Bauch bekommen, wenn es mir hier so gut geht mit dem Essen", lachte er. „Früher habe ich nie gefrühstückt und meine Frau war es auch gewöhnt, bis mittags nüchtern zu bleiben. Aber wenn es schon so lecker duftet, sage ich heute mal nicht nein."

Mini schaute ihn lächelnd an und hielt ihm den Korb mit den Brezeln hin. „Darfst auch gleich zwei nehmen", scherzte sie zu seiner Freude und er antwortete trocken „ich esse aber weder Weißwürste noch verschimmelte Fleischwurst."

„Die sind eh aus", gab Mini an, „die hat der Arzt alle mitgenommen!"

„Dann müssten wir jetzt nur noch wissen, wo er sich die schmecken lässt, damit wir ihn einfangen können", antwortete Baum halb im Ernst und halb im Spaß.

Minis Miene blieb rätselhaft. Er hatte, das Gefühl, als wolle sie etwas erwidern, tat es aber nicht. Baum rettete die merkwürdige Stimmung, indem er sich lässig zurücklehnte, in seine Brezel biss und mit vollem Mund sagte: „Egal wo, Hauptsache nicht bei uns. Außerdem kommen hier keine grünen, glitschigen Würste auf den Tisch, die finden wir ja wohl alle drei ekelig!"

Mini entspannte sich sofort, sie lachte ihn an und ihre Mutter strich ihr zart über den Kopf. „Was haltet ihr denn davon, wenn wir morgen in den Tierpark gehen? Frau Lechner packt uns ein kleines Picknick ein und wir essen zu Mittag auf der Bank vor dem Gorillakäfig?"

Mini jauchzte und rannte eine Runde um den Frühstückstisch. Sie breitete ihre Arme aus und segelte nach der zweiten Runde auf ihn zu. „Du bist wirklich ein toller Vater", sagte sie. „Einer, der alle seine Versprechen hält! Kommt Maria auch mit?"

Frau Lechner wollte wissen, wer Maria ist, und Mini erklärte ihr, dass das die Kollegin vom Michi ist, die gestern hier war. „Sie hat mir erlaubt, Maria zu ihr zu sagen" belehrte sie ihre Mutter stolz. Dies nahm Baum zum Anlass, aufzustehen und ganz förmlich Frau Lechner das Du anzubieten. „Ich bin sicher, dass du es nicht wagen würdest, darum mache ich einfach den ersten Schritt, obwohl ein Mann das natürlich nicht sollte."

Frau Lechner schoss die Röte ins Gesicht und sie blickte ihn gerührt an. „Das hätte ich mich allerdings nie im Leben getraut, Sie sind ja schließlich Hauptkommissar ... äh ... der Münchner Mordkommission ...äh...", blieb sie mit dem Satz in der Luft hängen. „Und er heißt Michi", rettete Mini sie schnell.

Baum schmunzelte über diese Geistesgegenwart des kleinen Mädchens und fragte dann förmlich: „Und wie darf ich zu dir sagen?"

Frau Lechner errötete wieder. „Ich heiße Ilse Regine Konradine Frieda, such dir den Namen aus, den du am liebsten aussprechen möchtest. Ich mag alle vier nicht und kann nicht glauben, dass meine Eltern sich solche Namen ausgedacht haben."

Baum überlegte nicht lange. „Dann nehme ich gerne Frieda! Ilse ist mir zu harmlos und die anderen beiden sind mir zu streng, Frieda finde ich am schönsten."

Mini fing an die vier Namen zu singen und kam bei Frieda hoch hinaus. Sie lachten alle drei und Baum verabschiedete sich schnell, um nicht noch eine Brezel zu essen und noch eine Tasse Kaffee zu trinken.

„Heute Abend brauchst du nichts zu kochen, Frieda", übte er die neue Anrede. „Morgen beginnt das Wochenende, darum gehen wir heute Abend zum Essen aus!" Minis Jubelgeheul ertönte und die Raserei durch die Küche nahm wieder Fahrt auf. Wie hatte sich dieses Kind verändert! Was konnten Glück und Angstfreiheit bewirken, es war ein Wunder. Mit einem wohligen Gefühl der Freude startete er seinen Wagen und stand 15 Minuten später vor Weidels Tür. Sie hatte schon draußen gewartet und winkte ihm erfreut zu.

„Entschuldige, bei mir gab es plötzlich Kaffee und Brezeln, darum bin ich etwas zu spät."

„Das macht doch nichts, ich dachte nur plötzlich, ob du vielleicht vergessen hast, was wir gestern Abend vereinbart haben, und im Büro auf mich wartest."

„Glücklicherweise nicht, aber ausgeschlossen wäre es tatsächlich nicht gewesen. Die neue Situation bringt mich hier und da aus der Spur, aber das wird sich schon einspielen. Außerdem schadet es nicht, neue Wege zu gehen."

Es dauerte 15 Minuten und sie standen auf ihrem Platz in der Tiefgarage des Polizeipräsidiums. Irgendwie locker und trotz allem gut gelaunt stiegen sie in den Aufzug und beschlossen, direkt an

Hausers Tür zu klopfen. Zu ihrem großen Erstaunen war er nicht allein. Der Herr Oberstaatsanwalt persönlich hatte sich in seinem Büro eingefunden und sie schienen schon eine Weile miteinander zu sprechen. Hausers Aschenbecher war randvoll und der Oberstaatsanwalt hatte eine Menge Papiere auf seinem Schoß ausgebreitet.

Baum wollte die Tür gerade wieder schließen, als Hauser das Wort an ihn richtete. „Guten Morgen, Michi, wir müssen unser Brainstorming leider ein wenig verschieben. Du siehst ja selbst, wer sich hierher verirrt hat", sagte er nicht ohne einen gewissen Ärger in der Stimme „Ich rufe dich an, wenn ihr rüberkommen könnt."

„Herr Hauptkommissar", schnarrte die Stimme des Oberstaatsanwalts hinter ihm her, „ich gehe davon aus, dass Sie gestern keine ermittlungsrelevanten Neuigkeiten erfahren haben, sonst würde ich die gerne aus erster Hand hören."

Baum musste nicht lange überlegen. Es kam für ihn nicht infrage, den Oberstaatsanwalt vor seinem Chef zu informieren. „Das werde ich gleich mit meinem Vorgesetzten besprechen und er wird entscheiden, ob davon etwas wichtig für Sie ist."

Schnell schloss er die Tür, um die Erwiderung des Oberstaatsanwalts nicht mehr hören zu müssen.

„Du hast deine Leute gut im Griff, Hubert, das muss man dir lassen. Ich erwarte deinen Anruf nach eurem Briefing, und lass dir nicht so viel Zeit damit." Er sortierte seine Belege, rief in seinem Büro an, dass er jetzt hier fertig war, und verließ das Büro des Kriminalrats.

Hauser griff sofort zum Hörer, um Baum anzurufen, und wenige Minuten später saßen sie zu dritt in seinem Büro.

„Was wollte der Oberstaatsanwalt von dir?", fragte Baum. „Wenn er sich selbst her bemüht hat, muss es wohl wichtig gewesen sein."

Hauser streckte sich. „Na, was glaubst du denn wohl? Mit meinem Anruf von vorgestern habe ich ihn ganz schön aufgeschreckt. Er sagt, dass er täglich zweimal den Bertold am Telefon hat, und inzwischen ist es auch nicht mehr weit in die ganz große Politik. Der Herr General wird alles unternehmen, um den Skandal aus den Medien fernzuhalten, und da ich mich ja als potenzieller Medieninformant geoutet habe, ist überall mächtig Unruhe entstanden."

Baum und Weidel tauschten einen vielsagenden Blick. „Tja, Hubert, so leid es mir tut, aber da werden wir dir sicher nicht aus der Patsche helfen können. Wir haben zwar keine entscheidenden Dinge erfahren, aber auch nicht das Geringste, was den Lechner entlasten könnte. Die Heimleiterin hatte alle nur erdenklichen Auffälligkeiten vor Augen, hat sie aber allesamt nicht zu Gunsten des Kindes gedeutet, sondern vermutet, dass sie übertreibt und lügt. Da jedoch, wo Mini wirklich gelogen hat, nämlich, dass ihre blauen Schultern daher kamen, dass sie durch ein Rohr gekrabbelt ist, hat sie ihr geglaubt und ist nicht auf die Idee gekommen, es könne sich hier um häusliche Gewalt handeln. Diese Frau hat höchstens in so fern mit einer Pädagogin zu tun, dass sie Kinder zu 08/15-Lernmaschinen erzieht.

Sie erkennt kein außergewöhnliches Kind und keine außergewöhnliche Begabung oder Problematik. Wenn ein Stiefvater charmant ist und sie umgarnt, kann er per se kein schlechter Mensch sein, von einem Täter ganz zu schweigen. Also, dieses Gespräch hat uns keinerlei Neuigkeiten gebracht." Er fasste das weitere Gespräch sowie das mit dem Hausmeister und mit Frieda zusammen.

Hauser machte ein nachdenkliches Gesicht: „Was wollte das Kind mit solchen Orden? Es ist doch wohl mehr als außergewöhnlich, dass sie sich so sehr darum bemüht hat, sie kaufen zu können", schloss er „aber erst mal zu dieser Heimleiterin – ja, verdammt, es ist schade, dass wir in solchen Positionen so unsensible Menschen beschäftigen. Es wird Zeit, dass Schule und Erziehung eine ganz andere Richtung bekommen. Wir brauchen keine kleine Kadetten und auch keine dienenden Hausfrauen, wir brauchen visionäre kleine Menschen, die sich auch trauen, ihrem inneren Ruf zu folgen!"

Weidel begann laut und kräftig in die Hände zu klatschen und auch Baum sagte. „Mensch Hubert, eine solche Einstellung hätte ich dir nicht zugetraut! Bravo!"

Der Kriminalrat wehrte ab und wedelte mit einem Kugelschreiber vor seinem Kopf hin und her. „Aber was ist das für eine Geschichte mit den Orden? Meinst du nicht, du solltest Deine Tochter einfach selbst danach fragen, Michi?"

Baum machte ein zweifelndes Gesicht. „Tja, ich weiß nicht so recht. Einerseits bietet es sich an, aber andererseits kann ich sie nicht einfach darauf ansprechen, dass der Hausmeister mir das erzählt hat. Dadurch beschädige ich ihr Vertrauensverhältnis zu diesem Mann und er ist wichtig für sie, weil sein Schäferhund ihr einziger Freund in dieser Schule ist."

Hauser schaute ihn kritisch an. „Denk dran, Michi: Du bist nicht nur Vater, sondern auch Hauptkommissar mit einem Auftrag. Es wird dir wohl spielend gelingen, mit ihr dieses Thema anzusprechen, ohne dich auf den Hausmeister beziehen zu müssen."

„Du hast recht, Hubert, ich nehme das in Angriff, und wenn ich etwas erfahre, rufe ich dich an. Dann gehen wir jetzt wieder rüber, damit du deinen Oberstaatsanwalt anrufen kannst." „Meinen Oberstaatsanwalt? Also hör mal, so dicke bin ich nicht mit ihm, aber er ist trotzdem ein anständiger Kerl, der uns schon sehr unterstützt hat – vergiss das bitte nicht. Er ist nun mal der erste Ansprechpartner der großen Tiere, wenn es heikel werden könnte. Ich möchte nicht mit ihm tauschen!"

20

Der Samstagmorgen war extrem aufregend. Der Tierpark wirkte wie ein Magnet. Mini dachte an nichts anderes und redete auch über nichts anderes als über die kleinen Gorillas mit den großen Kanistern. Ihre Mutter freute sich sehr und fragte sie hier und da, ob es denn auch andere Tiere gäbe, oder der ganze Park nur voller Gorillas sei.

Mini erklärte, dass die Mutter so etwas denkt, weil sie eben noch nie in einem Tierpark war! Aber das würde sich ja jetzt ändern, denn Baum hätte versprochen, dass sie jeden Samstag in den Tierpark gehen würden. „Hörst du, Mama? Jeden Samstag!"

Baum schmunzelte in sich hinein, legte seine Zeitung zur Seite und mischte sich vorsichtig in die Planung seiner Wochenenden ein. „Wir wollten doch auch mal mit dem Floß auf der Isar fahren, meinst du deine Gorillas könnten das verschmerzen?"

Mini lachte und gab ihm freudig Recht, dass das wohl zu machen sei.

Der Tag verlief sehr angenehm, sie liefen weite Strecken, Frieda wurde ein wenig müde und sie ließen sie manchmal auf einer Bank ausruhen, während Baum und Mini selbst im Zickzack um sie herum alles anschauten, was einem Tier ähnelte. Mini war so freudig aufgeregt, dass Baum sich etwas sorgte, dass sie ganz aus ihrer Mitte fiel.

Endlich saßen sie auf der Bank vor dem Gorillakäfig und das große Männchen hockte dort vor der dicken Scheibe. Seine Arme hoch vor der Brust verschränkt, guckte es sie an, starr und unbeweglich. Das wirkte irgendwie einschläfernd und nach einer kleinen Stärkung hatte sich Mini an seine Seite fallen lassen und es kam Baum so vor, als schliefe sie.

Auch Frau Lechner fielen die Augen zu und es dauerte nicht lange, da wurde auch sie zu seiner linken Seite schwer. Hatte er zwei so starke Schultern, dass diese beiden Menschen daran vertrauensvoll schliefen? Er musste sehr schmunzeln, dachte an Marta, dachte an seine Eltern und war hoch zufrieden, als er das Gefühl hatte, auch der Gorilla würde seine Gedanken lesen und ihn beglückwünschen.

Es hätte gefehlt, dass er selbst auch noch eingeschlafen wäre, aber das ließ der Gorilla nicht zu: Plötzlich fing er an zu schreien und klopfte sich mir seinen Fäusten auf die Brust. Die Menschen vor dem Käfig lachten alle laut und sofort war Baums neue Familie wach. Beide lachten mit und behaupteten, nicht geschlafen zu haben.

Der Samstagabend verlief entsprechend geruhsam und niemand hatte etwas dagegen, einzuwenden, sich früh zurückzuziehen, auch Mini nicht.

Am nächsten Morgen wollte er die beiden Frauen motivieren, die heilige Messe mit ihm zu besuchen, aber sie wollten lieber zu Hause bleiben. Nicht einmal Mini wollte ‚seine' Kirche kennenlernen, in der er als Kind Messdiener gewesen war. Auf seine Frage antwortete sie wahrheitsgemäß, dass sie das bei dem Arzt immer musste und der Sohn ihr regelmäßig auf dem Weg dorthin ein Bein gestellt hatte, damit sie hinfiel. Dann hatten beide gelacht, Vater und Sohn. Sie wollte nie wieder in eine Kirche gehen. Frieda bestätigte ihre Erzählung mit einem Nicken in seine Richtung. Enttäuscht machte er sich allein auf den Weg und versprach, zum Mittagessen zurück zu sein.

Frieda hatte sich wieder mächtig ins Zeug gelegt. Extra für ihn ein Brathuhn im Ofen und es gab ein köstliches Risotto dazu und zum Nachtisch ein Stück feinen Schokoladen-Nusskuchen mit Schlagsahne. Sie verbrachten einen ruhigen Sonntag und Mini freute sich darüber, dass sie abends nicht ins Internat gefahren werden musste.

„Morgen ist noch mal Sonntag", erklärte ihr Baum. „Vielleicht willst du ja morgen früh mit mir in die Kirche gehen, an Allerheiligen?", fragte er sie freundlich. „Ich würde dir so gerne die Kirche zeigen, in der ich immer mit meinen Eltern war."

Mini guckte ihn missmutig an, sagte dann aber versöhnlich: „Wenn du das so gerne möchtest, komme ich morgen mit." Baum sprang auf und begann mit ausgebreiteten Armen um den Tisch zu laufen. Mini lief hinter ihm her und Frieda musste laut lachen als sie rüber kam, um Mini für die versprochene Fernsehsendung abzuholen. „Kommst du später noch zum Vorlesen?" fragte sie außer Atem, Baum versprach es nur zu gern.

Marta erzählte er später, dass dies ein Sonntag nach seinem Geschmack gewesen war. Er hatte viel Ruhe, gutes Essen und eine warme Wohnung, in der es schön war. Nur sie fehlte ihm sehr!
„Ich werde nie wieder eine Gastprofessur annehmen", versicherte sie ihm. „Es passiert einfach zu viel, wenn ich nicht zu Hause bin, und ich möchte doch so gerne an deinem Leben teilnehmen."
Dies sei eine ausgezeichnete Idee, lobte sie Baum, und sie könne sich ja auf einzelne Vorlesungen und Vorträge beschränken, die sie an fremden Unis halten könne. Dann würde er sie begleiten und sie seien immer zusammen. Ein schöner Plan für beide, um damit einzuschlafen. Nachdem er sich noch einen Kaffee und ein Zigarillo auf seiner Veranda genehmigt hatte, ging er zu Bett.

Am nächsten Morgen wurde es wieder turbulent und Mini sauste durch beide Wohnungen. Auf die Frage ihrer Mutter, warum sie so rumflitzen müsse, hörte Baum sie antworten: „Weil ich mich so freue, Mama!"
Konnte es einen schöneren Start in den Tag geben, fragte er sich, als dieses Kind zu haben, das seine

Freude in Bewegung umsetzen musste, weil es sonst geplatzt wäre? Lächelnd kam er aus dem Badezimmer und tat so, als wisse er nicht, dass Mini ihn gleich von hinten anspringen würde, tat so, als hätte er sich wahnsinnig erschreckt, nahm sie auf den Arm und betrat mit ihr zusammen die Küche, wo es angenehm duftete. Frieda war schon sehr beschäftigt und sie setzten sich auf ihre Plätze.

Es war schön zu frühstücken, das musste er zugeben. Mini hatte ihrer Mutter schon erzählt, dass sie heute mit ihm in die Kirche gehen würde, und Frieda bat um Erlaubnis, stattdessen das Mittagessen zuzubereiten.

„Kein Problem, Mama", antwortete Mini für sie beide. Also stiefelten sie los. Der Fußweg war für Baums lange Beine nicht weit, aber Mini fragte ein paarmal, wann sie endlich da seien. „Auf dem Rückweg nehme ich dich Huckepack", versprach Baum, als die Kirche schon in ihrem Blickfeld lag. Er nahm sie bei der Hand und ging mit ihr zu seinem Stammplatz in der vorletzten Reihe. Unterwegs hatte er ihr erklärt, dass sie ihm einfach alles nachmachen könne, dann sei es schon richtig. Die Heilige Messe war lang und Baum staunte, wie ruhig und geduldig sich Mini verhielt. Da sie noch keine echte religiöse Erziehung genossen hatte und demzufolge auch noch nicht bei der Erstkommunion war, verzichtete Baum darauf, den Leib des Herrn zu empfangen, weil er sie nicht allein in der Bank sitzen lassen wollte. Als die Messe zu Ende war, gingen sie schnell hinaus und Mini hatte einiges nachzuholen. Huckepack wurde nicht gebraucht und sie flitzte los. Baum bemerkte, dass der Pastor am offenen Portal der Kirche stand und ihm nachblickte, aber er hatte keine Zeit seinen fragenden Blick mit erklärenden Worten zu beantworten, er musste fast laufen, um Mini einzuholen. Der Rückweg ging so schnell, wie er ihn alleine noch niemals bewältigt hatte. Mini erwartete ihn schon auf dem Treppenpodest, als er gerade erst in die Einfahrt einbog. Gemeinsam schlossen sie die Haustür auf und Mini raste sofort in seine Küche, wo sie die Mutter vermutete.

„Da seid ihr ja wieder", begrüßte sie Frieda voller Freude. Der Tisch war gedeckt und ein Hauch von Knoblauchduft hing in der Luft. Es gab frittierte Champignons mit Knoblauchmayonaise als Vorspeise, dazu ein selbstgebackenes Baguette und einen kleinen Salat für jeden. Es schmeckte himmlisch und Baum genoss es, dass sie zumindest bei der Vorspeise alle drei das gleiche aßen. Im Anschluss gab es Hühnerfrikassee aus dem restlichen Huhn von gestern mit Reis und in Butter geschwenkten Karotten. Zum Nachtisch Vanilleeis mit Erdbeersoße und Schlagsahne. Beim Nachtisch musste er schließlich passen und freute sich, dass Frieda die verbliebene Hälfte seines Eisbechers aufaß.

Es dauerte nicht lange, da bat Mini darum, vom Tisch aufstehen zu dürfen, holte sich ihren Anorak und stiefelte hinaus mit Tom Sawyer unter dem Arm. Baum nutzte die Gelegenheit, um Frieda zu fragen, ob sie Einzelheiten des Missbrauchs erfahren wollte, aber sie schüttelte den Kopf.

„Bitte nicht, Michi, solange ich nicht alles weiß, kann ich mir immer noch einreden, es sei nicht so schlimm gewesen, auch wenn das natürlich nicht stimmt. Da ich ihn in allem kenne, möchte ich mir einfach nicht im Detail vorstellen müssen, was er unserer Mini angetan hat."

Baum genoss das Wort ‚unserer' und war milde gestimmt. Noch vor ein paar Tagen hätte er ihr diese Wahrheiten schonungslos ausgesprochen und sie mit keinem Detail verschont, aber inzwischen war eine Art Freundschaft zwischen ihnen entstanden und er wollte sie nicht belasten.

„Dafür ist ja auch immer noch Zeit, wenn du dich irgendwann stärker fühlst und es ertragen kannst", sagte er freundlich und legte seine Hand auf ihre. „Dann gehe ich mal raus zu unserer Mini und gucke, auf welcher Seite sie bei Tom Sawyer inzwischen ist."

Noch bevor er sie erreicht hatte, dreht sie sich nach ihm um. „Michi, hier ist es so schön. Warum hast du so ein schönes Haus?", fragte sie ihn direkt.

„Das habe ich von meinen Eltern geerbt, es war also ein Geschenk. Ich musste nicht dafür arbeiten und auch nicht danach suchen, es war einfach da. Mein Vater hat es vor 50 Jahren seinem Onkel abgekauft, weil der nach Australien ausgewandert ist. Er liebte Känguruhs und wollte ihnen so nahe wie möglich sein. Mein Vater musste damals viele Schulden dafür machen, aber als ich es geerbt habe, waren alle Schulden schon bezahlt. Ich habe also großes Glück gehabt."

„Wie schön", antwortete Mini versonnen. „Ich möchte am liebsten nicht mehr in die Schule gehen, sondern nur noch hier sein – geht das?", fragte sie vorsichtig.

„Das können wir mal in Ruhe überlegen, was für dich in Zukunft das Beste sein wird. Ich habe auch schon daran gedacht, dass du vielleicht in München eine Schule besuchst. Gleich um die Ecke ist das Pestalozzi Gymnasium, eine sehr gut Schule, in der ich die letzten drei Jahre bis zum Abitur war."

„Nein", sagte Mini, „ich will ja in gar keine Schule mehr, nirgends. Ich möchte nur noch mit deinen vielen Büchern hier unter dem Baum sitzen und lesen. Das reicht doch, oder?"

„Das kommt darauf an, was du später mal machen möchtest, welchen Beruf du dir aussuchst. Dafür braucht man ja meistens einen Schulabschluss oder sogar ein Studium. Das kannst du erst wirklich entscheiden, wenn du deine Möglichkeiten entdeckt hast, und dafür ist die Schule da. Sonst könnte es doch sein, dass du später bereust, dies oder das nicht gelernt zu haben, und dir damit Möglichkeiten verwehrt sind, etwas Bestimmtes zu werden."

Mini antwortete ganz spontan: „Ich will aber nichts werden, ich möchte nur hier sein, meine Bäume haben und deine Bücher lesen, damit ich später selbst welche schreiben kann."

Baum erkannte durchaus eine tiefere Bedeutung in ihren Worten und freute sich darüber, aber er wollte sie auch nicht weiter mit diesem Thema bedrängen. „Die nächste Woche kannst du auf jeden Fall noch hier bleiben, es ist ja morgen noch ein Tag frei. Danach werde ich dich in der Schule krank melden."

„Aber ich bin doch gar nicht krank und du darfst doch als Polizist nicht schwindeln", lachte sie ihn an.

Baum legte ihr den Arm um die Schulter. „Doch, ich glaube, du bist etwas krank, der Arzt hat dich krank gemacht, darum werde ich ihn fangen und vor Gericht stellen."

Mini guckte erstaunt. „Nein, Michi, ich habe doch ihn krank gemacht, denn er hat geblutet und geschrien, als ich ihn gebissen habe. Seitdem ist er nicht mehr in mein Zimmer gekommen, aber er hat gesagt, dass er etwas baut, damit ich ihn nicht nochmal beißen kann. Davor hatte ich große Angst. Aber jetzt kann er ja nicht mehr kommen. Hast du eigentlich eine Pistole?", wollte sie plötzlich wissen.

Baum hatte bei ihren Worten die Luft angehalten. „Ja, klar habe ich eine Pistole, das haben doch alle Polizisten, aber ich habe meine Pistole noch nie auf einen Menschen abgefeuert. Ich habe sie immer nur zur Abschreckung benutzt."

„Dann kannst du gar nicht schießen und auch nicht treffen?", wollte Mini ängstlich wissen.

„Doch, natürlich kann ich das, wir müssen immer ein Schießtraining machen. Es ist nur etwas anderes, ob man auf einen gemalten Menschen schießt oder auf einen echten. Für mich hat es sich Gott sei Dank noch nie ergeben, dass ich wirklich auf einen Menschen schießen musste, und darüber bin ich sehr froh."

„Würdest du denn auf den Arzt schießen, weil er böse ist?", wollte Mini wissen.

„Ich glaube nicht, es sei denn, er würde dich bedrohen, dann würde ich ihm mindestens in eins seiner Beine schießen."

„Warum in ein Bein?", fragte sie.

„Damit er in dem Moment auf den Boden fällt und nicht weglaufen kann. Dann drehe ich ihn auf den Bauch und lege ihm Handschellen an. Danach lasse ich ihn von anderen Polizisten abholen, damit ein Richter über seine schlimmen Taten richtet und ihn ins Gefängnis schickt. Dort kommt er nie wieder raus, weil er dir das Schlimme angetan hat.

Und die anderen Gefangenen können ihn überhaupt nicht ausstehen und werden sehr frech zu ihm sein."

Mini wurde munter. „Nehmen die ihm auch das Essen weg?"

„Oh ja", antwortete Baum fröhlich, „der bekommt noch nicht einmal eine einzige Brezel und die nehmen ihm noch viel mehr weg, zum Beispiel seine Seife und sein Handtuch, wenn er unter der Dusche ist, und lauter so Sachen, mit denen man jemanden ärgern kann." Mini lachte laut. „Auch Schuhe und Anziehsachen?"

„Na klar", antwortet Baum lachend, „der muss in irgendwelchen Klamotten von anderen herumlaufen, die ihm gar nicht passen, und wenn er sich jemals beschwert, wird er von den anderen Männern verhauen."

Mini gluckste jetzt richtig vor Lachen. „Schade", sagte sie spontan, „dann wäre es doch besser gewesen, wenn du ihn gefangen hättest und nicht ich." Baum erstarrte und zog sie zitternd zu sich. Leise flüsterte er das Ungeheuerliche: „Du hast ihn gefangen? Wie hast du das denn gemacht?"

Mini buckelte sich an ihn und er sah, wie sich ihre Lippen bewegten, aber aus lauter Angst konnte er sie nicht hören. Es blieben Worte wie ‚Tarzan' in seinem Gedächtnis und ‚wildes Tier', aber er war nicht in der Lage, ihren Satz daraus nachzubilden.

„Ich kann dir zeigen, wo er ist", sagte Mini etwas lauter und näher an seinem Ohr.

Baum kam zu sich. „Gut, das machen wir, aber wir sprechen erst mal mit niemandem darüber, auch nicht mit Maria, okay? Das ist jetzt unser Geheimnis!"

Mini war zufrieden und wechselte das Thema ohne jedes Problem. „Gestern im Tierpark fand ich es so schön. Der große Gorilla hat mir gar keine Angst gemacht, ich fand, dass er lieb geguckt hat und gar nicht böse war. Wir hätten ihm nur etwas von unserem Proviant abgeben sollen. Ich glaube, das mochte er nicht, dass wir essen konnten und er nichts hatte."
„Das machen wir nächstes Mal anders und essen unser Picknick zu seiner Fütterungszeit, damit es uns allen schmeckt", sagte Baum einsilbig.

„Bist du traurig?", fragte ihn Mini unvermittelt. „Du guckst so anders!"

Baum streckte sich und legte seinen Kopf an den Baumstamm. „Ja, du hast Recht, ich bin traurig und ich habe auch etwas Angst davor, was ich machen soll, wenn wir diesen Arzt da finden, wo du ihn gefangen hast. Vielleicht sollten wir es hinter uns bringen und du zeigst es mir direkt?"

„Ja gut", sagte Mini schnell, „aber dann müssen wir zum Haus zurückfahren."

Das sei nicht schlimm, versicherte ihr Baum und erinnerte sie, daran zu denken, dass sie mit niemandem über ihr Geheimnis sprechen dürfe, auch nicht mit ihrer Mutter. „Wir sagen, dass wir hinfahren, um den Teddy zu holen, den deine Geschwister vergessen haben, das ist nicht gelogen!"

Mini war einverstanden und sie gingen zum Haus zurück um Frieda Bescheid zu sagen, dass sie ein paar Stunden weg sein würden.

Unterwegs erzählte Mini ihm alles. Sie schien froh zu sein, all das Erlebte mit jedem Wort hinter sich zu lassen. In ihrem neuen Leben gab es dafür keinen Platz mehr, das ahnte sie selbst.

Sie erzählte, dass sie beschlossen hatte, ihn zu fangen, als sie erfahren hatte, dass sie nicht mehr im Internat bleiben durfte sondern eine externe Schülerin werden musste. Das war zu viel für sie. Seine Drohung hatte ihr schon genug Angst eingejagt, und hieße, er würde immer wieder kommen. Zusammen mit der Ankündigung, dass sie das Internat verlassen musste, gab es nur noch eins: Sie musste handeln, musste ihn fangen. An ihrem Lieblingsplatz im Wald hatte sie eine tiefe gemauerte Grube entdeckt. Darin wollte sie ihn fangen. Dafür musste sie ihn erst wütend machen und neugierig, damit er sie verfolgen würde. Baum konnte es nicht fassen, welche Gedankengänge dieses bedrohte Kind entwickeln konnte. Flach atmend und mit gigantischem Herzklopfen lauschte er ihren weiteren Ausführungen.

Mit dem Geld vom Moosgruber fuhr sie nach München und kaufte auf der Auer Dult zwei Orden. Triumphierend gab sie an, sogar noch Geld für eine ganze Tüte Brezeln übrig behalten zu haben. Auf der Rückfahrt hatte sie vier gegessen, das sei so gemütlich gewesen mit dem Kopf an der großen Fensterscheibe. Dabei sei es ganz einfach gewesen, ihren Plan zu entwerfen. Sie wollte einen von den Orden absichtlich verlieren, wenn sie vom Abendessen aufstand. Daraufhin würde der Arzt sie anbrüllen und verlangen, das Ding zu sehen, aber sie würde so tun, als wolle sie es ihm nicht zeigen. Später, nachdem er sie wütend in ihrem Zimmer bedrängt hatte, erzählte sie ihm gespielt widerwillig die Geschichte von der Blechdose im Wald, die sie gefunden hatte und wo noch viele von diesen Dingern drin wären.

Aber das sei ihr Geheimnis und das würde sie niemandem zeigen.

Natürlich hatte sie erst die Grube vorbereitet. Die vier dicken Bretter, die sie verdeckten, hatte sie unterhalb des Hangs versteckt. Es war sogar noch eine alte Leiter in der Grube gewesen, aber die war morsch und schon beim Rausziehen zerbrochen. Erst hatte sie die dicken Bretter hineinwerfen wollen, aber sie fürchtete, dass er sie hätte benutzen können, um aus der Grube wieder hinauszukommen. Davor fürchtete sie sich. Sie wollte ihn dort unten behalten, wie lange, wusste sie noch nicht. Sie wollte ihm Essen und Trinken bringen, aber sie wollte ihn nicht rauslassen. Erst musste er schwören! Nie mehr in ihr Zimmer, nie mehr anfassen, schreien und hauen, niemals mehr Waschkontrolle und die Mama sollte er auch in Ruhe lassen.

Baums Herz klopfte bis zum Hals und er fragte sie detailliert, wie sie denn wissen konnte, dass die Grube tief genug war, damit er nicht selbst wieder hinausklettern konnte. Das wusste sie wegen des Seils, das sie mit einem Korb und einem Stein herunter gelassen hatte. In das Seil hatte sie oben einen Knoten gemacht und es dann lang auf den Boden gelegt, um sich daneben zu legen. Sie passte zweieinhalb Mal übereinander daneben. Das sei tief genug gewesen. Baum verspürte immer größere Angst, denn das war nicht tief genug gewesen. So ein menschliches Tier konnte schließlich auch springen. Aber er hörte ihr angespannt weiter zu, hörte, wie er ihr hinterhergejagt war, sie ein paarmal fast zu fassen bekommen hatte und schließlich mit einem fürchterlichen Schrei in der nur mit Zweigen und Laub verdeckten Grube gelandet war. Mini hatte sich hinter ihrem Lieblingsbaum versteckt und ihm die Blechdose mit dem zweiten Orden hinterhergeworfen.

‚Judensau', hätte er immer geschrien und dass er sie bei lebendigem Leib in Stücke schneiden würden. Sie wisse ja noch, wie sich das angefühlt hatte mit ihrem Knie. Baum musste sich anstrengen, nicht loszuschreien, so entsetzlich aufgeregt war er. „Was war das mit dem Knie?", fragte er viel zu laut.

„Da hat er mich operiert, ohne eine Schmerzspritze, wie man sie sonst bekommt. Es hat nämlich schon mal einer meinen Fuß aufgeschnitten, als ich noch viel kleiner war und auf eine Nähnadel getreten bin, die abgebrochen ist, aber da habe ich gar nichts gemerkt. Das nennt man Betäubung. Der Arzt hat einfach geschnitten und genäht ohne so was. Und es hat sehr wehgetan. Ich habe geschrien und geweint, aber er hat gelacht. Das war oben im großen Badezimmer."

Das war zu viel für Baum, seine Beine begannen zu zittern und er konnte nicht mehr Autofahren. Diesen Gedanken wollte er nicht weiter denken, aber es war schwer sich dagegen zu wehren. Schnell riss er sich aus seinen Gedanken „Weißt du was, ich brauche eine Pause, meine Beine können nicht mehr fahren. Lass uns eben anhalten, dann kannst Du weiter erzählen."

„Aber es ist nicht mehr weit", freute sich Mini. „Du kannst beim Friedhof halten, von da müssen wir sowieso zu Fuß gehen."

Als das Auto stand und der Motor aus war, fragte ihn Mini: „Was ist eine Judensau?" Baum guckte sich erschrocken um, ob jemand in der Nähe war, der dieses Wort hätte hören können. „Das ist ein ganz altes und sehr, sehr schlimmes Schimpfwort. Kein vernünftiger Mensch würde so ein Wort heute benutzen. Und wer es benutzt, sollte allein deswegen eingesperrt werden", antwortete Baum schnell.

„Er hat es ganz oft geschrien, immer wieder anders, mit dreckig und stinkend. Ich habe versucht ihm zu sagen, was er versprechen muss, aber er hat nur gebrüllt und gebrüllt und gar nicht zugehört. Als ich sein Brüllen nicht mehr hören wollte, bin ich nach Hause gelaufen und habe den Spaten mitgenommen und wieder in den Werkraum gestellt. Unterwegs war ich sehr traurig, dass ich keine Katze mehr hatte, denn die hätte ich jetzt mit ins Haus nehmen können. Die Mama hat mich gefragt, ob ich den Onkel Bernhard gesehen habe, aber ich habe ja gar keinen Onkel Bernhard, den ich sehen kann", lachte das Kind jetzt. „Abends hat dann die Mama bei der Polizei angerufen, und als ich am nächsten Freitag aus dem Internat kam, warst Du plötzlich da. Als ich deinen Namen gehört habe, wusste ich, dass alles wieder gut werden konnte."

Baum musste sich anstrengen, um nicht zu weinen, er legte seine Hände vors Gesicht und es schüttelte ihn heftig. Mini schlang ihre Arme von hinten um ihn. „Jetzt brauchst du doch nicht mehr traurig zu sein, Michi, der Arzt ist nicht mehr da und er kann niemandem etwas tun – meiner Mama nicht, mir nicht und keinem anderen Kind."

Baum schüttelte sich kräftig. In ihm herrschte ein solches Gefühlschaos. Er war angeekelt und wütend, ängstlich, verzweifelt, dankbar, glücklich und ehrfürchtig, alles in einem, und er wusste nicht, wie er diese vielen Gefühle in den Griff bekommen sollte. Er nahm ihre kleinen Hände und drückte sie fest auf seine Brust. Was auch passierte, dieses Kind würde er niemals enttäuschen, niemals allein lassen, niemals unglücklich sehen. Jetzt musste er funktionieren, aussteigen und sich dem Grauen stellen, das auf ihn wartete. Mini nahm ihn bei der Hand und sie gingen zusammen auf den Friedhof. Glücklicherweise waren sie allein und trafen keinen Besucher. Mini zog ihn hinter sich her in die hinterste linke Ecke. War er damals mit Weidel schon dort gewesen?

Sie schlüpften durch niedrige Sträucher und kletterten über einen halbhohen Jägerzaun. Dahinter befand sich ein dichter Nadelwald, es schlängelte sich ein verwurzelter kleiner Pfad bergauf. Der Boden war weich und federnd. Mini erzählte ihm Geschichten von Eichhörnchen, denen sie hier Namen gegeben hatte und die ihr alle aus der Hand fraßen, nur um ihn aufzumuntern, das wusste er. Es war schwer, ihn aufzumuntern. Woher konnte er wissen, dass der Lechner wirklich tot war? Was, wenn er es nicht war, was, wenn sie ihn jetzt gar nicht in der Grube fanden und er sich befreit haben musste? Er war in größter Unruhe und ein kalter Schauer stieg seinen Rücken empor.

Am Waldrand tat sich eine riesige Weide auf. Das Vieh war nicht mehr draußen. Dafür war er dankbar, als er merkte, dass sie durch den Elektrozaun klettern mussten. „Brauchst keine Angst zu haben", lachte ihn Mini an, als sie mit der Hand den Draht umschloss. „Siehst du, kein Strom!"

Wie im Trance folgte er Minis flinken Beinen über die große Wiese, sie reckte die Arme in den Himmel, als wolle sie sich da oben bedanken, aber sie rief ihm nur zu: „Jetzt stelle ich dir meinen allerallerallerliebsten Baum vor." Sie streckte den Arm nach vorne und er sah eine imposante Buche, deren Alter er auf mindestens 250 Jahre schätzte. Sie mussten noch über einen befestigten Weg und über den Feldrand etwas tiefer in den Wald, und standen schließlich vor dieser schönen Buche.

„Du musst ihn umarmen und dich vorstellen", sagte Mini feierlich. Baum fand einen Moment Frieden und tat, wie ihm geheißen. Er umarmte den Baum und sagte freundlich: „Angenehm, Baum!"

Mini lachte und umarmte den Baum von der anderen Seite. „Das ist mein neuer Papa und er heißt genauso wie du!"

Aufgrund seiner Größe und Position konnte Baum problemlos die Grube sehen, die etwa zehn Meter entfernt war. Mit zitternden Beinen ging er vorsichtig Schritt für Schritt darauf zu.

Mini hielt ihn an seiner Jacke fest, damit er nicht zu nah heranging. „Leg dich lieber auf den Bauch, wenn du reingucken willst. Ich habe Angst, dass du sonst auch reinfällst."

Um sie zu beruhigen, machte Baum es so, wie sie empfahl, und robbte auf allen Vieren an den Rand der Grube heran. Wenig Licht fiel bis auf den Grund, aber er konnte den Umriss eines Menschen erkennen. Trotz seiner aufgewühlten Verfassung empfand er einen kurzen Moment Erleichterung.

„Herr Lechner?", rief er mit lauter Stimme, in der wieder die gewohnte Autorität lag, aber er bekam keine Antwort. Er rief ein zweites und ein drittes Mal, es kam keine Reaktion, keine Bewegung und auch kein Stöhnen oder Brummen.

„Ich glaube, man kann ihn jetzt leicht ins Gefängnis bringen", riss Mini ihn aus seiner Erstarrung. „Er hat schon lange nicht mehr geschrien, und gegessen und getrunken hat er auch nichts."

Baum war vollkommen versunken. Es konnte nicht wahr sein, dass er das hier wirklich erlebte. Was um Gottes willen sollte er jetzt tun? Er war Kriminalkommissar und hatte vermutlich die Leiche des Vermissten gefunden, den sie seit Wochen suchten. Er musste nur zum Auto zurückgehen, das nächste Telefon suchen, bei seinem Chef anrufen und schon setzte sich das Räderwerk in Bewegung.

Wollte er das? Konnte er das überhaupt jetzt und hier entscheiden? Er war nicht allein, er hatte das Kind bei sich, das ihn vertrauensvoll an diesen Ort geführt hatte, an dem es seinen bösen Geist gefangen hatte. Ganz allein, unendlich mutig, zielstrebig und klug. Er schaffte es nicht, sich die verschiedenen Konsequenzen auszumalen, und drehte sich auf den Rücken.

Mini lag neben ihm und kaute an einem Blatt. „Musst du mich jetzt ins Gefängnis stecken?", fragte sie ihn vorsichtig. „Aber nein, wieso sollte ich das denn tun?"

„Weil ich schuld bin, dass er da unten liegt", antwortete sie sachlich.

„Das wissen wir ja noch gar nicht, ob du daran überhaupt schuld bist", sagte Baum versonnen. „Es wird auch nicht so einfach sein, das festzustellen, und solange darf man das auch nicht behaupten."

Seine tatsächlichen Gedanken waren ganz andere, aber darüber schwieg er. Der Oberstaatsanwalt konnte anordnen, dass das Kind in einer psychiatrischen Klinik untergebracht werden musste. Eine Katastrophe in seinen Augen und er überlegte kurz, ob man die Grube einfach füllte und den Lechner begrub.

Sollten doch die Ermittler in 100 Jahren rätseln, wer dieses Skelett war.

Gefiel ihm dieser Gedanke? Nein, dachte er, so würden sie mit ihm hier im Wald auch seine Schuld begraben. Das durfte nicht geschehen. Für Mini wäre dieses Wissen eine zu große Bürde für ihr Leben.

Er bekam langsam Klarheit in seinen Kopf und stand auf. „Ich bin ja Polizist und darum muss ich jetzt feststellen, ob der Mann da unten wirklich tot ist oder ob ich den Krankenwagen rufen muss. Hab keine Angst, ich springe jetzt in die Grube hinein und du holst eines der dicken Bretter, damit ich besser wieder rauskomme, okay?"

Mini geriet sofort in großer Aufregung. „Oh nein, Michi, das darfst du nicht! Nachher tut er dir etwas!" Sie weinte heftig und Baum nahm sie tröstend in die Arme.

„Ich weiß, dass du diesen Mann für sehr gefährlich hältst, aber mir kann er nichts tun, das glaubst du mir doch, oder?" Minis Gesicht war rot, verweint und voller Panik, ihre Nase lief und sie sah erbarmungswürdig aus. „Hast du denn deine Pistole dabei?", schluchzte sie, aber Baum konnte das nicht bestätigen.

„Die habe ich nur im Dienst dabei, jetzt liegt sie im Kommissariat und ist dort eingeschlossen."

„Dann darfst du nicht in die Grube rein!", heulte sie wild.

Baum nahm sie bei der Hand und führte sie weg von der Grube. Dort kniete er sich vor sie hin und versuchte es mit Logik: „Du hast doch gesagt, er hätte schon lange nichts mehr gegessen und auch nichts getrunken und auch nicht geschrien. Das heißt auf jeden Fall, dass er ganz schlapp sein muss, wenn nicht sogar tot. Wie also sollte er mir etwas tun? Das ist unmöglich!" Er nahm sein Taschentuch und trocknete ihr die Tränen und ließ sie kräftig hinein schnäuzen, putzte ihre kleine Nase, so gut es ging, und lächelte sie an.

Mini versuchte zurückzulächeln, aber sie hielt immer noch seine Hand und schluchzte von Neuem auf, weil sie nicht wollte, dass er in die Grube sprang. Baum machte kurzen Prozess, mit wenigen Schritten war er zurück am Rand der Grube, setzte sich und ließ die Beine baumeln. Begleitet von Minis gellendem Schrei sprang er hinein. Er hatte sich nicht verschätzt, die Grube war kaum tiefer, als er lang war. Erst sah er zu ihr hoch und beruhigte sie. Einmalhandschuhe hatte er immer dabei. Bewusst langsam nahm er sie aus der Innentasche seines Sakkos und zog sie an.

„Ich fühle nur an seinem Hals, ob er noch lebt. Hol du schnell eins der Bretter, damit ich gleich leichter wieder hinauskomme" versuchte er Mini mit einzubeziehen und sie zu beschäftigen. Sie rührte sich nicht, sondern begann zu wimmern, je mehr er sich dem Körper näherte. Als er sich hinhockte, um mit der Hand seinen Hals zu erreichen, sprang sie beherzt in das Dunkel der Grube hinein. Baum erschrak furchtbar, „hast du Dir weh getan"? fragte er ängstlich. Mini schüttelte weinend und erstarrt vor Angst den Kopf. Baum hob sie vorsichtig so hoch, damit er sie auf den Rand der Grube setzen konnte.

„Bleib da sitzen, für uns beide ist hier unten kein Platz", sagte er so lustig wie möglich. „Ich erkläre dir jetzt jeden Schritt, den ich tue, und jeden Handgriff, den ich mache, und du antwortest mir sofort, ob du mich verstanden hast, ja?"

Es kam ein leises zaghaftes „Ja" von dem Kind und Baum war beruhigt.

„Ich gehe jetzt einen Schritt nach rechts und hocke mich hin, ja?" „Ja", kam es leise von oben. „Jetzt nehme ich seinen Arm und fühle seinen Puls, ja?" Wieder flüsterte das Kind die Antwort. „Ich fühle keinen Puls und spüre keine Bewegung, ja?" Minis „Ja" wurde jetzt etwas lauter und mutiger.

„Jetzt beuge ich mich über ihn und suche seinen Puls am Hals, ja?"

Auch das bestätigte Mini.

„Es ist keiner da, ich kann mit Sicherheit sagen, dass er nicht mehr lebt. Er kann mir nichts tun und dir auch nicht mehr und niemandem auf der ganzen Welt. Holst du mir jetzt ein Brett? Ich will hier unten trotzdem nicht mehr bleiben, es stinkt", sagte er scherzhaft zu ihr.

Sofort sauste sie los und kam mit einem der dicken, schweren Eichenbretter zurück, die die Grube abgedeckt hatten. Baum nahm es in Empfang und stellte es schräg an die Wand der Grube, um es als Tritt zu gebrauchen. Leicht, groß und schlank, wie er war, gelang ihm das Herauskommen spielend.

Mini umschlang seine Beine und weinte wieder. „Komm, wir gehen jetzt rüber zu unserem Freund, ruhen uns erst mal etwas aus und überlegen dann, was wir als Nächstes tun."

Mini folgte ihm kleinlaut und setzte sich sofort neben ihn auf seinen Mantel in die ausladende Kuhle der dicken oberirdischen Wurzeln ihres Lieblingsbaumes. Sie war still und entspannte sich langsam. Obwohl Baum keine speziellen psychologischen

Kenntnisse hatte, war die Art seines Vorgehens wahrscheinlich die richtige gewesen. Er legte den Arm um sie und hüllte sie in seinen offenen Mantel. Sie buckelte sich bei ihm an.

Er kramte seine Zigarillos heraus und lehnte sich rauchend an den Stamm.

Es war Allerheiligen, Montag der 01.11.1982, seit knapp 3 Wochen war er 50 Jahre alt. Sein Leben war in den letzten Tagen heftig geschüttelt worden und fügte sich in einer unheimlichen Geschwindigkeit zu einem neuen Bild zusammen. Er dachte an das Kaleidoskop, das sein Vater ihm zu seinem zehnten Geburtstag geschenkt hatte. Er hatte damals gesagt, dass er niemals Angst zu haben brauchte – auch wenn alles zerbricht, wird sich aus den Scherben immer wieder ein neues schönes Bild ergeben. Er hatte dieses Kaleidoskop geliebt und dachte angestrengt darüber nach, wo es wohl sein konnte. Ja, er würde mit Mini den Speicher durchstöbern, das würde ihr sicher Spaß machen!

Was für ein Leben, dachte Baum nachdenklich, was für eine Fügung!

„Kann er jetzt nur noch im Traum als böser Geist zu mir kommen? Und kann ich davon immer wieder aufwachen?", fragte Mini neben ihm.

„Da hast du Recht, aber ich könnte mir vorstellen, dass Frau Dr. Sterzinger sogar einen Weg kennt, um ihn auch aus den Träumen auszusperren. Mach dir keine Sorgen, ich glaube, wir können ihn einfach vergessen, so, wie man ein schlechtes Essen vergisst oder ein paar doofe Vokabeln."

Ob Mini genau verstand, was er meinte, wusste Baum nicht, still und entspannt lehnte sie an seiner Seite und sie hätten noch lange hier gesessen, wenn nicht ein kräftiger Wind den Regen ankündigte, der sich kurz darauf über sie ergoss. Sie machten sich schnell auf den Heimweg und Hand in Hand liefen sie über die große Wiese. Als sie endlich im Auto saßen, waren sie vollkommen durchnässt.

Minis schwarze Haare wurden noch schwärzer und sie sah wild und unbändig aus. Baum zog ihr die Schuhe aus und stellte sie in den Kofferraum. Er wickelte sie in eine Wolldecke, die er immer im Auto aufbewahrte, und stellte die Heizung hoch.

„Weißt du was, wir fahren jetzt am Haus vorbei, holen deinen Teddy und ab nach Hause. Ich glaube, du kannst eine warme Badewanne gebrauchen und wir alle zusammen ein leckeres Abendbrot."

Vom Telefon in der Diele des Lechner Hauses berichtete Baum seinem Chef, dass er den Vermissten gefunden hatte und dass er tot sei, dass es seiner Meinung nach genüge, wenn die Spurensicherung morgen früh vor Ort wäre, weil es ohnehin gerade einen Wolkenbruch gegeben habe. Hauser war beruhigt, dass es nicht der Polizeifunk war, der die Verbindung hergestellt hatte. Baum dankte ihm in Gedanken seinen Wunsch nach Diskretion und überließ ihm die Entscheidung, ob er die Spurensicherung heute oder erst morgen auf den Weg schicken würde. „Ich bin bis auf die Haut nass und würde jetzt gerne nach Hause fahren. Morgen früh beantworte ich alle deine Fragen, ist das ok für dich?" fragte er besorgt, denn Mini hielt die ganze Zeit seine Beine umschlungen. Sie wollte partout nicht im Auto bleiben, sie fürchtete, dass er nicht wieder käme, weil das böse Haus ihn verschluckt. Jetzt hatte sie ihre rechte Gesichtshälfte an die Seite seines Oberschenkels gedrückt. Sie wollte sich nicht umsehen, wollte kaum die Luft einatmen und er spürte ihr Herz auf seiner Kniescheibe heftig pochen. Um den Teddy zu holen musste er sie auf den Arm nehmen. Sie wollte weder in der Diele auf ihn warten, noch konnte sie selbst die Treppe zu ihrem alten Zimmer emporsteigen. Ihr Gesicht jetzt in seine Halsbeuge gedrückt wimmerte sie unentwegt. Es war nichts mehr übrig von diesem starken, mutigen Kind. Seine innere Stimme erklärte ihm, dass sie jetzt so verletzlich sei, weil sie liebte und geliebt wurde und Baum nahm sich vor, dies mit Frau Dr. Sterzinger zu besprechen.

Fünf Minuten später lag der Teddy in Minis Arm und ihr Kopf auf einem Kissen in seinem Schoß. Er fuhr schnell Richtung München und legte seine warme Hand auf ihren Kopf.

Frieda hatten sie schon angekündigt, dass sie auf dem Rückweg seien und mächtig hungrig und durchgefroren, weil sie einen weiten Spaziergang gemacht hatten.

Das Drama in seinem Kopf wich allmählich einer Ruhe, die sich in seiner Brust ausbreitete und nach oben strömte. Sie hatten den Kerl gefunden und konnten den Fall abschließen. Jetzt da er tot war, könnten sie den Fall sogar sang- und klanglos abschließen. Der Oberstaatsanwalt, General Bertold und die große Politik würden erleichtert sein und ganz nebenbei blieben seine Mini und auch Frieda unbehelligt. Jetzt wo der Lechner tot war, war es ihm recht, dass die Bildzeitung nicht über diesen Täter schreiben konnte und dass Mini nicht in die Öffentlichkeit gezerrt würde.

Er entspannte sich immer mehr und hinderte Mini am frühzeitigen Einschlafen. „Ich habe zu meinem zehnten Geburtstag ein Kaleidoskop von meinem

Vater geschenkt bekommen, das muss ich dir unbedingt zeigen und wir müssen es auf dem Speicher zusammen suchen." Das war natürlich genau die richtige Geschichte für Mini und noch ehe sie Frieda begrüßen konnten, musste er ihr den Weg auf den Speicher zeigen.

Auf ein paar Spinnweben mehr oder weniger kam es jetzt nicht mehr an, im Anschluss gab es ein Schaumbad für Mini in der Wohnung seiner Eltern und eins für ihn in seinem eigenen Badezimmer.

„Treffpunkt Küche!", rief er ihr noch zu, und da saßen sie eine halbe Stunde später zusammen, beide Ausflügler im Bademantel und Frieda im sonntäglichen Schick mit einer Schürze vor Brust und Bauch.

„Hmmm", schnurrten die beiden Heimkehrer vor sich hin und schaufelten sich die Bratkartoffeln hungrig hinein. Frieda war zufrieden und gab an, kaum hungrig zu sein. Baum wusste, warum, und hatte seine Freude daran, über den eigenen Appetit hinaus zu essen, damit auch wirklich nichts übrig blieb und sie ihren Verzicht genießen konnte.

Mit Marta hatte er vorgestern telefoniert und mit ihr den Samstag im Tierpark geteilt und auch gestern hatten sie miteinander gesprochen. Heute würde er sie nicht anrufen. Auch Frau Dr. Sterzinger wollte er lieber persönlich aufsuchen, vielleicht sogar mit Mini zusammen, anstatt sie zu Hause zu stören.

Mini brachte er ins Bett und las ihr vor bis er ihre Atemzüge tief und gleichmäßig hörte. Er wollte nicht über die gemeinsamen Erlebnisse des Tages sprechen, sondern sie auf vollkommen andere Gedanken bringen. Bei Kindern ging das so schnell und so einfach, sie lebten so sehr im Jetzt. Der Schlaf kam schnell und nahm sie mit zu ihrem sicheren Ort.

Danach streckte er sich in seinem Sessel aus, legte Miles Davis auf, rauchte und grübelte, trank und rauchte und grübelte wieder. Gegen elf ging er zu Bett und klopfte siebenmal auf sein Kopfkissen. Wenn das morgen wieder funktionierte, würde es ein erfolgreicher Tag, redete er sich lächelnd ein.

Es funktionierte! Um fünf Minuten vor Sieben saß er auf der Bettkante. Er fühlte sich ausgeruht und gestärkt für den Tag, gestärkt für die Wahrheit, gestärkt für alle Konsequenzen daraus. Er schlurfte in die Küche und setzte Kaffee auf, für sich und Frieda bevor er ins Bad ging.

‚Wie schnell das ging', dachte er, ‚dass ich mich an ein Frühstück gewöhnt habe'.

Vor dem Badezimmer hörte er das Rascheln der Bäckertüte und das Klappen des Kühlschranks aus der Küche. Als er eintrat, guckten ihm zwei erstarrte Gesichter entgegen.

Mini fand als Erstes ihre Stimme wieder. „Michi, wie siehst du denn aus?", platzte es aus ihr heraus und ihre Mutter staunte immer noch, als er sein Jackett aufknöpfte und sich auf seinen Platz setzte. „Was für ein schöner Anzug", sagte Frieda „er steht dir ausgezeichnet! Und das Hemd und die Krawatte erst - du siehst aus wie ein Filmstar." Baum schmunzelte in sich hinein und erklärte den beiden, dass er heute einen wichtigen Termin mit dem Oberstaatsanwalt haben würde, der ihn wahrscheinlich noch nie in einem Anzug gesehen hatte. Ergänzend fügt er hinzu, sein eigener Chef auch nicht und Maria Weidel ebenfalls nicht. „Da wäre ich aber gerne dabei, wenn die alle staunen!", hob Mini an. „Erzählst du uns alles ganz genau heute Abend?" Baum versprach es ihr und biss herzhaft in seine mit Butter bestrichene Brezel. Da saß er also mit seiner nagelneuen Familie, nicht angeheiratet, nicht gesucht, sondern geschenkt. Er war sehr zufrieden und musste plötzlich laut lachen. Frieda schaute ihn fragend an. „Ich musste gerade daran denken, was ich heute Nacht geträumt habe: da habe ich mich mit ‚angenehm Baum' einem Baum vorgestellt und ihn dabei umarmt" prustete er los. Das ließ auch Frieda herzlich lachen und Mini verschwörerisch schauen. Er zwinkerte ihr mit dem rechten Auge zu und verabschiedete sich später mit dem üblichen Getätschel auf ihrem Kopf. Frieda gab er einen Kuss auf die Wange und winkte beiden, als er die Haustür hinter sich schloss.

In seinem Auto fühlte er sich wohl, sein alter Mercedes hatte gestern viel mit ihnen geteilt und er floss geruhsam dahin wie ein altes Wasser über sein Flussbett.

Weidel war tatsächlich schon vor ihm da. „Was ist denn mit Dir los?", fragte er erstaunt „An einem quasi Montagmorgen und du bist schon da?"
„Kein Problem", erzählte sie. „Wir haben gestern mal einen ganz geruhsamen Tag gehabt, mit Mittagsschlaf und allem drum und dran, darum war es heute Morgen leichter, aufzustehen."
Baum hängte seinen Mantel an die Garderobe und fühlte ihre staunenden Augen durch sein Jackett. „Jetzt fang du nicht auch noch an zu staunen. Mini und Frieda haben sich heute Morgen auch kaum beruhigen können, wegen Anzug und Krawatte."
Weidel musste schmunzeln. „Gibt es denn einen besonderen Anlass dafür oder wolltest du ohne

Grund so geschniegelt aussehen?" fragte sie spöttisch.

„Heute ist eine Art Feiertag für mich", startete Baum die Erklärung. „Wir gehen sofort zum Hauser, der Fall ist abgeschlossen!" Er hielt ihr die Tür auf und wenig später klopften sie bei Kriminalrat Hauser. Das übliche „Herein" tönte von innen und sie betraten feierlich Hausers Büro.

Er staunte nicht schlecht, Baum in diesem Aufzug zu sehen „Willkommen in meinem bescheidenen Büro, Herr Hauptkommissar", witzelte er herum.

Baum setzte sich schwungvoll auf seinen Stammplatz und faltete die Hände vor seiner Brust. „Ich habe euch einiges mitzuteilen, macht euch auf eine abgründige halbe Stunde gefasst."

Hauser und Weidel sahen sich an, lehnten sich in ihren Sesseln bequem zurück und rauchten. Baum schaute triumphierend von einem zum anderen und begann, die Erlebnisse des gestrigen Tages darzulegen. In seinen Pausen hätte man eine Stecknadel fallen hören können. Niemand unterbrach ihn und er genoss die Stille zwischen den einzelnen Passagen.

Hauser war der Erste, der sich fasste. „Einfach unglaublich, ich kann es nicht fassen, was für ein mutiges Kind! Aber wir dürfen natürlich nicht die zentrale Frage außer Acht lassen, ob wir von einem Tötungsdelikt ausgehen müssen. Wollte sie ihn wirklich nur gefangen halten, oder wollte sie ihn dort verhungern und sterben lassen?" fragte Hauser.

„Sie sagte, sie wollte ihn so lange dort gefangen halten, und mit Essen und Trinken versorgen, bis er schwört, dass er sie niemals mehr anrührt und die Mutter auch nicht" gab Baum an. „Lasst uns überlegen, wie wir jetzt weiter vorgehen" nahm ihm Hauser das Wort ab. „Wir haben ja gestern schon beschlossen, die Spurensicherung zu schicken und ihn in die Gerichtsmedizin bringen zu lassen. Du hattest einen Waldweg erwähnt, kann man den von der Straße aus mit dem Krankenwagen befahren?" fragte Hauser sachlich. „Das müsste möglich sein, der Bauer muss im Sommer mit seinem Traktor auch Wasser auf die Weide bringen können" antwortete Baum „Weidel informierst du den Bauern und fragst ihn nach der Grube?" Wir starten in zehn Minuten." Weidel ging rüber in ihr gemeinsames Büro und versuchte alles nach Baums Wünschen zu erledigen. Hauser ergriff wieder das Wort: „Du lotst die Spusi am besten grob dorthin oder ihr beiden fahrt sofort los, um mit einem Vorsprung einen Zugang zu finden, dann gebt ihr Bescheid. Dass Mini dich dahin geführt hat, halten wir vorerst zurück. Ich muss erst mit dem Oberstaatsanwalt sprechen. Wenn einer von der Spusi fragt, habt ihr die Stelle gestern gefunden und auch den Tod festgestellt, in Ordnung? Ich beauftrage die Gerichtsmedizin, dass dieser Leichnam heute absolute Priorität hat. Ich will so schnell wie möglich das Ergebnis haben, am besten noch vor Mittag. Endlich bewegt sich etwas und wir können diesen sehr unschönen Fall abschließen" Hauser griff hektisch nach seinen Zigaretten. Baum war zufrieden, es war ein schönes Gefühl diese beiden Mitwisser zu haben und er holte Weidel ab. Hauser hatte genauso reagiert, wie er es sich gewünscht hatte: Mini erst einmal raus zu halten!

21

Ihre Unterhaltung im Wagen war lebhaft.

Weidel war hin- und hergerissen zwischen Freude, dass der Fall abgeschlossen werden konnte, und der Sorge, welche Bedeutung dieser Fund für Mini haben würde.

„Sie wird wahrscheinlich Frau Dr. Sterzinger alles erzählen müssen und die wird wissen, was zu tun ist", sagte Baum vertrauensvoll. „Dass das Krankenhaus und die Politik keinen Skandal um einen Kinderschänder in ihren Reihen haben wollen, sollte uns in die Karten spielen!" Weidel schaute ein wenig versonnen aus dem Fenster „und wenn er nicht tot wäre, wie würdest du dann entscheiden? Dann wäre es dir ganz und gar nicht egal, dass der Deckel drauf gehalten wird und nichts an die Öffentlichkeit kommt?"

Baum wusste, worauf sie hinauswollte, indirekt erkannte er den Vorwurf der Vertuschung, weil es in diesem Fall zu Gunsten von Mini geschehen würde. „Er ist tot. Jetzt wartet ein anderer Richter auf ihn, also können wir es verschmerzen, dass die Klatschblätter hier keinen Skandal aufdecken, der ja nur das Ansehen des Krankenhauses, die Bundeswehr und letztlich Frieda und Mini betreffen würde."

„Klar können wir das, wir wollen ja auch keine zweifelhafte Berühmtheit aus der Kleinen machen. In dem Fall muss der Opferschutz vor allem anderen gehen", sagte Weidel nachdenklich.

Baum war sehr zufrieden. „Das sehe ich genauso, danke, Maria!"

„Wir fahren jetzt einfach mal am Friedhof vorbei, nach meinem Gefühl lag der Platz etwa zwei Kilometer schräg links dahinter. Wenn es eine Möglichkeit gibt, links abzubiegen, müssten wir an einer großen

Weide vorbeikommen und dahinter sollte links ein Forstweg in den Wald führen." Sie fuhren langsam durch den dichten Fichtenwald und trafen nach zwei Kilometer auf eine Querstraße. Links ging es nach Aufkirchen. Sie bogen ab und sahen kurz danach die große Weide linker Hand. Nach etwa 300m rief Weidel: „Hier ist ein Forstweg, fahr langsam, er ist tief ausgefurcht, denk an deinen Auspuff!"

Baum fuhr vorsichtig und es dauerte nicht lange, da erkannte er Minis Lieblingsbaum. „Hier ist es", sagte er erleichtert.

Weidel stieg aus. „Stell dir vor, wir gucken jetzt in die Grube und da liegt niemand mehr." Baum erstarrte augenblicklich. „Bitte sag das nicht, das war gestern schon meine große Angst."

Weidel legte tröstend die Hand auf seinen Arm. Baum fühlte sich erneut elend bei dieser Vorstellung. In seinen feinen Klamotten achtete er auf jeden Schritt und wies Weidel, an bei der Grube vorsichtig zu sein, sich auf den Bauch zu legen. Trotz seiner Anspannung fiel ihm auf, dass er hier Mini nachahmte, und musste schmunzeln.

Natürlich hatte seine Kollegin eine Taschenlampe bei sich und brauchte seine Warnung nicht, sondern leuchtete am Rand stehend in die Grube hinein. Sie sahen beide die Umrisse eines Menschen und leuchteten über seinen Parka, an dem sich allerlei Abzeichen befanden. Es war Lechner, keine Frage.

Weidel ging zurück zum Auto, Baum stand neben der Grube und seine Zerrissenheit und Schwäche kehrten zurück. Dort unten lag der Mensch, den er lieber tot als lebendig finden wollte, und er begann an seiner Berechtigung zu zweifeln, diesen Wunsch überhaupt gehabt zu haben. Es war nicht an ihm, zu richten und zu urteilen, aber hatte Gott hier nicht selbst Einfluss genommen? Es hätte vollkommen andere Szenarien geben können. Minis Plan hätte versagen können. Wenn er ihr gar nicht erst gefolgt wäre oder wenn er es überlegter getan hätte, ohne dass Mini es merkte? Aber es war seine unbändige Wut, die ihm zum Verhängnis geworden war. Dieses verhasste Kind besaß etwas, was er sammelte. Sie hatte im Wald etwas gefunden, das sie nicht besitzen durfte. Nichts als Gier und Wut trieben ihn an.

Konnte er unter diesen Voraussetzungen woanders landen als in dieser Grube, in seinem Grab?

Er musste an Frau Nowak denken und an ihr Gespräch über die satanische Welt, in die Gott nicht eingreift. Aber hier hatte Er zweifellos eingegriffen, denn es war der Kinderschänder, der hier sein Ende fand. Was war seine Seele noch wert nach all der Greuel, die er angerichtet hatte? Es gab so viele Fragen, auf die er dringend Antworten brauchte. Was würde Frau Nowak zu dieser Entwicklung sagen? Sie würde sich in ihren Bruder hineinversetzen. Was für ein Tod! Als Arzt musste er gewusst haben, dass dies sein Ende bedeuten könnte, knapp zwei Meter unter der Erde, dunkel, feucht und kalt. Und es wird ihn wahnsinnig wütend gemacht haben, dass ausgerechnet das verhasste Kind für seine Situation verantwortlich war. Sie hatte ihn besiegt! Wird er wohl daran zurück gedacht haben, was er ihr angetan hatte? In ihrem erbärmlichen Zimmer? Jeden Freitag, jeden Samstag? Abends und nachts? Würde er erstmalig so etwas wie Reue empfunden haben?

Baum wünschte sich zurück nach Polen, in Frau Nowaks Küche. Allein der Gedanke an diese starke

Frau gab ihm Kraft. Er konnte nicht warten, er musste mit ihr sprechen. Heute Abend, nahm er sich vor, würde er mit ihr telefonieren.

Weidel kehrte zurück. „Die sind bestimmt gleich da, ich gehe an die Straße und zeige ihnen den Abzweig. Wollen wir die Bergung mit verfolgen oder möchtest du früher nach München zurück? Dann müsstest du das Auto an den Straßenrand setzen, sonst kommen wir nicht mehr weg."

Baum nahm die Gelegenheit gerne wahr, nicht mehr auf den Lechner starren zu müssen. Es tat gut, wieder mit Weidel im Auto zu sitzen, auch wenn es nur für einen Moment war. Sie stellten sich seitlich zur asphaltierten Straße, stiegen wieder aus und lehnten sich beide rauchend ans Auto. Tief in Gedanken konnte Weidel es sich nicht verkneifen ihren Gedanken auszusprechen: „Nicht zu fassen, dass wir den wirklich gefunden haben."

Baum nickte. „Wir lassen das Auto hier stehen, bleiben aber trotzdem bei der Bergung des Toten dabei. Was die Spurensicherer hinterher noch alles machen, brauchen wir nicht zu begleiten, aber wir müssen unbedingt die Todesursache wissen, und ob wir den richtigen Mann gefunden haben. Bist du einverstanden?"

Weidel nickte versonnen. „Ich habe allerdings auch ein mulmiges Gefühl, es ist erst die dritte Leiche, die ich in meinem Berufsleben sehe."

Es kam ein Transporter mit Lichthupe von rechts und sie erkannten den Gerichtsmediziner Dr. Manuel Fichtner am Steuer des Fahrzeugs. Baum begrüßte den Gerichtsmediziner durchs offene Fenster. „Servus, Manuel, du fährst selbst?"

„Wenigstens auf dem Hinweg", antwortete er freundlich. „Ich fahre einfach gerne, Fernfahrer wäre mein Lieblingsberuf gewesen!"

Baum wies ihm den Weg und ging mit Weidel langsam hinter dem Wagen her. Nachdem sie ihnen alles gezeigt hatten, lehnten sie sich geduldig an Minis Lieblingsbaum und beobachteten das Treiben. Baum legte seine linke Hand flach auf den Baumstamm und entschuldigte sich in Gedanken, ihn heute nicht mit einer Umarmung begrüßt zu haben. Dann musste er schmunzeln, wie schnell er doch Minis Gewohnheiten übernommen hatte.

Sie rauchten wieder und hatten beide das Gefühl, mitten in einem spannenden Kriminalfilm zu sein. Die Spurensicherer hatten ihre Leiter platziert und zwei der Männer waren schon in die Grube gestiegen, um die Bahre in Empfang zu nehmen. Manuel stand noch am Rand und wies sie an, die Position des Toten nicht zu verändern. Danach bat er sie, wieder heraufzukommen, stieg in seine Montur und selbst hinab in die Grube. Inzwischen war alles hell erleuchtet, aber Weidel verzichteten darauf, näher heranzutreten, um mehr zu sehen. Baum hingegen wollte das Gesicht des Toten unbedingt sehen.

Angewidert wand er sich wieder ab. Es war eindeutig Lechner. Der Gerichtsmediziner rief zu ihnen herauf. „Hier ist ein alter Armeerucksack mit ungeöffneten Bierflaschen, einem verschimmelten Toastbrot und verschimmelter Wurst in rauen Mengen. Euer Gesuchter muss eine längere Abwesenheit von seinem Kühlschrank geplant haben", scherzte er wie üblich in diesen Situationen.

Baum fragte nichts, wartete einfach. Der Gerichtsmediziner kniete neben dem Toten und konnte sich aufgrund der Enge kaum bewegen. Nach bangen zehn Minuten des Wartens rief er ihnen zu, dass er hier nicht arbeiten könne, sie müssten ihn nach München transportieren. „Fremdverschulden kann ich ad hoc nicht vollständig ausschließen. Auf den ersten Blick könnte er an den Folgen des Sturzes gestorben sein, der linke Knöchel ist gebrochen, das umliegende Gewebe stark eingeblutet, aber unter dem Kinn hat er ebenfalls ein dickes Hämatom. Ob das von einem Schlag kommt oder ob er damit auf den Rand der Grube gefallen ist, kann ich nicht mit Sicherheit sagen. Dafür muss ich ihn auf dem Tisch haben. Ich glaube, ihr könnt fahren. Bis zwei Uhr hat Hauser den Bericht, das wird hoffentlich schnell gehen."

„Kannst du einen ungefähren Todeszeitpunkt nennen?", rief Baum ihm zu.

In der Grube blieb es erst still, kurz darauf hörte man den Gerichtsmediziner die Leiter heraufkommen und mit dem Kopf über dem Rand schaute er zu ihnen hoch. „Ich würde schätzen, mindestens seit vierzehn Tagen, aber nagelt mich bitte nicht fest. Wie lange ist er vermisst?", fragte er vorsichtig. „Samstag vor zwei Wochen hat er nachmittags das Haus verlassen und ist nicht wieder zurück gekommen also vor sechzehn Tagen", antwortete Baum.

„Das passt!", brummte der Gerichtsmediziner zufrieden und verabschiedete die beiden Kommissare freundlich. „Wie wir ihn hier herausbekommen, braucht ihr euch nicht anzuschauen, das ist nichts für zarte Gemüter und ich will euch keine Albträume bereiten" sagte Dr. Fichtner ein wenig spöttisch.

Weidel bedankte sich und setzte sich als Erste in Richtung Waldweg in Bewegung. Auch Baum war erleichtert und folgte ihr schnell. Sie fuhren auf dem kürzesten Weg zum Kommissariat zurück und Weidel kochte ihnen Kaffee. Zur Feier des Tages und weil sie mächtig durchgefroren waren, erlaubten sie sich, einen Schuss Cognac und etwas Kakaopulver hineinzugeben. Sie tranken genüsslich.

„Warum wirkst du so niedergedrückt" wollte Weidel wissen. „Also ich bin heilfroh, dass wir diesen Fall abschließen können." Sie wippte in ihren Schreibtischstuhl nach hinten und schaute Baum forschend an.

„In welcher Welt leben wir?" hob er an zu sprechen. „In den letzten Jahren hatten wir nur Delikte mit Kindern, das ist doch furchtbar zu sehen, wie sich das häuft. Ich wage nicht in die Zukunft zu schauen. Was werden unsere Kollegen in 40 Jahren bearbeiten? Haben wir überhaupt eine Chance gegen diese Verbrechen anzukommen, sie nicht nur aufzuklären sondern auch zu verhindern?" Weidel sah ihn aufmerksam an „was erwartest du von uns? Ist es nicht wunderbar, dass du Mini gerettet hast und über den Abschluss des Falles hinaus für ihre Gesundwerdung sorgen kannst? Ich finde, du solltest dich freuen."

„Aber wieso lässt Gott dieses ganze Böse zu?" platzte es beinahe weinerlich aus ihm heraus. „Gerade die Kinder, die Christus so liebt, warum beschützt er sie nicht?"

Weidel war sprachlos, „In Polen hast du doch selbst noch mit Frau Nowak darüber philosophiert, dass wir in einer satanischen Welt leben. Und jetzt stellst du so eine Frage?

Wenn Satan Christus so hasst, ist es doch logisch, dass er zerstören will, was Er liebt. Das heißt, wenn er die Menschen zum Bösen verführt, dann sind Kinder als Opfer das *maximal* Böse, das er anrichten kann. Aber du selbst hast mir gesagt, dass das Gute unbesiegbar ist. Das bedeutet Gott *wird* eingreifen! Wir wissen nicht wie und wir wissen nicht wann, aber Er wird eingreifen. Allein schon aus dem Grund, weil es in dieser Welt noch sehr viele Menschen gibt, die Ihm treu geblieben sind und sich nicht in Satans Hand begeben haben.

Also los, Michi, freu Dich, dass wir etwas beisteuern dürfen. Du hast Mini aus der Hand des Bösen gerettet und übernimmst auch noch die Verantwortung für ihr ganzes weiteres Leben! Das ist eine große Tat und ich bin überzeugt, bei all der Trauer, die Gott dort oben beim Blick auf diese Welt empfinden muss, freut er sich sehr über dich."

Weidel war selbst ein wenig erschrocken über ihre Worte und hoffte, dass sie sich nicht zu weit vorgewagt hatte. Baum war schließlich ihr direkter Vorgesetzter. Aber er schaute sie staunend an, lächelte sogar! „Danke Maria, das hast Du sehr schön gesagt, lass uns ein Halleluja anstimmen."

Und so saßen sie an einem Dienstagvormittag in ihrem Büro und sangen Halleluja als Hauser rüberkam, und sich amüsiert dirigierend auf den Besucherstuhl setzte.

„War er wirklich tot?", fragte er schließlich und Baum antwortete lässig: „Seit etwa zwei Wochen, wahrscheinlich ohne Fremdverschulden, meinte der Fichtner. Er wird sich beeilen und du bekommst den Bericht noch vor zwei Uhr, soll ich dir ausrichten."

Hauser war aufgeregt „Habt ihr auch für mich so was, was ihr da trinkt? Ich will nicht in meinem Büro sitzen!"

„Mit oder ohne Schuss?", fragte Weidel spitzbübisch und Hauser grummelte: „Mit natürlich!"

„Hast du eigentlich Minis Mutter über den Ermittlungsstand auf dem Laufenden gehalten?", fragte er Baum.

„Dass ihr Mann jetzt tot ist und sie keinen Scheidungsanwalt mehr braucht, weiß sie noch nicht. Ich habe nicht die geringste Ahnung, wie sie darauf reagieren wird, aber ich könnte mir vorstellen, dass sie es bedauern wird, sich nicht auch noch von einem Toten scheiden lassen zu können. Finanziell wird es ihr auf jeden Fall jetzt besser gehen." Hauser fragte vieles und Baum antwortete ihm geduldig und freundlich.

Die alles entscheidende Frage traute sich allerdings niemand zu stellen, darum fragte er selber: „Und wie hat Mini den gestrigen Tag verkraftet, wollt ihr das gar nicht wissen?" Die beiden schauten ihn erschrocken an und Weidel antwortete sofort: „Wir kennen sie ja als mutiges Kind, darum schätzen wir mal, ohne Probleme." Baum erzählte den Beiden das glatte Gegenteil. Weidel und Hauser waren sehr betroffen.

„Geht es ihr denn jetzt wieder besser?", fragte Hauser vorsichtig.

„Äußerlich schon, aber ich denke, wir müssen so schnell wie möglich zu Frau Dr. Sterzinger, wir brauchen professionelle Hilfe und Mini hat bereits eine vertraute Beziehung zu ihr aufgebaut. Sie muss Mini auch erst einmal krankschreiben. Übermorgen sind die Herbstferien zu Ende, aber das ist für sie noch viel zu früh, um wieder im Internat zu sein."

Weidel und Hauser pflichteten ihm bei und Hauser sagte väterlich: „Du kannst ja auch erst mal Überstunden abfeiern, jetzt, wo dieser Fall aufgeklärt ist.

Das gilt selbstverständlich auch für Sie, Frau Weidel, oder darf ich Maria sagen?"

Weidel erhob sich und ging auf den Kriminalrat zu, der ebenfalls aufgestanden war. Sie gaben sich die Hand und umarmten sich distanziert förmlich. „Gern, lieber Hubert, es ist mir eine Ehre!"

Baum hatte schon seinen Kalender aufgeschlagen und fragte spöttisch: „Alle Überstunden oder nur für ein paar Tage?"

„Alle aus diesem Jahr", antwortete Hauser, „aber ich werde die beiden Tage in Polen als ermittlungsrelevant einstufen, also könnt ihr die beiden Tage dazu nehmen inklusive Zeitzuschlag fürs Wochenende."

„Die Bilanz aus diesem Jahr sind 251 Überstunden, mit den beiden Tagen aus Polen wären es 33 Tage. Baum zählte die Tage auf seinem Schreibtischkalender ab. Bis zu meinem Urlaub am 20.12. reichen die genau. Ist das dein Ernst, Hubert? Kann ich mir quasi ab morgen schon freinehmen für den Rest des Jahres? Das wäre perfekt, dann könnte ich sofort mit Mini zu Frau Dr. Sterzinger und auch alles rund um die Beerdigung vorbereiten. Frau Nowak wird sicher nach Deutschland kommen. Ein Angehöriger muss schließlich die Identifizierung vornehmen und ich kann mir nicht vorstellen, dass wir das von Minis Mutter verlangen können."

Der Kriminalrat schaute zögerlich, aber er stand zu seinem Wort. „Wollen wir hoffen, dass in dieser Zeit nicht so viel passiert in unserer schönen Stadt. Wie sieht es mit dir aus, Maria, bist du dann ebenso lange weg?"

Weidel beschwichtigte ihn: „Mir würde, glaube ich erst einmal eine Woche genügen, ein bisschen ausspannen und wieder auf andere Gedanken kommen.

Ich habe ja kein traumatisiertes Kind bekommen wie mein Kollege!"

„In Ordnung, dann ist das beschlossene Sache. Michi, tu mir nur den Gefallen und sei gleich bei dem Gespräch mit dem Oberstaatsanwalt dabei. Schmuck wie du aussiehst, bietet sich das ja geradezu an. Ich rufe ihn an, sowie der Bericht vorliegt, und er hat angekündigt, sich die Zeit dafür freizuhalten."

Zufrieden verabschiedeten sich die drei und Baum und Weidel fingen sofort an, in ihren Terminkalendern zu blättern. Beide freuten sich auf die freie Zeit ab morgen und versanken gedanklich in ihren Plänen. Baum rief Frau Dr. Sterzinger an und brachte sie auf den neuesten Stand. Morgen Mittag konnte er mit Mini vorbeikommen. Sie schlug vor, auch die Mutter zum Termin mitzubringen, weil es Neuigkeiten zu ihrem Kuraufenthalt gab. Baum versprach es und verabschiedete sich herzlich. „Lass uns in die Kantine gehen, es ist schon eins, und dann zur Gerichtsmedizin. Umgekehrt bekämen wir sicher nichts mehr in den Magen" versuchte Baum zu witzeln.

„Zum Essen begleite ich dich gern, aber in die Gerichtsmedizin musst du allein gehen, das schaffe ich heute nicht", antwortete Weidel frei heraus. Sie wusste, dass Baum Rücksicht auf ihre Befindlichkeit nehmen würde. „Ich will diesen Mann nicht nackt und bleich auf dem Tisch liegen sehen, das macht mir Albträume."

Baum sah sie ernst an. „Ich dachte gerade noch, ob das für Mini ein Bild wäre, das ihr deutlich macht, wie hilflos auch so ein ‚wildes Tier' sein kann, wenn es tot auf einem Tisch liegt, aber da du schon von Albträumen sprichst, will ich da gar nicht weiter denken."

Sie gingen zusammen in die Kantine, aßen und tranken und verabschiedeten sich vor den Fahrstühlen. Weidel fuhr hoch und Baum in den Keller. Er ging durch die mit Neonleuchten erhellten Flure und hörte Dr. Fichtner schon von Weitem diktieren. Leise trat er ein und sah den Lechner nackt und bleich, wie Weidel es beschrieben hatte, auf dem Edelstahltisch der Gerichtsmedizin liegen. „Kann ich den Bericht schon mitnehmen Manuel?" Baum war kurz angebunden und wollte so schnell wie möglich wieder hoch. „Bin grade fertig, es ist noch nicht zwei, Ihr habt es aber eilig." Baum nahm die Blätter entgegen, „sei nicht böse, wenn ich den oben lese. Sollte ich Fragen haben, rufe ich dich an." „Seit wann gibt es Fragen zu meinen Berichten?" spöttelte Dr. Fichtner, „mach's gut Papa" rief er ihm hinterher und Baum hob wedelnd den rechten Arm. Es hatte also schon die Runde gemacht im Kommissariat. Ein kleines stolzes Lächeln huschte über sein Gesicht, während er den Bericht vor dem Fahrstuhl überflog.

Oben erwartete ihn Weidel im Büro. „Du hast nichts verpasst", hob er an. „Ein harmloser Leichnam eines gefährlichen Menschen. So endet sogar das Böse aus irdischer Sicht: nackt auf einem Edelstahltisch. Aber wir wissen natürlich nicht, was jetzt für ihn kommt.

Fremdverschulden ist ausgeschlossen, Manuel hat passend zur Einfassung der Grube Rost und Steinabrieb in der Wunde gefunden. Er ist im Grunde an einem Schlaganfall gestorben. Ein Thrombus aus dem Hämatom unter dem Kinn ist ins Gehirn gewandert. Aber die Zeit davor muss schlimm für ihn gewesen sein. Er konnte nicht aufstehen wegen eines gebrochenen Knöchels, es war kalt und dunkel in der Grube, und als Arzt musste er gewusst haben, dass das hier sein Ende sein würde. Trotzdem hat er nur geschrien und geschimpft, bis zu seinem Ende hat er keine Läuterung erfahren, war nicht im Stande zu erkennen, was er angerichtet hatte, konnte nicht bereuen und nicht um Vergebung bitten."

Weidel blickte zweifelnd und fragte rund heraus: „Wissen wir das wirklich? Vielleicht hatte er ja doch noch ein Gespräch mit Gott. Heißt es nicht immer, alles wird verziehen, auch wenn die Reue nur wenige Minuten vor dem Tod gefühlt wird?"

Baum öffnete das Fenster und setzte sich auf seinen Lieblingsplatz, legte die Beine auf die Fensterbank und bat Weidel, ihm eine Zigarette zu drehen, weil seine Zigarillos aufgeraucht waren.

„Ich habe auch schon darüber nachgedacht, aber Mini hat erzählt, dass sie am Sonntag zweimal an der Grube war und ihm den Rucksack mit Fleischwurst, Bier und Brot in die Grube geworfen hat. Da hat er nur gebrüllt – schlimmste Schimpfworte! Als sie dann am Freitagnachmittag zur Grube ging, war es dort unheimlich still. Das war übrigens an dem Nachmittag, wo wir sie kennengelernt haben. Sie muss danach sofort losgelaufen sein."

Weidel wollte etwas erwidern, aber in diesem Moment kam Hauser rein. „Ich war in der Kantine, wollte aber nicht in die Gerichtsmedizin, warst du unten, Michi?"

„Ja, ich wollte den Kerl unbedingt da liegen sehen, aber ein besonderes Erlebnis war es nicht! Hier ist der Bericht ich habe ihn nur überflogen. Das wichtigste: kein Fremdverschulden!"

Hauser nahm auf dem Besucherstuhl Platz, steckte sich eine Zigarette an und rauchte wild vor sich hin während er den Bericht las.

„Der Oberstaatsanwalt kommt übrigens in einer halben Stunde, er hat den Obduktionsbericht auch schon gelesen und bespricht sich jetzt wahrscheinlich gerade mit dem Bertold. Lassen wir ihn einfach entscheiden und greifen ihn nicht an, was meinst du?"

„Ja klar, ich habe nicht die Absicht, ihn anzugreifen, dazu ähneln sich unsere Wünsche in letzter Konsequenz zu sehr", antwortete Baum viel zu ruhig. Die Schwermut, die sich auf ihn hinabsenkte, war von den anderen beiden deutlich zu spüren.

22

„Was ist mit dir los?", wollte Hubert wissen. „Wir haben den Kerl und du bist traurig?"

Baum streckte sich und legte den Kopf in den Nacken. „Ja, das bin ich." Dankbar dachte er an Weidels Worte.

„Papperlapapp" schimpfte Hauser „Michi, jetzt gib hier nicht den Depressiven! Wir haben den Fall abgeschlossen und müssen uns freuen und nach vorne schauen. Du bist jetzt Vater und deine Tochter braucht dich. Komm, wir gehen schon mal in mein Büro, der Oberstaatsanwalt wird jeden Moment kommen."

Sie begegneten ihm schon auf dem Flur und betraten zu dritt das Büro des Kriminalrats.

„Tja", hob der Oberstaatsanwalt an, „das ist ja insgesamt eine sehr unschöne Geschichte. Ich habe den Bericht der Gerichtspsychologin gelesen und jetzt den Obduktionsbericht. Was machen wir mit diesem

Fall? Bisher ist ungeklärt, wie er in diese Grube fallen konnte, warum sie nicht bzw. nur mit Zweigen und Ästen abgedeckt war. Er musste wohl schnell gelaufen sein, sonst hätte er die Grube rechtzeitig gesehen. Hat ihn jemand verfolgt, hat ihn jemand gejagt?"

Hauser blickt zu Baum und erteilte ihm still das Wort. Baum nahm die Aufforderung entgegen und erklärte mit ruhiger, professioneller Stimme: „Nein, Herr Oberstaatsanwalt, er wurde nicht verfolgt, sondern hat selber gejagt. Das Kind! Dabei hat er die Grube wohl übersehen. Das Kind hatte eine alte Dose mit Orden aus dem Zweiten Weltkrieg dort im Wald und die wollte er unbedingt an sich bringen. Natürlich war er wie immer wütend und schrie hinter ihr her. Dabei ist er in die Grube gestürzt. Das Kind brachte ihm Essen und Trinken und wollte ihn erst dann eine Leiter bringen, wenn er versprach, sie und ihre Mutter in Ruhe zu lassen, nie mehr in ihr Zimmer zu kommen und nie mehr Waschkontrollen durchzuführen – die Details kennen Sie! Aber er hörte sich die Bedingungen gar nicht erst an, sondern bedrohte und beleidigte sie auch noch aus dieser unterlegenen Position."

Der Oberstaatsanwalt sah ihn aufmerksam an. „Also wusste das Kind nicht nur, dass er in der Grube lag, sondern hatte ihn da womöglich selbst hingelockt?" Seiner Stimme fehlte die sonst übliche Schärfe und Baum sah sich ermutigt, ihm weiter Auskunft zu geben.

„Sie haben es genau erfasst. Er hatte ihr damit gedroht, dass er etwas anfertigt, was sie daran hindern würde, ihn zu beißen. Ihre Hoffnung, ihn mit dem Biss besiegt zu haben, hatte sich also nicht bestätigt. Zusätzlich erfuhr sie, dass sie nach den Weihnachtsferien eine externe Schülerin werden sollte. Da hat sie sich ihre schreckliche Zukunft schnell ausgerechnet: Statt nur zwei Tage, alle Tage in Gefahr! Das war zu viel für sie, darum hat sie diesen für ein Kind ungeheuerlichen Plan geschmiedet und durchgeführt, um ihn – ihr wildes Tier – in einer Grube zu fangen. Anregungen dafür hatte sie von einem alten Tarzan-Film bekommen. Von der Existenz dieser Grube hatte sie keine Ahnung, sondern ist per Zufall darauf gestoßen, als sie versuchte, selbst eine zu graben, was sich bei dem Untergrund als unmöglich erwies.

Darum war sie so sicher, dass ihr Plan gelingen würde: Sie sah die Grube als Geschenk des Himmels und nahm sie als sicheres Zeichen dafür, dass der liebe Gott ihren Plan begleiten würde und richtig fand. Und das tat Er wohl auch, denn es hätte viele andere Szenarien gegeben, in denen das Kind erfolglos geblieben wäre. Ich mag nicht darüber nachdenken", endete Baum traurig.

„Also handelte sie zwar mit Vorsatz, wollte ihn aber nicht töten. Sie glaubte daran, dass sie miteinander würden leben können, ohne Gewalt und sexuelle Übergriffe? Nun dafür ist sie ein Kind und durfte das für möglich halten, was jeder Erwachsene ausgeschlossen hätte."

Hauser mischte sich nicht in ihr Gespräch ein, sondern lauschte gebannt. Er sah Baums Hände entspannt auf den Armlehnen liegen und staunte insgesamt, was er doch für einen professionellen Eindruck machte, denn er glaubte zu wissen, dass es in ihm ganz anders aussah.

Baum gab dem Oberstaatsanwalt Recht und ergänzte, dass auch er selbst fassungslos war über dieses naive kindliche Vertrauen.

„Ich denke, wir sind uns beide einig, dass wir das Kind nicht zur Titelheldin der Regenbogenpresse hochstilisiert sehen möchten. Das kommt Ihnen und Herrn General Bertold sicher zu Pass. Wenn das Kind in die Presse gelangt, bleiben die Vergehen dieses Oberstarztes der Bundeswehr nicht unerwähnt."

Der Oberstaatsanwalt bemerkte den Hauch von Süffisanz in Baums Stimme. „Sie meinen, wir haben diesmal Glück, weil Sie das Kind schützen wollen, das Ihnen wie Ihr eigenes ans Herz gewachsen ist? Ansonsten hätten wir keine Chance, die delikaten Wahrheiten aus der Berichterstattung heraus zu halten? Hattest du mir nicht sogar angedroht, die undichte Stelle des Kommissariats zu werden, wenn wir die Vergehen des Täters unter den Teppich kehren würden, lieber Hubert?", richtete er das Wort an Kriminalrat Hauser. Der schwieg dazu aber Baum protestierte: „Das ist ja jetzt eine vollkommen andere Situation. Was wir um jeden Preis verhindern wollten war, dass er seinen Beruf weiter ausüben und zu seiner Familie zurückkehren durfte ohne belangt zu werden, um einen Skandal zu verhindern. Meine heutige Haltung hat überhaupt nichts mit meiner persönlichen Beziehung zu dem Kind zu tun, der Täter ist tot und Opferschutz steht jetzt an erster Stelle." Baum bat Hauser um eine seiner Zigaretten und inhalierte tief.

„Wie dem auch sei", sagte der Oberstaatsanwalt erleichtert. Er hob seine Hände und klatschte sie zurück auf seine Schenkel. „Der Fall ist geklärt, Dr.

Lechner ist auf einer Wanderung gestürzt, hat sich den Knöchel gebrochen und ist an einem Thrombus verstorben, der ins Gehirn gewandert ist. Halten wir das so fest?" Er sah die beiden zufrieden an. „Ich habe gehört, dass Sie sich bis Ende des Jahres freinehmen, um sie Sache im privaten Bereich in Ordnung zu bringen", wandte er sich noch an Baum und der erklärte, dass das gar nicht so leicht werden würde, denn die großen Ängste des Kindes seien jetzt an die Oberfläche getreten und sie benötigten die Hilfe von Frau Dr. Sterzinger." „Apropos Frau Dr. Sterzinger" sagte der Oberstaatsanwalt „ich habe vor einer viertel Stunde mit ihr telefoniert. Sie hat mir bestätigt, dass sie eine Unterbringung des Kindes in einer psychiatrischen Klinik nicht befürwortet, sie bescheinigt Ihnen die beste Kompetenz eine vollständige Gesundung des Mädchens herbei zu führen. Ich habe sie mit der weiteren Betreuung des Kindes beauftragt, auch über den offiziellen Abschluss des Falles hinaus. Das wird sie Ihnen alles morgen berichten, wenn Sie sie aufsuchen. Ich nehme an, dass das in Ihrem Sinne ist?"

Der Oberstaatsanwalt erhob sich und gab Baum die Hand, der ebenfalls aufgestanden war: „Bitte glauben Sie mir, ich wünsche Ihnen alles Gute und viel Erfolg. Ich freue mich darauf, Sie im neuen Jahr wiederzusehen. Bitte machen Sie einen Termin mit meinem Büro, ich möchte über die weitere Entwicklung des Kindes gerne auf dem Laufenden gehalten werden!"

Er verabschiedete sich von Hauser und verließ zielstrebig das Büro.

Die beiden Männer saßen noch eine Weile still. Hauser saugte das Nikotin aus seiner Reval und Baum vermisste seine Zigarillos. Sie versicherten sich beide, die beste Lösung für den Abschluss des Falles gefunden zu haben. Baum war unendlich erleichtert, und musste wohl oder übel zugeben, dass Hauser Recht hatte. Der Oberstaatsanwalt war ein anständiger Kerl.

„Danke Hubert, dass du mir die freien Tage genehmigt hast, ich mache mich jetzt auf den Heimweg. Wir sehen uns hoffentlich in alter Frische im neuen Jahr. Alles Gute auch für deine eigene Baustelle daheim! Ich hoffe, deiner Frau wird es bald besser gehen!"

„Wir sind auf einem guten Weg!", antwortete Hauser zuversichtlich und Baum verließ das Büro.

Weidel war schon gegangen, so musste er sich kein weiteres Mal verabschieden. Er nahm seinen Mantel und fühlte in seiner Tasche ein Päckchen Zigarillos, die Weidel ihm hineingesteckt haben musste. Er warf ihr in Abwesenheit eine Kusshand zu und ging zum Fahrstuhl.

Erleichtert und traurig zugleich fuhr er nach Hause. Warum war er in so einer niedergedrückten Stimmung?

In Gedanken zählte er auf, was alles hätte schief gehen können. Er hätte suspendiert werden können, Mini hätte in einer psychiatrischen Klinik untergebracht werden können, und er wäre machtlos gewesen, das zu verhindern. Aber Mini war bei ihm zuhause und sie war glücklich, dort zu sein. Ihre Mutter war ebenfalls in Sicherheit bei ihm.

Er beschloss, allen Grund zur Freude zu haben und bei den aufmunternden Klängen von B.B. King fuhr er zielstrebig nach Hause.

23

Als er seine Wohnungstür aufschloss, hörte er aus der gegenüberliegenden Wohnung lautes Getrappel. Mini riss die Tür auf und begrüßte ihn stürmisch. „Wir haben schon auf dich gewartet, weil wir so gespannt sind, was deine Kollegen zu deinem feinen Anzug gesagt haben!", sprudelte sie.

Baum machte sich klein und nahm sie auf den Arm. Ihre Fröhlichkeit übertrug sich und verhinderte, dass Frieda ihn bedrückt wahrnahm, was ihn sehr freute. „Ich habe erst mal Lust auf ein Zigarillo und dann berichte ich euch alles. Wer geht mit mir auf die Veranda? Vielleicht ist noch eine Tasse Kaffee in der Thermoskanne?"

Mini freute sich. „Meine Mama hat mir heute Morgen gezeigt, wie man Kaffee kocht, deswegen kann ich ihn dir jetzt kochen. Geh ruhig schon raus, ich bringe dir gleich deinen Becher."

Frieda stand lächelnd hinter Mini und Baum ließ es sich nicht zweimal sagen, schon hinauszugehen und sich auf die Veranda zu setzen. Er zog seinen feinen Mantel aus und nahm den dicken Skianorak mit. Kissen trug Frieda ihm hinterher.

„Frieda", nutzte er die Gelegenheit, sie zu informieren, „dein Mann ist tot, wir haben ihn heute geborgen. Lass uns heute Abend zusammen sprechen, wenn Mini im Bett ist, kann ich dir die Einzelheiten erzählen, wenn du magst."

Frieda sah ihn aufmerksam an. „Bist du deswegen etwa traurig?", fragte sie ihn entsetzt. „Also ich bin erleichtert und weine ihm keine Träne nach."

„Ja, du hast Recht, ich bin ein bisschen bedrückt, zumindest kann ich mich nicht einfach nur darüber freuen. Ich habe uns einen Termin bei Frau Dr. Sterzinger gemacht, morgen 10.00 Uhr. Ich melde Mini im Internat krank, die Krankschreibung schicken wir per Post hinterher." Mini kam um die Ecke und brachte seinen Becher Kaffee mit, setzte sich neben ihn auf die Bank und schmiegte sich eng unter seinen Anorak.

„Ich habe gerade deiner Mama erzählt, dass wir morgen zu Frau Dr. Sterzinger fahren und ihr mal alles erzählen, was wir gestern erlebt haben. Danach könnt ihr euch aussuchen, was wir machen, ich habe frei und wir können noch etwas schönes zusammen unternehmen."

Mini brach in ihr übliches Jubelgeheul aus und Frieda guckte ihn dankbar an. „Dann mache ich mal ein schnelles Abendbrot und wir gehen alle etwas früher ins Bett, damit wir morgen fit sind. Komm, Mini, du kannst mir helfen den Tisch zu decken."

Die beiden gingen in die Küche und Baum blieb allein auf seiner Veranda sitzen. Sofort kehrte die Schwermut zurück. ‚Wie konnte man glücklich sein, wenn überall auf der Welt solche Dinge passierten, Kinder litten?' fragte er sich und die Antwort kam entschieden: ‚Man kann es *nicht*, wir sind Teil von Gottes Schöpfung und wir empfinden Schmerz, wenn dem kleinsten Teil dieser Schöpfung Leid zugefügt wird', sinnierte er vor sich hin, und gerade als eine dicke Träne aus seinem rechten Auge über sein Gesicht laufen wollte, sprang dieser kleinste Teil der

Schöpfung fröhlich zu ihm heraus, um ihn reinzuholen. „Komm rein, Michi, die Mama hat eine leckere dicke Suppe gekocht."

Er disziplinierte sich schnell. Es gab Linseneintopf mit Möhren, Kartoffeln und frisch geschnittenem Lauch. Die Mettwürstchen, entschuldigte sich Frieda, habe sie in einem separaten Topf gebrüht, damit die Linsen nichts davon abbekamen. Baum beruhigte sie, dass er eigentlich auch keine Mettwürstchen brauchen würde, zumindest nicht, wenn er der Einzige war, der eins aß. Aber da sie nun einmal fertig waren, nahm er eins. Sie aßen gemütlich zusammen und Baums Stimmung besserte sich zunehmend.

Als Mini im Bett lag und schlief, setzte er sich mit Frieda zusammen und berichtete ihr von dem gestrigen Tag. Dass sie nicht nur den Teddy geholt hatten, sondern, dass Mini ihn zu dem Ort geführt hatte, wo ihr Mann tot in einer Grube gelegen habe. Frieda bekam mächtige Angst, sie musste sich genau wie er vorstellen, was passiert wäre, wenn er Mini erreicht hätte und nicht in der Grube gelandet wäre.

„Er hätte ihr vor lauter Wut das Schlimmste angetan. Ich glaube, er hätte nicht mehr daran gedacht, keine Spuren zu hinterlassen, er hätte ihr sehr wehgetan, sie vielleicht sogar getötet und im Wald liegen lassen!"

Baum beschwichtigte sofort. „Lass uns nicht daran denken, was gewesen wäre. Er ist tot und liegt jetzt nackt auf dem Edelstahltisch der Gerichtsmedizin. Du musst darüber nachdenken, wie er beerdigt werden soll. Als Erdbestattung oder als Urne? Und traust du dir den Gang in die Gerichtsmedizin zu? Er muss identifiziert werden, das ist Vorschrift. Sonst könnte es sicher deine Schwägerin machen."

Frieda sah keinerlei Probleme. „Das schaffe ich schon mit dir zusammen, mach dir keine Sorgen. Vielleicht ist es sogar eine Art Therapie, ihn so liegen zu sehen und zu wissen, dass keine Gefahr mehr von ihm ausgeht. Bezüglich der Bestattung stelle ich mir eine Verbrennung vor. Auch wenn das früher nicht in Frage gekommen wäre, jetzt ist es passend, vielleicht sogar für ihn selbst."

„Wie meinst du das denn?", fragte Baum erstaunt. „Na, ich denke mir, wenn von seinem Körper nur Asche bleibt, so doch bestimmt auch von seinem körperlichen Drang. Vielleicht ist es eine Gnade, ihm das zu nehmen, falls er noch einmal neu auf die Welt kommen muss oder darf."

Baum schaute sie interessiert an und dachte an das Gespräch mit Frau Nowak. „Glaubst du etwa auch an Reinkarnation?", fragte er sie direkt. „Wieso ‚auch'? Ich kenne außer meiner Schwägerin und meinem ersten verstorbenen Mann niemanden, der sich dieser Überzeugung verbunden fühlt."

Baum holte sich den Cognac und ein Glas und trank einen Schluck. Er schaute Frieda an und erklärte ihr, dass ihn dieses Thema zum ersten Mal in Polen richtig berührt hatte und dass es ihn seitdem sehr beschäftigte. „Was wissen wir eigentlich von dieser Welt und vor allen Dingen, was weiß die Kirche? Sie gibt uns immer das Gefühl, den Weg zu kennen, aber ist das wirklich so? Ist ihnen das Seelenheil der Menschen überhaupt wichtig oder geht es ihnen nur um Geld, so wie allen anderen mächtigen Konzernen und Gruppierungen? Sind ihnen die anvertrauten Menschen vielleicht sogar egal? Wahrscheinlich ist es auch das, was mich im Moment so etwas aus meiner Ruhe holt: Dass das, was wir bisher für die Basis unseres Lebens gehalten haben, uns gar nicht mehr trägt!"

Frieda hörte ihm aufmerksam zu. „Weißt du, Michi, ich habe immer schon in diese Richtung tendiert. Meine Eltern aßen zu Weihnachten meine Lieblingsgans Berta, die mir auf Schritt und Tritt folgte, und sie waren so unsensibel am feierlich gedeckten Tisch auch noch Scherze darüber zu machen, wen wir da verspeisen, während ich keinen Bissen herunterbekommen habe und meine Tränen liefen. Ich habe mich von Kind an nicht wohlgefühlt in dieser Welt. Einsam habe ich mich vor meiner eigenen Mutter versteckt, um ihren Schlägen zu entkommen. Seit dem du in unser Leben getreten bist, habe ich viel über mein eigenes Leben nachgedacht. Ich habe mich nie aus mir selbst heraus stark gefühlt, sondern mich nur in meiner Umwelt gespiegelt. Nur wenn mich jemand mochte, fühlte ich mich gut. Dadurch musste ich große Anstrengungen vollbringen, und ich wurde mehr und mehr zu einer ausgedachten Person, an der eigentlich nichts mehr stimmte. Darum bin ich heilfroh, dass ich meine sichere Hoffnung auf diese Reinkarnation habe. Wenn dies hier mein einziges Leben ist, das ich verpfuscht habe, ist das eine sehr traurige Vorstellung. Ein wirkliches Ende aber, einen Abschluss in einem schöpferischen Prozess kann es doch nur in der Vervollkommnung geben, niemals im Misserfolg oder im Abgrund! Darum hoffe ich auf ein anderes, ein lehrreicheres, besseres Leben, in dem sich meine Seele weiter entwickeln kann als in diesem hier."

Baum hatte interessiert zugehört und sich ein Zigarillo angesteckt. „Mit deiner Schwägerin habe ich dieses Thema auch intensiv diskutiert. Aber mir gefällt der Glaube an die Reinkarnation nicht, zumindest möchte ich auf dieser Welt keine unzähligen Ehrenrunden drehen, um mich weiter zu entwickeln. Ich denke, dass die persönliche Erkenntnis meiner Sünden und Fehler für Gott ausreicht, um mich in sein Reich aufzunehmen und ich möchte genau mit diesem Glauben sterben, dass ich kein weiteres Leben in einer Welt führen muss, in der Satan herrscht.

Frieda sah ihn nachdenklich an. „So habe ich das bisher nie gesehen. Ich hielt es immer für eine Gnade, das Geschenk des Lebens mit all den Möglichkeiten von Neuem erhalten zu dürfen" sagte sie leise.

„Aber welche Sicherheit hast du, dass dein Neues Leben ein Besseres wird?" konterte Baum. „Es kann vollkommen sinnlos sein, ohne Lernerfolg, ohne Entwicklung, sondern nur dem Bösen dienen, ob durch Dich als Opfer oder als Täter ist dabei doch unwichtig."

Frieda drehte ihre Teetasse zwischen ihren Händen und schwieg lange. „Du magst Recht haben, Michi, immer wieder neu anfangen bedeutet ja auch irgendwie, dass man die Allmacht Gottes nicht wirklich anerkennt, sondern glaubt, erst jemand besonderes werden zu müssen, bevor man vor Ihm steht. Dabei reicht ja schon unser Wunsch dafür aus und Gott kann schließlich mit einem einzigen Federstrich alles auslöschen, das nicht in Seine Welt passt."

Baum war begeistert und klatschte mit beiden Händen auf den Küchentisch „Genau das meine ich auch! Mensch Frieda, wer hätte gedacht, dass ich mal solche Gespräche mit dir führen würde? Bei meinem ersten offiziellen Besuch bei dir hielt ich dich für eine umnachtete Person, die mit dem Leben nichts zu tun haben will."

„Aber das war ich ja auch. ‚Umnachtet' ist genau das richtige Wort. Ich habe mich mithilfe der Tabletten feige aus der Realität geschlafen, ganz bewusst! Erst nachdem sich durch dich eine Perspektive für uns zeigte, quasi ein winziger Lichtstrahl in meiner Finsternis, habe ich den Inhalt der kleinen Gläschen ins WC gekippt. Es war zuerst sehr schwer, der Schlaflosigkeit und den zahlreichen Gedanken zu begegnen, aber es hat sich gelohnt! Mir wurde plötzlich bewusst, dass nichts endgültig verloren ist, weil es machtvolle Menschen wie dich gibt, die eingreifen können und dies auch tun." Dankbar schaute sie ihn an. „Michi, du weißt gar nicht, was du für uns getan hast. In dir haben sich die Kräfte und der starke Wille deiner Ahnen gebündelt und du rettest gleich zwei verlorene Leben."

Baum starrte sie ungläubig an, stand auf, ging um den Tisch herum und umarmte Frieda lange. „Das hat mich jetzt aber mächtig getröstet, liebe Frieda. Ich danke dir!"

Sie redeten noch über die Formalitäten der Beerdigung und Frieda bat ihn, mit ihr zusammen eine Ausrede zu ersinnen, dass sie mit Mini nicht daran teilnehmen musste. Baum hatte großes Verständnis dafür und hatte selbst auch keine Veranlassung, dem Begräbnis beizuwohnen.

„Ich wollte heute deine Schwägerin anrufen und sie über den aktuellen Stand informieren. Ich nehme an, sie wird zur Beerdigung nach Deutschland kommen. Können wir sie denn alleine dorthin gehen lassen?"

Frieda sah da keine Probleme. „Sie ist eine starke Frau und sie kennt ja auch die ganze Familie aus

Saarbrücken, ist die Tante der beiden Kinder. Ich glaube, sie wird uns verzeihen, wenn wir sie nicht begleiten und sie sozusagen stellvertretend für mich auftreten muss."

„Ich rufe sie jetzt an" erklärte Baum „und erzähle ihr alles. Du kannst gerne hier bleiben oder wiederkommen, wenn du nach Mini geschaut hast." Er nahm sein Notizbuch aus seiner Tasche und fand die Telefonnummer schnell. Frau Nowak war sofort am Apparat und begrüßte Baum herzlich.

Vieles von dem, was in der letzten Woche geschehen war, wusste sie schon von ihrer Schwägerin und auch von Martas Mutter. Diese außergewöhnliche Wohngemeinschaft freute sie sehr. Dass ihr Bruder tot war, hatte sie erwartet, über die näheren Umstände und auch darüber, was er dem Kind angetan hatte, hörte sie jetzt zum ersten Mal und war sehr traurig darüber. Sie schwiegen gemeinsam zwischen den einzelnen Sätzen und Baum versprach, bei ihr vorbei zu kommen, wenn er Weihnachten in Polen sei. „Trotz der Umstände freue ich mich sehr, Sie wieder zu sehen! Natürlich haben Sie immer ein Zimmer hier bei uns, wenn sie in Deutschland sind", versprach er und legte den Hörer auf.

Nachdem er selbst noch nach Mini geschaut hatte, sagte er Frieda Bescheid, die im Wohnzimmer saß und las. „Ich soll dich herzlich grüßen! Sie kommt zur Beerdigung und wird hier bei uns für ein paar Tage wohnen."

Sie wünschten sich eine gute Nacht und Baum verschwand in seinem Schlafzimmer. Es hätte nicht viel gefehlt und er hätte sich, ohne seine Kleidung abzulegen, auf sein Bett geworfen, aber der gute Anzug war unbequem und hinderte ihn daran.

24

Am Morgen genoss er es sehr, nicht ins Kommissariat zu müssen und freute sich auf den Termin mit Frau Dr. Sterzinger. In der Küche duftete es nach frisch gemahlenem Kaffee und das Körbchen mit frischen Brezeln stand ebenfalls auf dem Tisch. Beherzt griff er hinein und beschmierte seine Brezel mit dick Butter. Mini sah er draußen sitzen und Frieda erklärte ihm schmunzelnd, sie müsse etwas Wichtiges mit der Rotbuche bereden.

„Ich bin gespannt auf unseren Termin." Frieda lächelte ihn an. „Ich glaube, sie muss nur mit dir unterwegs sein und schon ist sie glücklich, egal wohin!"

„Was hältst du eigentlich davon, wenn wir einen Hund anschaffen?", fragte Baum. „Das würde Mini bestimmt freuen."

„Da bin ich sicher, aber wie wird es denn mit dem Internat weitergehen? Sie muss wahrscheinlich irgendwann zurück und es wird ihr schwer fallen, sich von dem Hund zu trennen."

„Im Internat hat sie ja Hector, den Hund des Hausmeisters und hier zu Hause hätte sie ihren eigenen Hund. Ich habe das Gefühl, dass ihr das Kümmern und Sorgen für ein Tier sehr gut tut. Ist sie eigentlich schon einmal geritten? Auch dieses erhabene Gefühl auf dem Rücken eines so starken Tieres halte ich für eine sehr gute Therapie."

Frieda sah ihn staunend an. „Du kommst ja wirklich auf jede nur erdenkliche Freude! Reiten wünscht sie sich schon so lange, sie hat sich früher oft unten in der Reitschule herumgetrieben – über die Bundesstraße Richtung Isar! Sie hat einmal eine ganze

Gruppe Reiter im flachen Wasser der Isar galoppieren sehen, davon schwärmte sie lange, wie das Wasser gespritzt sei und Reiter und Pferde nass wurden. Aber mein Mann hat es ihr natürlich verboten. Stattdessen hat er seiner Tochter zu Weihnachten vom Johannes Moosgruber eine komplette Reitausrüstung schenken lassen. Braune Lederstiefel und weiße Reithosen, dazu Jacken aus Tweed mit allen nur erdenklichen Accessoires, Sporen, Gerte, Kappe lederne Handschuhe. Ich wusste, dass mein Mann seinen Freund extra dazu animiert hatte, er wollte sich an Minis Enttäuschung laben, als sie lediglich einen Christstern zu Weihnachten bekam. Ein Christstern zu Weihnachten für ein zehnjähriges Mädchen! Ich erinnere mich gut, dass ich sie sogar aufgefordert habe, sich zu freuen und sich zu bedanken. Zeitlich konnte es gut im Anschluss daran gewesen sein, dass der Johannes sich von Mini zurückzog. Arme Mini, so war es ja noch schlimmer für sie. Zuerst verlor sie das Interesse vom Johannes und danach diese Kränkung mit den Geschenken. Ja, mein Mann war ein Sadist, es machte ihm Freude, sogar dieses Fest zu benutzen, um zu kränken und zu verletzen. Die Pflanze steht heute noch auf Minis Fensterbank."

Baum hatte sie sofort vor Augen, er würde seinen ersten Besuch in diesem Zimmer niemals vergessen.

„Also, dann suchen wir eine gute Reitschule und ich melde Mini dort an. Lass uns jetzt den Termin bei Frau Dr. Sterzinger hinter uns bringen und danach finden wir lauter schöne Sachen, die wir unternehmen können. Wir dürfen nicht vergessen, dass Mini noch immer eine kleine Patientin ist, auch wenn sie hier durch die Gegend springt, als wäre sie gesund

und glücklich. Sie braucht viel Fürsorge und viel Freude."

Frieda stimmte ihm gerührt zu und fragte kleinlaut: „Wie ist es mit der Identifizierung, können wir das auch schnell hinter uns bringen?"

„Du hast Recht, das machen wir am besten bevor wir ins Amtsgericht fahren.

Alles verlief ohne das geringste Problem. Frieda nickte dem Gerichtsmediziner zu und der legte das Gesicht frei. Frieda bestätigte mit klarer Stimme: „Das war mein Mann!", griff nach Baums Arm und wandte sich ab.

„Ich muss noch eben in mein Büro." Er gab ihr den Autoschlüssel und fragte: „Du findest den Weg?"

„Mach dir keine Sorgen, wir warten im Auto auf dich!"

Von weitem schon sah er, dass Frieda Mini im Arm hatte und sie festhielt. Als er die Tür öffnete, sah er ein paar Tränen in Minis Augen. „Sie hatte Angst, es könnte dir etwas passieren!", erklärte Frieda. „Nanu", hob Baum an, „was hätte mir denn passieren können?"

„Irgendetwas passiert immer, wo der Arzt ist", schluchzte Mini noch einmal auf, aber als Baum sein Jackett öffnete und seine Waffe aus dem Holster nahm, um sie ihr zu zeigen, klatschte sie glücklich in die Hände und umarmte ihn von hinten.

Seiner inneren Stimme folgend, hatte er die Waffe noch schnell aus seinem Büro geholt und das Magazin im Tresor gelassen. „Können wir also jetzt zu Frau Dr. Sterzinger fahren?", fragte er in die kleine Runde und die beiden stimmten begeistert zu.

Frau Dr. Sterzinger stand bereits auf dem Gang und begrüßte die drei freundlich. „Wie fangen wir denn am besten an? Mini, wartest du noch einen Moment mit deiner Mutter hier draußen? Dann kann mir dein Vater erst einmal erzählen, was vorgefallen ist. Ich hole euch gleich herein."

Frieda nickte und Mini kletterte auf den Stuhl neben ihrer Mutter, die ihre Handtasche öffnete und tatsächlich eine Brezel herauszog. Mini freute sich und biss dankbar hinein.

„Was haben wir für ein Glück", hob Frieda an zu sprechen. „Jetzt sind wir frei und können leben, wie wir wollen. Ist das nicht herrlich?"

„Aber im Internat hat einmal ein Mädchen erzählt, dass Tote aus dem Grab wieder rausklettern können, stimmt das, Mama?"

„Unsinn, da hat sie vielleicht einen gruseligen Film gesehen oder sie hat sich das ausgedacht, weil sie den anderen Mädchen Angst machen wollte", erwiderte die Mutter sofort.

Mini buckelte sich an ihre Seite und kaute auf ihrer Brezel herum. „Warum hat der Arzt die fiesen Sachen eigentlich nur mit mir gemacht und nicht mit seinen eigenen Kindern?", wollte sie plötzlich wissen.

Frau Lechner drückte sie an sich. „Ich glaube, weil er im Grunde genommen wusste, dass er großes Unrecht tut. Die Frau, mit der er vorher verheiratet war, hatte ihm das Versprechen abgenommen, dass er sich gut um die Kinder kümmert. Das Versprechen konnte er also nicht brechen."

Mini überlegte lange und schaukelte ihre Beine hin und her. „Dann warst du ihm wohl gar nicht wichtig,

Mama, wenn er dir nicht versprechen konnte, mich in Ruhe zu lassen."

„Nein, wichtig war ich ihm tatsächlich nicht, aber das habe ich zu spät gemerkt. Erst war es schön mit ihm, er war aufmerksam und höflich und interessierte sich für viele Themen, für die ich mich auch interessiert habe. Er ging mit mir ins Theater und ins Konzert. Das fand ich sehr schön, weil dein Papi das nie wollte und allein machte es mir keinen Spaß."

„Warum wurde er denn nach der Hochzeit so fies?", wollte Mini unverblümt wissen.

„Das kann ich dir nicht erklären, mein Schatz. Ich bin einfach ein riesengroßer Feigling gewesen, habe den Kopf eingezogen und die Augen zugemacht. Dafür muss ich mich mein ganzes Leben lang bei dir entschuldigen", antwortet ihre Mutter wahrheitsgemäß.

Minis kleine Hand umschloss die Hand der Mutter. „Ich bin nur froh, Mama, dass wir jetzt beim Michi sind. Den hat der liebe Gott uns geschickt. Er hat uns lieb und wird uns immer beschützen. Du hast ja gesehen, dass er eine Pistole hat!"

Frieda war den Tränen nahe, als sich die Tür öffnete und Frau Dr. Sterzinger die beiden hineinrief. Mini sprang vom Stuhl und lief als Erstes ins Zimmer, um sich in die Lümmelecke zu werfen. Baum lachte und wollte wissen, welches Kind auf der Wand ihr am besten gefiel. „Soll ich raten?", fragte er belustigt. „Grüne Hose, blauweiß gestreifte Jacke, rote Mütze und ein wütendes Gesicht?"

„Richtig!", rief Mini. „Woher weißt du das?"

„Na, ganz einfach, weil das auch das Kind ist, das ich am besten finde", antwortete er lachend. „Wer wütend ist, der macht etwas und wehrt sich!"

Baum und Frau Lechner saßen auf den beiden Stühlen vor Frau Dr. Sterzingers Schreibtisch, hatten diese aber umgedreht. Frau Dr. Sterzinger hatte auf einem Kinderstuhl am Tisch gegenüber von Mini Platz genommen, sodass sie zu viert einen harmonischen Kreis bildeten.

„Liebe Mini", wandte sich Frau Dr. Sterzinger an die Kleine, „ich habe gerade von deinem Vater erfahren, dass du ihn zu dem Ort geführt hast, wo der Arzt in einer Grube lag. Erzähl mir doch mal, warum du solche Angst gehabt hast, als dein Vater in die Grube gesprungen ist?", fragte sie vorsichtig.

Mini antwortete an die Zimmerdecke, ganz ruhig und wohl überlegt: „Weil er mir immer alles kaputtgemacht hat, was schön war."

„Du hast also gedacht, er könnte deinem Vater etwas antun, wieso?"

„Damit ich ihn nicht mehr habe, genauso wie meine Katze" schluchzte Mini einmal auf. Frau Dr. Sterzinger beugte sich ein wenig zu ihr „aber jetzt ist der Arzt doch tot, niemand braucht noch Angst vor ihm zu haben."

„Können Tote denn nicht aus ihren Gräbern klettern und noch schlimmere Sachen machen mit noch mehr Kraft?", fragte Mini ängstlich.

„Aber nein, wie kommst du denn darauf? Das ist vollkommen ausgeschlossen!", bemühte sich Frau Dr. Sterzinger zu lachen. Baum hingegen erstarrte regelrecht bei ihrer Frage. Das war der Beweis, dass sie ihn keinesfalls töten wollte, wenn sie befürchtete, dass er als Toter noch gefährlicher war. Und sie bewies auch, dass sie mit dem Sprung in die Grube bereit gewesen war, sich für ihn zu opfern oder mit ihm zu sterben. Diese Erkenntnis war überwältigend.

Er stützte die Arme auf die Knie und kratzte sich mit beiden Händen im Nacken, um nicht zu weinen.

Da lag sie. Die Zipfel der bunten Kissen umrahmten sie wie die Blätter einer Blume: Sein Kind! Sein Glück!

Frieda hatte die starke Gemütsregung offenbar bemerkt, denn sie legte sachte ihre Hand auf seinen Rücken. Baum entspannte sich etwas.

„Ein Mädchen aus dem Internat hat das erzählt und die weiß es von ihrem großen Bruder, der hat es im Fernsehen gesehen."

„Ach soooo", sagte Frau Dr. Sterzinger nun erleichtert. „Da kannst du beruhigt sein, denn das Fernsehen muss uns viele erfundene Geschichten erzählen, sonst wäre es viel zu langweilig und die Menschen würden so ein Gerät gar nicht kaufen."

Mini klatschte erleichtert in die Hände „dann will ich auch wieder zurück in die Schule gehen und der Baffi sagen, dass das nicht stimmt, damit sie keine Angst mehr vor den Geschichten von ihrem großen Bruder haben muss!" Frau Dr. Sterzinger beglückwünschte sie zu dieser Entscheidung. „Erst schreibe ich dich noch eine Weile krank, du kannst Anfang Dezember wieder in die Schule gehen und hast danach schon bald Weihnachtsferien."

Baum freute sich sehr. „Dann suchen wir jetzt erst mal eine Reitschule und du bekommst jeden Tag eine Reitstunde. Das wird bestimmt Spaß machen und du hast den Mädchen in deiner Klasse viel zu erzählen!" Mini sprang auf die Füße und schrie: „Waaaas? Ich darf reiten?" Sie schoss auf Baum zu und umarmte ihn stürmisch.

Ihre Mutter lachte dankbar und Frau Dr. Sterzinger schmunzelte ebenfalls glücklich in sich hinein. „Ich schreibe dich jetzt krank bis zum Freitag, den 03. Dezember. Den Unterrichtsstoff wirst du bestimmt nachholen können, wenn du dich erst einmal so richtig erholt haben wirst. Und jeden Mittwochmittag sehen wir uns hier bei mir, einverstanden? Der Oberstaatsanwalt hat erlaubt, dass ich dich weiter betreuen darf."

„Ein ganzer Monat Ferien", sagte Baum, „und das Beste ist, mein Chef hat mir auch frei gegeben! Da liegt eine schöne gemeinsame Zeit vor uns!"

Noch glücklicher als bei ihrem letzten Besuch verabschiedeten sie sich von Frau Dr. Sterzinger.

Mini schlüpfte zwischen ihre Mutter und den neuen Papa, nahm beide an die Hand und versuchte, sich mit großen Schritten dem Tempo anzupassen.

Das Glück wuchs. Der November wurde die schönste Zeit in ihrem gemeinsamen Leben. Marta hatte ihnen eine gute Reitschule genannt. Sie fingen mit Voltegieren an. Mini bekam ein braves breites Pferd ‚Molly' und saß darauf fast im Spagat. Glücklich lachend hatte Baum sie auf ein Foto gebannt, dass er seiner Marta nach Polen schickte. Alles, aber wirklich alles, was sie sich vorgenommen hatten, wurde verwirklicht. Bald schlief ein kleiner kupferfarbener Setter in Minis Bett und knurrte leicht, wenn Baum sich abends auf die Bettkante setzte.

„Richtig, Justus", lobte er den jungen Hund, „aber ich bin der Papa, ich darf hier sitzen." Er kraulte den Hund, solange er vorlas, und verließ beruhigt das Zimmer der beiden schlafenden Freunde.

Jeden Tag ging es in die Reitschule. Justus machte große Fortschritte in seiner Erziehung und Mini war mit ihrem Pferd inzwischen regelrecht verwachsen. Auf der Heimfahrt schaute Mini einmal versonnen aus dem Fenster.

„Michi, wenn ich gewusst hätte, dass man so glücklich sein kann im Leben... ich weiß nicht, was ich dann gemacht hätte ...!" Baum prustete los über diesen ulkigen kindlichen Satz und streckte seinen Arm nach hinten, um kurz und wortlos ihre kleine Hand zu drücken.

Die Nachmittage bei Frau Dr. Sterzinger neigten sich ihrem Ende zu und Baum wollte unbedingt noch unter vier Augen mit ihr sprechen. Am Abend zuvor informierte er Frieda, damit sie sich nicht wunderte, warum sie mit Mini vor der Tür warten musste.

„Darf ich fragen, was du auf dem Herzen hast, Michi?", fragte Frieda vorsichtig. Sie hatten sich jeder einen späten Kaffee genehmigt, Mini lag schon lange im Bett und diese letzte Stunde vor dem Schlafengehen war ein Ritual zwischen ihnen geworden.

Baum schaute sie ernst an. „Ich bin 50 Jahre alt und ich frage mich, wie lange ich Mini noch begleiten kann. Ich möchte so gerne ihre Weichen stellen, damit sie sich auch ohne mich nicht schutzlos fühlt. Dazu muss ich wissen, wie sich das Erlebte auf eine erwachsene Frau auswirken wird. Welche Erfahrungen man unbedingt vermeiden muss und so weiter."

„Ach, Michi, du bist einfach unglaublich! Was hat unsere Kleine nur für ein Glück! Ich hoffe, Frau Dr. Sterzinger wird deine Sorgen etwas mildern können.

„Ich habe den Eindruck, dass Ihnen etwas auf dem Herzen liegt. Sie wirken bedrückt." Sagte Frau Dr. Sterzinger prompt am nächsten Tag, als die Therapie vorerst beendet war.

Baum lehnte sich zurück und erklärte in ruhigen, ausgesuchten Worten, was ihn bedrückte.

„Ich bin ja schon älter und ich frage mich insbesondere, wie lange ich sie noch begleiten kann. Wie wirkt es sich bei der erwachsenen Mini aus, wenn sie in ihrem Leben Abwertung oder emotionale Verletzung erfährt. Lebt dann ihre Kindheit wieder auf?"

Frau Dr. Sterzinger antwortete amüsiert: „Sie sind doch ein jung gebliebener Mann! Wenn Sie 58 sind, ist Mini bereits volljährig. Machen Sie sich über Ihr Alter bitte keine Sorgen. Aber zu Ihrer Frage: Solche Vorkommnisse könnten natürlich immer etwas Psychotraumatisches auslösen. Sie wird sich im günstigsten Fall ähnlich trösten wie als Kind, mit einer Brezel oder mit Zucker, oder Essen allgemein. Später könnten Alkohol und Nikotin hinzukommen. Hoffentlich keine schlimmeren Suchtstoffe.

Je nachdem, wie nahe ihr der Mensch steht, der sie verletzen würde, wären die Auswirkungen natürlich stärker oder schwächer. Aber Sie, Herr Baum, haben doch alle Möglichkeiten, dieses Kind zu festigen. Ihrer beider Bindung ist so stark, das ist eine sehr sichere, positive Voraussetzung."

Baum war leicht beruhigt und verabschiedete sich. Frau Dr. Sterzinger versicherte ihm, dass er jederzeit mit oder ohne Mini bei ihr vorbeischauen dürfe. Ihr sei das Schicksal dieses Mädchens ebenfalls wichtig.

Der fünfte Dezember rückte immer näher und man merkte es Mini irgendwie an, dass sie sich nicht wirklich auf das Internat freute. Baum hatte mit Frau Nau telefoniert, um klarzustellen, dass er eine einfühlsame und liebevolle Behandlung seiner Tochter erwarten würde. Fast ein wenig unterwürfig sicherte sie es ihm zu und berichtete gleichzeitig, dass ein neues Mädchen in Minis Klasse ist, das sich sehr fremd fühlen würde, weil sie kaum Deutsch sprach und aus Amerika kam. Vielleicht wäre das für Mini eine gute Gelegenheit, um selbst nicht länger die Neue zu sein.

Baum hörte das gern und erzählte Mini abends beim Vorlesen davon. Sie war, wie er vermutet hatte, sofort interessiert und bedauerte das Mädchen, so weit von zu Hause fort sein zu müssen.

Gemeinsam brachten Baum und Frieda Mini ins Internat. „Wenn irgendetwas los ist, rufst du uns an", schärfte er ihr ein. „Wenn du etwas brauchst oder dich ärgerst, möchte ich das wissen." Mini versprach es. Sie hatte ja jetzt eine kleine Geldbörse mit Inhalt und die Telefonzelle war oben an der Straße. Am Dienstag verabredeten sie sich, nach der Studierstunde den Ausgang zusammen zu verbringen und in Starnberg Prinzregententorte zu essen, die Frieda so gern mochte. Also war die Woche gar nicht so lang.

Der Dienstag kam schnell und danach war es im Nullkommanix Freitag. Am Nachmittag gab es wieder eine Reitstunde und am Samstag auch. Baum hatte frei und würde sie überall hin begleiten, mit Justus natürlich. Und sie solle daran denken, morgen Hektor den großen Knochen zu bringen, der eingepackt in ihrer Tasche lag. Es war wirklich für alles gesorgt und als Mini ihre Ärmchen um seinen Hals schlang und ihm immer wieder: „Danke, danke,

danke", ins Ohr flüsterte, da verlor Baum in der Hocke nicht nur beinahe das Gleichgewicht, sondern auch eine Träne. Frieda lachte glücklich und hakte sich bei ihm ein, als sie zusammen zum Auto gingen. „Das ist nicht mehr dasselbe Kind, Michi, das noch vor sechs Wochen wie eine kleine Wilde durch die Gegend gerannt ist und jede freie Minute im Wald verbracht hat. Sie ist ein vollkommen anderer Mensch. Ich kann mir heute gar nicht mehr vorstellen, wie sich das alles weiterentwickelt hätte, wenn mein Mann am Leben geblieben wäre. Ich glaube, sie hätte sich irgendwann selbst das Leben genommen, wäre vom Wehr in die Isar gesprungen – sie kann ja kaum schwimmen!"

„Und es wäre als bedauerlicher Unfall zu den Akten gelegt worden und dein Mann wäre nie verdächtigt worden", antwortete Baum grimmig.

25

Auf der Rückfahrt blieb es still im Auto, was Baum sehr genoss. Nur Justus gab ein paar Fieps-Geräusche von sich. Baum nahm sich vor, noch einen langen Spaziergang mit ihm zu machen, wenn sie wieder zu Hause waren. An sein Körbchen in der Diele hatte er sich schon gewöhnt, Baum war sicher, dass der gelehrige Hund mit der neuen Situation spielend zurechtkam. Zweimal schlafen bis Dienstag und dreimal schlafen bis Freitag, und sie war wieder da. Schmunzelnd stellte er fest, dass er damit nicht den Hund, sondern sich selbst tröstete.

Ob das mit dem Internat so blieb, das würden sie alle zusammen noch überlegen.

Das Begräbnis wurde auf Mitte Januar angesetzt. Termine im Krematorium gab es relativ zeitnah, aber es war allen Beteiligten durchaus recht, dass die Urne im Bestattungsunternehmen stehen und bis zur Beisetzung im Januar ein paar Wochen warten musste.

Alles andere war bestens geregelt. Frieda fuhr an die Nordsee zu ihrem Kuraufenthalt. Mini wurde am letzten Schultag von ihrer großen Schwester abgeholt und verbrachte die Weihnachtsferien in Passau mit ihren Nichten und Neffen. Baum selbst reiste wie vereinbart mit Justus nach Polen. Er war traurig, dass er Mini zu ihrem ersten gemeinsamen Weihnachten nicht sah, aber er musste auch an seine Frau denken. Freundlich, verständnisvoll und in jeder Hinsicht unterstützend hatte sie die neuen Entwicklungen in seinem Leben am Telefon begleitet. Sie hatte ein Recht auf ihn und auf die Verwirklichung ihrer gemeinsamen Pläne.

Also setzte er sich in der Nacht zum 20. Dezember in seinen alten Mercedes und fuhr wie versprochen nach Polen. Es wurde eine sehr schöne Zeit, vollkommen anders, als er es sich ausgemalt hatte, und bereichert durch die vergangenen Wochen. Er staunte nicht schlecht, als Martas Mutter ihn auf Deutsch begrüßte und auch alle anderen hier und da versuchten ein paar deutsche Worte mit ihm zu wechseln. Martas Brüder hatten jeder ein Geschenk für Mini, gutes polnisches Lederfett fürs Zaumzeug und einen Sack goldener Leinsamen, wovon das Fell so wunderbar glänzen würde. Baum war gerührt und begeistert, dass sie an Mini gedacht hatten. Das bedeutete, dass auch Martas Familie seine Entscheidung ohne Vorbehalte zu akzeptieren schien.

Marta telefonierte mit Frieda und die beiden Frauen tasteten ab, wie das zukünftige Zusammenleben ungetrübt funktionieren könnte. Marta war guter Dinge und Baum hörte kein einziges zweifelndes Wort von ihr, ganz wie er es von ihr gewohnt war.

Er selbst telefonierte so oft er konnte mit Mini und war glücklich, ihre fröhliche Stimme zu hören. Der Hörer wurde auch an Justus weitergereicht und der bellte brav, um zu beweisen, dass er verstand, was man von ihm erwartete.

Am 27.12. entschied er schließlich spontan nach Passau zu fahren, um Mini nach Polen zu holen. Sie mussten unbedingt zusammen knallen und Raketen in den Himmel schießen. Dieser schöne chinesische Brauch, böse Geister zu vertreiben, war wie für sie beide gemacht.

Und so stieg er wieder in seinen braven Mercedes und fuhr in der Nacht zum 28.12. nach Passau, wo ihm Clara bereits ein herzliches Willkommen in Aussicht gestellt hatte.

Er konnte es kaum erwarten, sein Kind zu sehen und er nahm sich vor einen ganzen Reigen an Knallkörpern und Raketen zu kaufen. Zum ersten Mal machte dieser schöne Brauch für ihn richtig Sinn.

26

Am 30.12. waren sie zurück in Breslau. Obwohl es schon dunkel war, wollte er als erstes mit ihr von der Sandbrücke in die Oder spucken, um die Stadt zu begrüßen. Für solch liebevolle Rituale war Mini schnell zu begeistern und sie spukten beide froh und glücklich in das rauschende Wasser. Schneebälle flogen hinterher und sie aßen Pierogi in der Markthalle. „Morgen machen wir erst einmal eine riesige Knallerei und verjagen alle bösen Geister der Vergangenheit und der Zukunft. Ich habe den ganzen Kofferraum voller Raketen und Böller, hab sie in Passau gekauft. Martas ganze Familie freut sich schon darauf und Tante Johanna wird auch dabei sein, die mochtest du doch immer gern, nicht wahr?" „Au ja" jubelte Mini „darf ich dann auch mal eine Rakete anzünden?" „Natürlich, das machen wir alle zusammen. Martas Brüder helfen uns dabei, die werden dir gefallen. Sie arbeiten beide mit Pferden und können dir eine Menge beibringen!"

Mini strahlte! Auf dem Weg zum Auto stapfte sie an seiner Hand freudig durch den Schnee. Im Auto legte sie sich lang auf die Rückbank und es dauerte nicht lange bis sie tief und fest schlief.

Überwältigt von Dankbarkeit blickte Baum an jeder roten Ampel in den Sternenhimmel über dieser schönen Stadt.

Eine halbe Stunde später waren sie in ihrem polnischen Zuhause angekommen. Baum öffnete Haus- und Wohnungstür und holte dann sein schlafendes Kind. Sehr vorsichtig trug er sie durch den Schnee. Oben erwartete ihn Marta und Justus sprang winselnd an ihm hoch. Mini lächelte im Schlaf und Marta sah sie lange an.

Im warmen Bett drehte sich Mini auf die Seite und tastet nach Justus, der sich sofort neben sie gelegt hatte. Baum schloss die Tür bis auf einen kleinen Spalt.

In der Küche reichte ihm Marta einen heißen Kaffee und setzte sich neben ihn auf die Küchenbank. Das Holz knackte im Küchenofen und der Duft von brennendem Birkenholz lag in der Luft. Er nahm seine Frau in den Arm und sie legte ihren Kopf auf seine Brust.

„Das ist also unsere Tochter" sagte sie leise und zärtlich. Baum lächelte dankbar.

Draußen hatte es zu schneien begonnen. Die großen Flocken flogen und wirbelten im Licht der Straßenlaterne vor dem Fenster herum. Es wurden immer mehr und er musste daran denken dass jede einzelne Flocke in ihrer Struktur einmalig war und es keine zwei gleiche gab.

Nur schwer widerstand er dem Bedürfnis niederzuknien, und bevor seine Stimme vor Ergriffenheit und Demut ganz versagte, senkte er seinen Kopf zu Marta hinab und flüsterte mit einem leichten Diskant in der Stimme:

„Ja, das ist sie!"

Ende

www.ingramcontent.com/pod-product-compliance
Ingram Content Group UK Ltd.
Pitfield, Milton Keynes, MK11 3LW, UK
UKHW042144281224
453045UK00004B/123